沈奇诗文选集

A COLLECTION OF POEMS AND ESSAYS BY SHEN QI

沈奇 著

【卷四】

中国社会科学出版社

【卷四】 大陆诗人散论

前　言

卷四，三辑集成。选收有关当代大陆诗人的各类散论、散议及批评随笔。

辑一为当代 15 位重要而优秀的诗人的"沈氏"评语，一种特殊文体的特殊呈现；辑二为 15 篇重点"研读"的诗人散论，大体出于敬重而非价值判断的诗学对话；辑三为随当代诗歌发展一路走来，随缘即兴而就的 20 篇诗人批评文章，一些近于"读后感"性质的诗学随笔。

如卷三前言所言，这里依然没有固定明确的立场，只有一以贯之的情怀：自己理想与追求中，想写而没有能写出来的诗，被同道好友写了，于是或主动或被动，多以欣赏性的自言自语自以为是，假"批评"与"评论"隔山唱和而已；或者说，在他者诗人与诗作中，重新认识诗歌、思考诗歌，并说出一些心得体会而已。

是为诗人而做诗评者，不免尴尬而又微妙之处。

目录

【辑一】

003　当代诗人15家评语

【辑二】

015　世纪之树——感受牛汉诗歌精神

023　飞行的高度——论于坚从《0档案》到《飞行》的诗学价值

043　隆起的南高原——于坚论

050　斗牛士或飞翔的石头——初读伊沙

059　与唐诗对质——评伊沙长诗《唐》

067　提前到站——初读麦城

079　在困惑里雕刻时光——评《麦城诗集》

092　"水，一定在水流的上游活着"——论麦城兼评其长诗《形而上学的上游》

108　秋水静石一溪远——论赵野兼评其诗集《逝者如斯》

119　"太阳拎着一袋自己的阳光"——严力诗歌艺术散论

132　两个"莽汉"与一个"撒娇"——读李亚伟、默默诗合集《莽汉·撒娇》

144　执意的找回——古马诗集《西风古马》散论

155　"这里的风不是那里的风"——娜夜诗歌艺术散论

164　在"秋云"与"春水"之间——李森诗歌艺术散论

175　异质与本真——李笠诗歌艺术简论

【辑三】

181　雪线上的风景——诗人沙陵散论
192　倾听：断裂与动荡——阎月君论
209　静水流深——读杨于军和她的诗
223　守望、挽留与常态写作——李汉荣论
234　风清骨奇心香远——评吕刚的诗
243　收复命运——评中岛和他的诗集《一路货色》
256　真实与自由——侯马《他手记》散论
266　"在自己身上克服这个时代"——读陈陟云诗集《月光下海浪的火焰》
274　"天籁没有所指"——之道长诗《咖啡园》简论
282　诗城独门——读陆健诗集《名城与门》
294　烛照一层特异的生存意蕴——读孙谦诗集《风骨之书》
299　有现实穿透力的诗性叙事——读谭克修诗集《三重奏》
307　奇异的果实——评麦可的诗
312　火焰剥夺一切也剥夺自己——读高崎的诗
318　有备而来：注意这只"狼"——读南方狼诗集《逐鹿集》
324　追索"秋天的厚度"——读海啸长诗三部曲
328　纯驳互见　清韵悠远——评彭国梁诗集《盼水的心情》
337　气血充沛　风神散朗——评刘向东诗集《母亲的灯》
343　水晶的歌吟——读高璨的儿童诗
349　从欣赏的角度——子川其人其诗其书散论

【辑一】

当代诗人15家评语

　　评语、推荐语、授奖词等，是所有现代文论中，最为微妙而难就的一种特殊文体。这种文体，既不同于一般文章或论文，又不同于相近的批注、提要、引言、按语、断想等；既要字斟句酌而简要精妙下"判语"，以极为有限的文字"中的"而"立论"，又要不失内在统一结构，有大体脉络作隐形关联，最终达至对所"评"、所"荐"、所"奖"者的高度概括和精确表述，成为经得起历史认证的独家"定论"。

　　此类文字，2004年应邀出任"首届新诗界国际诗歌奖"评委时，曾出手为试，后以《"东方诺贝尔"档案》为题辑录，在"诗生活"网站发表，居然成为我在站诗文中点击率最高的篇什。2010年应邀作《钟山》文学双月刊"十大诗人（1979—2009）评选"推荐人，再次出手，"精雕细刻"而虔敬有加，成就十篇推荐评语；2015年应邀为深圳"第一朗读者·最佳诗人"奖获奖诗人韩东撰写授奖词,旧友重逢,自是得心应手而就。2019年新年伊始,复补充跟踪研读20年的赵野"入列"。至此,先后集得当代著名诗人评语15则,重新修订,并按出生年龄排序辑为一体,以飨相关读友并求证于方家。

郑　敏

强烈、深刻的情愫,精致、典雅的语感,形神兼备,雍容丰赡;个人与历史的互动,哲思与意象的融通,娴熟而严谨的艺术技巧中,饱含人文情怀和精神内质之深度光芒,于静笃中见峭拔,于澄明里生跃动。

——跨越两个世纪的郑敏诗歌写作,在现代性的诉求与传统汉诗本质的发扬之间,在本土视域与世界视野之间,保持了一个可连接的、从容展开的相切地带,进而成为将传统经验作现代转换的典范之一。晚年于创作同时,更着力于对现代汉诗诗学的开创性研究,视点所及,关涉新诗百年,从诗学到美学到语言学到文化学之历史与现实的方方面面,其精湛独到的见解,已成为当代中国最具启示性和影响力的学说,必将作为宝贵的遗产,为后世所记取。

牛　汉

岩石般粗粝而坚实,火焰般狂野而热切;来自骨头,发自灵魂,立足于赤子脚下的火热土地,取源于本真生命的真情实感,继而以本质行走的语言风度和不拘一格的艺术形式,在时代风云、人生忧患与艰难困苦的命运中,寻求不可磨灭的人性之光和生命尊严，并赋予思想者、寻梦人、海岸、草原、大树及热血动物这些核心意象以新的诗意和内涵，使之成为当代中国汉语诗歌最为难忘的艺术形象和生命写照。

——牛汉的诗，境界阔大，气息沉郁，是永不为时代所驯化、为苦难所摧折的独立人格与诗化人生，所发出的呐喊和追求；冲破时代的局限与意识形态的辖制，牛汉的诗歌创作，最终作为纯正诗歌写作的人格化身，和生命写作的杰出代表，为中国新诗的现实与未来，留下了无可替代的精神财富和艺术力量。

洛　夫

精湛的意象，孤绝的气质；富于创造性的形式追求，独自深入的精神境界；得西方现代诗质之神而扩展东方诗美之器宇，获古典诗质之魂而丰润现代诗美之风韵，以及对"放逐诗学"的拓殖和"天涯美学"的建构，为新诗的成熟与发展，提供了更多本体性的元素和特质，使之具有更明晰的指纹和更丰盈的肌理。

——洛夫的诗，极为深刻地表现了漂泊族群的集体悲剧意识与过渡时代的精神荒寒，以及于文化碎裂中重建生命家园、再造人文关怀的彷徨心境，使之成为跨越两个世纪之汉语世界独具价值的精神谱系，从而使我们真正领略到中国人自己的现代生命意识、历史感怀和古典情愫的现代重构，同时获得熔铸了东西方诗美品质的现代汉诗之特有的审美感受。

痖　弦

趋于完美的形式创造，与民族审美心性相通合的语言魅力，对传统汉语诗质的融会贯通，对现代叙述性话语之诗性资源的有效开掘，以及戏剧性因素的娴熟化用，使现代汉诗的艺术探索，在其天纵奇才的创造中，获得了非凡的深入和典律性的建树。

——痖弦的诗，善于从现实生活中抽取生命本质的苦味，于历史嬗变中探寻存在深处的悸动；在为主体漂泊、精神失所的现代生命个体做独特塑像的同时，也为一个失乡的时代镌刻独到的艺术写照；其代表作《深渊》，则已成为一个"不归路的时代"之永存的印记。在他的诗中，本土性与世界性相融，古典意绪与现代精神并存，适度而饱满，沉着而优雅，从而得以跨越时空，在抵达今天的诗歌阅读与创作中，仍具有鲜活的感受、现实的警策和经典化的诗美效应。

昌　耀

在个人与时代、艰生与理想、静穆与躁动、地缘气质与世界精神的纠结与印证中，他以散发乱服的语言形态和正襟危坐的精神气象，气交冲漠，与神为徒，经由崇高向神圣的拜托，以一种"原在"与"抗争"的态势，在充满质疑、悲悯、苦涩而沉郁的言说中，为那些在命运之荒寒地带的原始生命力和真善美之灵魂写意立命，进而上升为一种含有独在象征意义，彰显大悲悯、大关怀、大生命意识的史诗性境界。

——背负艰难时代和苦厄人生的昌耀之诗写，深入时间的广原，通合苍郁之高古与深切之现代，沧桑里含澄淡，厚重中有丰饶，境界舒放，意蕴超迈，人诗一体，以其孤迥独存的诗歌精神和风格别具的艺术品质，成为真正意义上的现代中国"西部诗歌"之坐标、方向和重心所在。

北　岛

简约而精美的形式，丰富而深刻的内涵，缜密而统一的风格；对精神现象之独到的省视，对词语历险之特殊的专注，对独立的非面具化、非类型化之写者立场持久而孤傲的坚守；由代言到内省到深入语言的奇境，汉语诗歌的抒情传统之现代性转换，在北岛艰卓而富于艺术自律的创作中，得以历史性的过渡，从而成为有号召性与影响力的、勾勒出现代汉诗的现代性品质之轮廓与基质的第一人。

——前期作品，以其正义与自由的呼吸，推开被黑暗封堵的门窗，传播人的尊严和美的信念，在纠正生活方向的同时也纠正了诗的方向，影响及整个时代的良知与美感；后期作品，于独白与对质中，建构与世界相通的诗意与诗境，并将修辞行为提升到一个同人生经验和人类意识共生的境界，为跨越世纪的当代汉语诗歌，贡献了更为精湛的技艺资源和超凡脱俗的精神源泉。

周伦佑

因苦难而生，为正义而发，由思想而诗；"刀锋"上站立的"大鸟"，"石头"里爆裂的"果核"，"伤口"中熔炼的"水晶"。以此生成的周伦佑诗歌与诗学之双重文本，具有跨越思想史、文化史和诗歌史而凸现综合价值与特殊意义的重要标志。

——作为"非非"主义诗歌创作与诗歌理论的代表人物，周伦佑以其宿命般的英雄主义和理想主义之悲剧命运，在深入骨头的自我"变构"、深入存在的本质洞悉、深入体制的本土解析、深入文化的诗学探求中，大开大合，独领风骚，集美学与人本、现实介入与精神超越、价值解构与理想重建于一体，神思与文采偕行，深刻与尖锐并重，而重铸汉语诗歌的青铜之质与火焰之采，并以其骨重神寒的现代知识分子之承担精神和决绝立场，为当代中国诗歌场域，树立起一个特立独行的思想者诗人之典范形象。

舒 婷

通和古典与现代，融会素直与曲婉，深入时代与人生的潜流，找寻个我生命经验和群体情愫的契合，而直启社会心理潮汐之触点：现实感伤，情志追怀，理想诉求，于清隽蕴藉之诗意境界，委婉其独自深入的灵魂之歌吟，和被这歌吟洗亮了的诗性人生；传统面影与现代气质的完美融合，常态写作与个在探求的经典体现；立足于整合的再造，着眼于重构的承接；诗心谨重，诗意优雅，诗味醇厚，诗理融明，化欧化古，明己润人，而种玉为月朗照天下。

——作为在当代中国影响最为广泛的诗人舒婷，以其独觉自得的人文精神和诗美风格，在新旧两个传统之间，搭起了一座守常求变、兼容并蓄以求典律之生成的坚实桥梁，大大推进了诗歌深入浅出、雅俗共赏的审美维度，具有承前启后的历史意义。

于 坚

和世界真相保持深刻联系的精神立场，立足生命与生存之日常细节的诗歌视角，创造新的诗境的语言才能；对现实和内心的诚实，逻辑与想象的奇妙结合，陌生而极富表现力的形式感，以及对诗性叙事的天才发挥。于坚的诗歌世界，不但有效地担负了他对存在独到的观察与体验，而且开辟了新的道路，将我们长久以来不知如何表达的种种，那些与我们真实的存在真正有关的部分，显现出真切的肌理和异样的诗性光芒，从而使现代汉诗对现实与历史的承载方式和承载力，发生了质的变化，并提升到一个更加开放和自由的境地。同时还为当代中国诗学，提供了一系列具有创建性的重要学说。

——于坚以此证明：汉语新诗不再是西方诗歌影响下的仿生，而已独立为自在自足的艺术世界，并拥有新的自信和主动。

翟永明

从角色到本真，从张扬到沉潜，作为当代中国"女性诗歌"的代表人物，翟永明以独自深入的个在生命体验与语言探求，在对"女性意识"做出开拓性的经典表现之后，更以超越性的心性和全面的艺术修养，抵达融女性与人性为共有本质意识之触角的诗歌视阈。

——翟永明的诗歌写作，在入世与出世之间、现实与梦想之间、现代与传统之间、世事之"常"与"变"之间，创化融"通灵"与"审智"为一的"灵魂叙事"，及对人性与生存之灰色地带的深刻考证；意识超凡，内涵别具；精神容量大，审美外延深。内在深潜的生命波动与独立不羁的艺术气质，共同构成其诗性生命历程的沧桑谱系，在海内外形成广泛影响。

王小妮

本真而细腻的人生体验，纯净而自然的语言风格，素朴而峭拔的艺术品质；以潜沉的个体意识吸纳万物的诗性，善于捕捉日常中的诗意、刹那中的永存，进而轻直透脱地揭示现代人的心理状态，或直接切入存在的本质，简洁、灵活而又浑然一体。

——经由现代叙事策略与传统抒情基质的良好融合，王小妮的诗歌写作，十分有效地消解了真实世界与想象世界的对立、女性视角与男性视角的对立、口语与叙事方式与书面语之抒情方式的对立，抵达一种语言、思想与生命体验和谐共生的境地，从而以其超然不群的姿态和独备一格的品位，成为当代中国汉语诗歌具有广泛影响力的代表之一。

顾　城

在充满观念困扰和功利张望的当代中国新诗界，顾城诗歌别开一界之"精神自传"性的、如"水晶"般纯粹与透明的存在，标示着意义超凡的精神鉴照与美学价值：脱身时代，返身自我，本真投入，本质行走，消解"流派价值"和"群体性格"之局限，成为真正个人与人类的独语者，并以其不可模仿、无从归类、极富原创性的生命形态和语言形态，轻松自如地创造出了一个独属其所有的诗的世界。

——澄淡含远，简静留蕴，畅然自得，境界无涯，富有弥散性的文本外张力，进而提升到一种真正抒写灵魂秘语和生命密码的艺术境地。现代汉语之诗歌艺术，在顾城这里回到了它的本质所在：既是源于生活与生命的创造，又是生活与生命自身的存在方式。

韩　东

　　他将先锋写作与常态写作融为一体，更将探索性与经典性集于一身。他以其"诗到语言为止"的诗学理念开风气之先，极为有效地剥弃当代新诗伪饰矫情的外衣和主流意识形态的积垢，进而以深心静力之哲学气质，及物求真之诗歌立场，以及新奇而独到的语言风范，深刻地改变了现代汉诗的写作风貌，扩展了现代汉诗的表现域度。

　　——韩东集30余年的现代汉诗写作，在造就个人高标独树的同时，也造就了跨越时代而富有影响力的别开一界。其作品多以生存细节和个人命运为焦点，即物深致，刻炼深奇，托意深切，安句自然，于直叙中生色有余，以简篇约细切，而风味深永。从文本到人本，韩东如此真切而精微地属于他个人，又如此真切而广博地属于无数诗人和诗爱者。

海　子

　　海子是20世纪80年代末以来，对当代诗歌产生了深远影响的诗人。在中国社会艰难转型的当口，他以"精神家园"最后守望者的姿态，矗立主潮诗歌的边沿，以巨大的热情，包藏万有的襟怀，持续不竭的创造力，在短短十年时间内，留下品质上乘、数量可观、影响广泛的诗歌作品。

　　——其代表诗作，深刻触及了社会巨变中，理想主义者内心的痛苦与孤独，并以悲悯与不甘的复合心境，暗自保留的一脉青春原型的抒写意味，将一曲"大地"、"村庄"和"麦子"的挽歌，演绎为诗性与神性生命的歌吟与殇礼。且，以其身心合一的诗性本质与天地淋灌的艺术灵性，于单纯与极端中，呈现富有生命力的韵律与节奏，和纯净而丰沛的精神意绪，意象简明，境界宏深，焕发出异质的光晕，成为20世纪中国现代浪漫主义诗歌的绝响。

赵　野

赵野是一位有着自己精神光源并坚持在时代背面发光的诗人。在普遍陷入"转基因"之"二手写作"的当代诗歌界，他以其特立独行的元写作立场，及无出其右的语言意识、文化意识与诗体意识，化约中西古今，重构汉诗传统，渐进于更高的诗歌种族。

——从年少风华发起第三代人诗歌运动，到中年午后独入新古典绝地胜境，斜阳系缆，寒夜饮冰，化百年伤为万古愁，挽家国情怀为天地精神，一腔苍古，带着微凉的秋意和"祖传的孤独"及"云卷云舒的气度"，将"词与物不合"的"世纪热病"，叹惋成回肠荡气的现代版之魏晋与庄骚：汉语气质彬彬，现代意识烈烈，人文风骨耿耿，而"淡漠所有的诗歌时尚，以自己的方式接近诗的真理"，越众独造，超凡绝代。

2019年1月改定于西安终南印若居

【辑二】

世纪之树
——感受牛汉诗歌精神

1

感受牛汉,是感受一棵世纪之树的风仪。

在当代中国诗坛,老诗人牛汉的存在,已成为纯正诗歌的人格化身。有论者曾将牛汉的影响与艾青相提并论,当然一个在其诗歌精神的影响,一个在其诗歌艺术的影响,就二者的分量而言,确有比肩而立之势,不算过誉。实则从朦胧诗到第三代诗及其后,20载新诗潮的风云际会,数不清有多少青年诗人从一米九〇的老诗人牛汉身旁走过,发现自己也长高了许多。

2

牛汉与新诗潮尤其是先锋诗歌的关系,可以说是粘着肉、连着筋、扯着皮,一脉热血,息息相关的,绝非如有些老诗人那样,仅是道义上的一种高姿态,缺乏生命意义上的理解与沟通。

其实无论是作为诗的存在还是作为诗人的存在，真正的牛汉形象，是随着新诗潮的发轫而树立起来的。换句老百姓的话说，是随着新诗潮一起"重活了一趟人"。

1923年出生的老牛汉，前50多年的人生，大都随历史的风云折腾得七零八落：抗战、流亡、参加民主学运被捕入狱、做中共的地下工作……好不容易革命成功"进城"了，又很快因所谓"胡风反革命集团案"牵连，被关进秦城监狱，等着从大牢熬出来，再接着熬"文化大革命"……一直等到解冻的春潮漫过大地，如他自己所言"已是遍体鳞伤"，唯一没有改变的，是那份刚强如初的人格和一颗永不驯服的灵魂。

大概正是因为有这样一份生命背景的灼痛，牛汉对新诗潮的参与、支持和理解，方是发自内心而心心相印的。

朦胧诗代表诗人北岛，早年作为知青返城回到北京后，一段时间衣食无着落，找到"牛伯伯"，牛汉毫不犹豫安排他在自己主持的《中国》文学杂志当个不上班的编辑，按月发给生活费。多年后北岛成为一代名诗人，忘不了常去"牛伯伯"那儿坐坐，后来出国远去他乡时，也是抹着眼泪同"牛伯伯"告别的。

20世纪80年代中期，第三代诗人，包括一批青年先锋小说家纷纷崛起。时值牛汉主持《中国》大型文学期刊，老先生披肝沥胆，一改早期《中国》四平八稳的样子，全力发表新锐诗歌和先锋小说，一时成为除民间报刊外，刊发实验性、探索性文学作品最为集中的重镇。后虽停刊，但那一段短暂而卓尔不凡的历史，至今为人们所感念不已。

牛汉对青年诗歌界，不仅有精神上的融通，更有艺术上的理解。

记得，有一次我与他谈到有"后现代诗人"之称的伊沙的创作,牛汉坦率直言:我不懂什么"后现代"这些新名词,但伊沙的诗我还是喜欢看,读了不少他的作品。他看起来写得很随便,没有那么多讲究,其实骨子里还是有硬的东西存在的,是他自己独特的生命体验的发言。我为老先生的这份理解颇感震动,要知道,连许多青年诗人都非常排斥伊沙的作品的,我却在一位横跨半个多世纪的诗歌老人这里,听到了颇为中肯的评价。

可见牛汉的诗心是从未老化过的,他似乎一直都处在"在路上"的状态,而且总是走在最前面的队列中,高大威猛,虎虎有生气。

3

认识牛汉十多年了,感受最深的就是"老头"的这份永远鲜活年轻的精神劲。

1988年隆冬,第一次去北京牛汉家拜见先生。中午饭后进门,在书房一聊聊到天黑。我约请先生上街吃晚饭,先生笑着说:"哪能吃上门学生的饭,再说也不能扔下你师母在家不管啊?"师母那时正病着,牛汉一是仗着自己身体硬朗,二是怕雇保姆麻烦,里里外外自己一个人忙着。先生领我进客厅,取出一套火锅餐具,乐呵呵地说:"早就准备好了,专门买了二斤内蒙古的好羊肉片,咱俩今天就涮羊肉吃,给你师母熬的粥,你想喝也喝一碗。"那羊肉真是鲜,但我吃不过老牛汉。我是一筷子一筷子地涮,先生是一小碗一小碗地涮,二斤羊肉,我吃了有三分之一,其他全归了先生的胃,看得我眼馋心热,叹服"老当益壮",真正好"大汉"!(牛汉同辈文朋诗友常这样叫他)末了挨了一顿训:"小伙子吃不过我老头子,真没出息!"

也亏了"老头"有这样的好胃口。牛汉前多半生,历经磨难,等到得以全身心投入他所热爱的事业，已是50多岁的人了。而一旦投入，更是日夜兼程，不管不顾地向前赶。

《中国》停刊后，他负责主编《新文学史料》，那是极其耗神费功的"细活"，为了还未来一个真实的文学史，牛汉倾尽心血，使其成为海内外研究中国现代文学的一份最重要的刊物。一边还得全力投入创作，写诗，写散文，近年更是平均一年出一部书，还有各种会议、出访，接待上门求教的一茬又一茬青年诗人……无论做什么，他都抱着一腔诗人的热忱，从不敷衍。

一般老人，到年龄都多少有些世故，牛汉却到老率真如孩童，里外透明，不掺半点假，更无半点大作家名诗人的架子，谁走近他，都会为他的真诚所融化。当然，这样做人做事，也便更累了些他自己，老人却从未因此更改过自己真名士、真诗人的本色。

1991年，为请牛汉为自己的新诗集作序，托我两个休暑假的学生赴京去老人家里催稿。俩学生慑于牛汉盛名，有些胆怯，我说你们只管去，保管不为难。不久回来，感慨得一塌糊涂，说这回才算是见了真正的大诗人，知道何为"高山仰止"。原来先生根本没把他俩当外人，更没有因二人是文学圈外的就减了热情，照样海阔天空聊在了一起。因为太忙，序言还没动笔，看两位学生带有小录音机，便口述让学生录下来带回给我。待整理出来，叹服"老头"思维好生敏锐清晰，更比纯文字稿多些明快鲜活。由此仔细抄清后再寄牛汉，老先生看我如此认真，便也认真起来，改写一遍复寄于我，这份手稿，遂成为我书房的一份珍藏。诗集出版后，大家都说牛汉的序文写得真好，实不知那是先生口述的杰作，后来又收入他的散文随笔集《萤火集》中（中国华侨出版社1994年版）。

说起来，这些都是小事，却又正是这些小事见出大家风度。

牛汉人真，在诗界、文学界是出了名的。他想骂你，当面就骂。认识你，就当朋友对待。一旦发现谁人品有问题，立马就跟他断交，毫不含糊。实则心底里又很善良，该原谅的，天大的事他也会化为云烟。当年整牛汉时，周扬有相当大的份。周扬病危时，托儿子叫牛汉到病房，拉住手道歉，牛汉凄然劝慰："我们不都是受害者吗？"随后还出席了周扬的追悼会。望着他那高大苍凉的身影，到场的人都感佩牛汉的心胸仁厚宽广。

4

正是这一份心胸、这一种精神，成就了牛汉晚来的艺术大境界。

大凡诗人，多以中、青年成名，之后便囿于已有的成就，再有作品，也少有超过成名作的，或成为复制性的延展。即或如艾青这样的大诗人，"文革"后复出重新投入创作，尽管不乏精品之作，但与其早年经典诗作相比，依然是减了不少成色。老一代归的诗人中，大都在二次爆发的创作热情中，写过一些不失水准的力作，但总体上还是未成大气候。唯有牛汉，横贯整个新时期诗歌进程，越写越精纯，越写越大气，真正抵达了真诗、大诗的境地，为海内外所瞩目。

当代中国诗坛，多年来，一直以"生命写作"和"现代诗性"为其突进的旨归，但在实际的创作中，真正能深入这一境地者，并不多见。于"生命写作"，大都或误读为青春激情的快意宣泄，或变异为诗意人生的简单"提货单"；于"现代诗性"，则多以投影西方观念为能事，或囿于技术层面和语言层面的引进与复制。显然，生命体验的深浅与主体人格的强弱，是能否真正企及这一旨归的关键所在。

牛汉的诗，从早年到晚近，一以贯之：立足脚下这块土地，取源本真生命的真情实感，"写出我们中国人现时空下自己的现代感。"（牛汉语）

潜心研究牛汉作品者都不难发现，从一开始，诗人的写作重心就未被所谓的"艺术修养"所游离，而完全投放于对生存的质疑和对生命的叩寻中去，虽然粗粝却充满质感；以生命的体验去通和艺术的创造，而非以艺术的修养去通和生命的体验，这是牛汉区别于其他诗人的最重要的标志。

一句话，牛汉的诗来自他的骨头、发自他的灵魂、源自他以血与火铸就的中国式的现代文化精神，是在岁月莫测的苦难与创痛中，一个永不为时代所驯化的独立人格所发出的呐喊与追求。

具体于作品而言。

在早期，是"埋在冰层里的种子/静静地/茁长着明天的美丽的生命"（《鄂尔多斯草原》·1942），"是从地下升起的/反叛者的声音"（《地下的声音》·1944），是"狂暴的迫害"中，"一个不屈的/敢于犯罪的意志"（《在牢狱》·1946），是为温暖寒冷的祖国，"将自己当做一束木炭/燃烧起来"的赤子之心（《落雪的夜》·1947）；

在"十年动乱"时期，是"当人间沉在昏黑之中"，独自"在云层上面飞翔"，"黑色的翅膀上/镀着金色的阳光"的鹰（《鹰的诞生》·1970），是"在深深的地底下"，"不甘心被闷死"而"凝聚成一个个巨大的根块"（《巨大的根块》·1973），是有着"火焰似的斑纹"、"火焰似的眼睛"和"一个不羁的灵魂"的"华南虎"（《华南虎》·1973），是被伐倒下去"比站立的时候/还要雄伟和美丽"，"生命的内部/贮蓄了这么多芬芳"的一棵"高大的枫树"（《悼念一棵枫树》·1973）；

在重新复出崛起的新时期，是"永不会成为温柔的平原"的"有血性的""铁的山脉"（《铁的山脉》·1980），是"在料峭的春寒里""不枯不凋"，有着"带血的年轮"的松树（《一圈带血的年轮》·1986），是"流尽了最后一滴血/用筋骨还能飞奔一千里"而"扑倒在生命的顶点/焚化成了一朵/雪白的花"的"汗血马"（《汗血马》·1986）。

——这便是牛汉，牛汉的诗和诗人牛汉，是一个透明、坚实、不掺假、不走样的统一体。说真话，说人话，不为流行所动，不为功利所惑，以独立人格发言，是其恪守的精神立场；不造作、不矫饰，追求大意象、大境界、大生命感，是其一贯的艺术风貌；不守旧，亦不盲从，坚持探求中国人自己的现代意识和现代诗美，是其鲜明的艺术品质。

由此，作为时代之"带血的年轮"，作为历史之"不沉的岸"，作为扎根现实土地的"巨大的根块"，作为理想生命之天空中"以飞翔为归宿"、"从不坠落的鹰"……牛汉的诗，已成为跨世纪中国新诗进程中，一笔巨大的财富，为越来越多的人所珍视，所热爱。

5

1996年夏，牛汉应邀赴日本参加第16届世界诗人大会。会上无意间安排"老诗人"首先发言，牛汉一马当先上台，一米九〇的伟岸，半个多世纪的沧桑，一番讲演下来，"震翻"了会场。据说后来的会议日程全乱了——到会者无论发言还是日常交流，全围绕"牛汉现象"转了——此时的牛汉，已是73岁的高龄！

感受牛汉，总让我想到惠特曼在其《草叶集》序言中所写的一段话："他满怀不熄的热情，他对命运的巨变，对顺利与不顺利的各种情势的凑合漠不关心；日复一日、时复一时地，他交纳着自己美妙的贡赋……他相信自己——他蔑视缓一口气。他的经验，他的热情的感受和激荡不是空洞的声音。任何东西——不论是苦难，不论是黑暗，不论是死亡，不论是恐惧，都不能使他动摇。"①

作为跨世纪的诗歌老人牛汉的存在，无疑正成为当代中国诗歌的精神源流，以至使我们常常会设想到：设若没有这棵世纪之树的照拂，世纪交替的中国诗歌界，该平添多少寂寞和冷清呢？

1998年2月

【附记】

2013年9月29日清晨，著名"七月派"老诗人牛汉在京逝世，享年90岁。我与牛汉先生师生之谊30年，半生浮沉中，最是难忘尊师恩德与感召，耿耿在心。先生天年谢世，不能面辞，特以此旧文为念，收入此集，或可再续心谊。

---

① ［美］惠特曼：《草叶集·序》，转引自《西方诗论精华》（沈奇编选），花城出版社1991年版，第31页。

飞行的高度
——论于坚从《0档案》到《飞行》的诗学价值

引言：从批评说起

在20世纪末的中国诗坛，大概没有哪一位诗人，遭遇像于坚这样尴尬的批评处境：一方面，作为坚持民间立场之纯正写作阵营中最具影响力的代表人物，不断在官方（如《人民文学》等）和海外（如《联合报》等）获奖，大获张扬；一方面，在备受阅读层面包括诗界以外的阅读层面的好评和赞誉的同时，却又总是为诗歌批评界一再冷落，以至又屡屡让海外诗学界独享其成。

双重的尴尬，使于坚难免有些"恼火"，他讨厌"主流认同"的阴影，也反感"国际接轨"的幻影，在无奈中接受这些"阴影"与"幻影"的些许慰藉之后，来自纯正诗歌批评阵营的冷淡，越发显得让人难以理解。

诚然，在经由非批评通道而早已立身入史的于坚而言，这种"恼火"有时看来不免多余，但又无不透显出这位诗人某些未泯的童心和赤诚的情怀——他一直在纯正诗歌批评界那里寻求着一种理所当然的认同,以安妥这样的童心与情怀——历史已经认领了的这种"认同",在新诗潮勃发至今的20年中,是怎样地亲切、怎样地可敬和怎样地重要,以致使整个纯正诗歌阵营,形成了一种无法绕开他去的批评期待,乃至不管这种"认同"是否也会发生必不可免的错位或告竭。

"我以为作为一个中国诗人,在这样的一个时代,最荣耀的莫过于在北大这样的地方讨论他的作品……"这是于坚在1994年12月15日下午,出席由谢冕教授主持的"对《0档案》发言"座谈会上的由衷之言,至今读来让人感叹不已。显然,对学院批评"认同"的"期待",在于坚心里也是一个颇具分量的情结——遗憾的是,四年过去了,这情结依然为尴尬所"认领"。

是于坚"错开"了批评界,还是批评界"错开"了于坚?

不是说错开了于坚就是批评的失职,其实这是两方面的问题。让人感兴趣的是这问题中隐含的某些启示:经由前新诗潮(主要是朦胧诗)批评的辉煌成就,似乎也逐渐形成了某种"批评期待"——期待新的"北岛"、新的"舒婷"、新的"朦胧"(以至有了"后朦胧"与"后新诗潮"的含混定位)以及新的"海子神话"——以沿着既定视野扩展中心不变的批评格局。于坚显然是作为这一期待视野之外的"异类",突起于批评家面前的,他使他们同样感到尴尬,从而被迫选择了仅属于诗歌史范畴的认领,而非诗学范畴的认同。因此,便再一次错开了为90年代中国诗歌贡献了《0档案》和《飞行》两部巨作的于坚。

这其中,或已将于坚视为已然功成名就的历史人物,是可能的心理机制。同时,于坚一再被看作同样已功成名就的"他们"诗派的一分子,亦即划归为已有定论共识的流派诗人之一,大概也是一个潜在的批评盲点。

其实，就创作而言，无论是80年代还是90年代，于坚都完全是一头卓然独步的雄狮，加盟"他们"，也只是气质相近而非风格相投。"我的梦想只是写出不朽的作品，是在我这一代人中成为经典作品封面上的名字。"① 这"梦想"可说已经实现或正在实现，那么何谈"尴尬"呢？历史常常让一些优秀的人物成为孤独的狮子，该消解的是于坚不必要的"恼火"。而对批评的盘诘，就本文而言，也只是为我同样可能力不从心的诠释，作一点铺垫——我只是不愿再"错开"于坚——无论是作为读者还是批评者，出于良知还是出于责任，我都无法再绕开于坚所提交给我们时代的诗的高度，去作其他的言说。

补遗：对《0档案》发言

在当代中国诗坛，于坚一向被指认为具有前卫性、先锋性和实验性的代表诗人，属于超越时代步程的前沿人物。于坚自己则声称："我实际上更愿意读者把我看成一个后退的诗人。我一直试图在诗歌上从20世纪的'革命性的隐喻'中后退。""在一个词不达意，崇尚朦胧的时代，我试图通过诗歌把我想说的说清楚。""我是一个为人们指出被他们视而不见的地狱的诗人。"②

于坚在做这样的告白时，已完成了他的巨作《0档案》，在人们的各种误读和批评界的广泛失语面前，诗人不得不做出这样一些自我诠释。其实，"后退"的态势，是于坚很早就确立的创作立

---

① 于坚：《关于我自己的一些事情（自白）》，《棕皮手记·自序》，东方出版中心1997年版，第11页。
② 于坚：《棕皮手记·1994—1995》，《棕皮手记》，东方出版中心1997年版，第285页。

场。退出什么？退出新诗沿袭至朦胧诗后，依然占有主流路向的审美范式——高蹈、抒情、翻译语感化，意象迷幻、隐喻复制、观念结石以及精神的虚妄和人格的模糊，失去了对存在发问、对当下发言的尖锐性。"人说不出他的存在，他只能说出他的文化。"① 这是于坚一直关注并力图在自己的创作中予以解决的核心问题。把话说清楚，并发掘过去和当下诗歌中存而未说的东西，以重新恢复汉语在当代诗歌中的命名功能，遂成为于坚诗歌的大抱负。

这一抱负的立足点，在于转换话语，落于日常，活用口语，再造叙事。

语言是文化的本根，文化的疾病首先是语言的疾病。新诗对古典诗的革命，在于古典诗所使用的语言，在新的生存现实与文化语境面前打滑乃至空转，随后新诗自身也渐渐被打磨得空转起来，部分地失去了重新命名的功能，成为一些虚幻的空中楼阁。对此，于坚返身他去，由诗性的歌唱转而为诗性的言说，视日常为理想之体，注重对意义的刻写而非意义本身，回到动词，回到名词，回到一切词语的根部，客观、坚实、健动、去蔽、朗现、裸呈，以一种不无试错、证伪的态势，通过对汉语隐喻系统的解构，引领人们返回存在现场，从而极为有力而深刻地改造了我们时代的诗歌语境，同时也改造了我们时代的诗歌精神。

这一语境和精神的集中体现，便是《０档案》。

于坚创作和发表《０档案》时，正值当代诗坛沉迷于"海子神话"时期。当普泛的读者和批评家们，为第三代诗人创化的口语写作和冷抒情弄得不知所措时，突然在最后一位现代神话写作

---

① 于坚：《棕皮手记·从隐喻后退》，《棕皮手记》，东方出版中心1997年版，第243页。

者海子那里，找到了追怀浪漫主义诗歌的巨大宣泄口，一时关于"麦地"、"玫瑰"和"王"的"海子式意象仿写"，泛滥于整个诗坛，将一场悲剧弄成了盛大的节日。

《0档案》可谓生不逢时，孤独者必须再次接受孤独的磨砺。沉浸在重返神话写作与浪漫主义中的人们，不可能对这部毫无诗意可言的什么《0档案》发生兴趣，以海子为荣耀的北京大学部分诗人学子，甚至干脆称《0档案》是"一堆语言的垃圾"。这是典型的中国式文化心态，当存在暴露出它历史的污秽与现实的粗陋时，人们所做的不是去清除垃圾，而是踩在垃圾堆上幻想玫瑰的抚慰。其实我们几乎像用旧钞票一样，一再污染和蹂躏了那些曾经多么美好的浪漫语词，使它们变得模糊不清或充满虚妄，只剩下夸大其词、言不由衷的虚假，而远离存在之真实！

尽管，批评界对《0档案》的冷淡和滞后，是有各种原因的，但无论从诗学的角度还是从诗歌史的角度，我们都不可以绕开这座突兀而起的高峰，而言说 90 年代现代汉诗的总体进程。《0档案》所体现的那种巨大的实验力量和完全生疏的形式魅力，是前所未有的。这是一种智慧和意志的创造，而非激情与想象的写作，"用具体、精确、明晰、富有逻辑的语言描述事物"（于坚语）是否能成为诗？《0档案》做出了极为出色的解答。

在这部对文化专制之典型形态即"档案话语"的解构性"命名"的鸿篇巨制中，诗人彻底洗刷了新诗传统中，一味追求形而上之"虚理"和浪漫感伤之"矫情"的遗风，将自己置于"非诗"的边缘，以此来拓殖现代汉诗新的表现域度，和对历史与现实的穿透力。指认、检视、形而下、以物观物、客观陈述，以所谓"垃圾式"的语言来书写语言的垃圾，以对话语结构的颠覆来抵达对精神暴力的颠覆——所有这些看似与诗性相去甚远的干巴巴的东西，经由于坚式的特殊编码，产生出异质的活泛和意趣。

作为一个被视为"另类"的诗学事件，《〇档案》令当时的批评界长时间处于静场状态。最终，在事隔近一年的1994年年底，经由笔者的提议与鼓动，终于引发了由谢冕主持、北京大学部分师生参与的"对《〇档案》发言"研讨会。遗憾的是，这一会后由笔者整理的唯一对《〇档案》进行学术研讨的会议纪要，仍因各种原因，未得以在国内公开发表，仅于1995年的《台湾诗学季刊》第4期上刊出，而影响极为有限。

这里，不妨借这篇记要作一些摘要性的补遗，以便增加一些整体性的认知——

文学博士陈旭光发言指出："进入90年代，与席卷中国文化界的新保守主义思潮相应，先锋诗中有了一个明显的'回返'现象，即日益丧失在文本中无情解构、颠覆的反叛姿态和先锋精神，'回返'一种与传统和解或与大众传媒共谋的温情与保守。正因如此，我特别看重逆此潮流而动的于坚的《〇档案》写作。它以主题的严肃性，深入到个人生存之集体无意识领域的深刻性及形式上的走极端，而保持了难能可贵的先锋精神。"同时，在对于坚先前的短诗和《〇档案》写作比较后，陈旭光还指出："于坚首倡并有效地实践了强调语感、语势的口语写作。这种口语破除语言中的文化性厚积，而与个体的生命体验更为接近乃至同构对应。在他那些短诗的静态文本下面，总是潜行着一种真实的生命呼吸。而在《〇档案》中，'人'死亡了，主体'缺席'，文本完全静止、平面、无限堆积，没有生命的气息……"

陈旭光这里对《〇档案》的文本质疑，或许正是于坚所要通过文本达到的效应，因为无论作为文化形态还是现实作用，"档案话语"正是这种让人死亡、让主体缺席而毫无生命气息的东西。

《0档案》是一种典型的指认性写作，语言与意义处于一种直接的、自然的关系中，可诉诸此时此地的语境，作者只是指认，将指认后的思与想完全留给读者。

文学博士孙民乐认为："《0档案》有可以意识到的诗学背景，诞生于对诗歌语言的一种独特的设定和追求，即诗歌语言应屏蔽语言的历史沉积和文化诗意，还语言以原初的'命名'功能。"并深入文本精细地分析道："《0档案》以杂沓'堆垛'的语言策略，打破了横向组合的亲和关系，语调的排泄或倾倒和高密度的铺排，几乎阻断了意义缝合的可能。……没有意义的承诺，只有声音和形体的扭结和横陈，汉字由此似乎回到了仓颉之前的自在和自然状态，它的物质性从历史幽灵和文化迷宫的禁闭与羁绊中脱颖而出，走向了诗的前台。这是一次真正的'语言的'建构，尽管语调的历史印痕和文化内蕴并未完全飘然而去，尽管人们依旧可以轻易地从中读出各种历史的、社会的、人生的主题，但这些主题的承载者和承载方式，已发生了质的转变。与其说它是一种诗体形式的创造，不如说它是一种诗歌语言的发现。"

文学博士尹昌龙则特别指出："《0档案》中的'0'有一个虚构的喻义，即对自我的消解，而通过社会话语——档案，来看自己，用一种戏仿档案的讲述方式，在对档案话语亦即社会话语规范的解构中找到裂隙，从而在这个裂隙中呈现出个人稀微的真实，这是这部作品的特性所在。"

文学博士林祁认为："档案是我们熟悉到几乎不注意却又是严重存在的一种文化，人们绝不会想到此中能写诗，于坚偏冒了这个大险。由此他不可能遵从历史的审美习惯，遵从英雄式的、抒情性的表现方式，迫使他另辟险径。他发现档案形式的严密里有裂隙，庄严里有滑稽，简单的词语后面有深刻的社会文化背景，利用这种档案形式拆解档案话语,是一次大胆而成功的先锋性实验。"

访问学者杨鼎川教授指出:"《0档案》有意地亵渎诗的高雅,因而多少带有粗鄙化倾向。我使用'亵渎'和'粗鄙'都不带贬义,对于那样一段可悲的历史,对于那种以类去消除个性、以政治抹杀人性的现实,谁还能认为应当用优雅的语词和风格去抒写?"

谢冕教授在最后的总结性发言中指出:"于坚和他的《0档案》的价值在于,他所显示出来的人的语言存在的特殊困境,比同时代的作家和诗人要涵括得多得多。他所要显示的,在《0档案》中已表现到了极致,是我们每个中国人都深切感受的。通过各种语词的有意味的拼凑和堆积,到达一种高度,所堆积的是一个非常宏伟和有深度的东西,震撼人的东西。诗人不应该忘记历史,忘记是文学家的不幸,诗人必须直面自己所面对的大地和天空,面对自己的内心世界。于坚是这样做的,和那些游戏式的诗人不一样,和那些粉饰性的诗人也不一样。"

在做出这样的充分肯定之后,谢冕关切地问道:"我最终想知道的是,作为《0档案》这样'自杀性'的创作事件,对诗人于坚的创作生涯意味着什么?于坚和他所代表的这批诗人,下一步写什么?怎样写?你为此所付出的代价,会导致你怎样的新的选择?"

而,于此研讨会过后三年,在继续创作了大量高水准的短诗和极具创建性的诗学文论的同时,于坚又向我们提交了另一部长诗巨作《飞行》,它所抵达的新的高度,既回答了谢冕先生的悬疑,也验证了陈旭光博士发言中最后的猜测:"于坚这样做是意图要'置于死地而后生'吗?"

实则，《０档案》所开启的诗歌新地，并非"死地"而是"极地"——是远离 90 年代旧梦重温之普泛诗歌现场，而生发新的生长点的"极地"——于坚创造了这样的道路，也就必然有能力使之不断拓展与延伸。

认领：《飞行》的高度

《飞行》一诗，初稿于 1996 年 12 月，此后一年中，四次修改，1998 年 8 月发表于《花城》文学双月刊，刊出后，又重新改定一次，以最后的定本获首届王中文化奖。前后五次修订，可见于坚对这部长诗的重视。定本计 538 行，其中最长的一行诗多达 31 字，大部分在 20 字左右，算来全诗万字有余，体积庞大，气势恢弘，无论是其精神含量还是艺术含量，都属"航空母舰"一类的史诗之作，长而耐读，富有奇趣。

假若说，《０档案》是一部推向极端的实验性文本，《飞行》则是一部经由整合而具有复合审美的经典性文本。二者有共同的品质，如戏剧性、小说企图、命名性功能及高密度的铺排、堆垛之语言策略。也有不同的风格：《０档案》是单向度的推进，《飞行》则充满了复合的光晕；《０档案》是对"档案话语事件"的个案性深度剖析，有清场的作用；《飞行》是对"时代精神领空"整体性检视梳理，有建构的意义——我则称之为"超级命名"。

于坚对他的这部巨作题名为《飞行》，在我看来，既是实指，又别有深意。

飞行是亘古以来人类的梦想，这一梦想在普通中国人中的实现只是晚近的事情。登上现代飞行器，脱离赖以扎根生长的土地，在一万米高空回视过往的一切，对每个人而言，都无异于一次"精神事件"！我们知道，当宇航员飞离地球，在太空中回望漂浮于黑暗中的那颗蓝色星球时，曾经发出怎样的惊叹，而于一瞬间改变或重建了自己的世界观。这样的"精神事件"，对于刚刚从那么多动荡、忧患、闭锁、文化专制与物质匮乏中走出，而重新认识自己并重新认识世界的中国人而言，无疑更具有震撼力，且其震撼之脉细也更加复杂。

由这一特殊角度切入，遂使诗人的一次短暂飞行，变为有巨大穿透力和涵括性的时代表征：现代与传统、梦想与现实、个人天空与历史风云、私人话语与全球一体化，以及生态伦理、环保意识等等，无不经由于坚式的"飞行"，得以诗化的展开。"20世纪的中国诗尚未完全意识到，他们有义务为一个与乡土中国完全不同的汉语新世界命名。"[①] 于坚在《飞行》中出色地实现了对这一"命名"的企及——由此，在对20世纪中国文化专制之典型代表"档案话语"做了《0档案》式的独到命名后，又对20世纪末中国人的"精神心空"做了《飞行》式的独到命名——如此两个重大的命名由同一位当代诗人完成，这在我们的时代里，是极为罕见的。

前文曾提到，《0档案》的命名属于单向度的个案深入，《飞行》则具有整合性的效应。当代中国诸般有代表性的文化景观和世态景象，在《飞行》的视阈里，都得以诗性的触及、激活、指认与追问；跨度大、容量大、蕴含深，上天入地，通古涉今，无远弗届，大开大阖，颇具史诗气象。

《飞行》的题旨如此凝重与宏阔，落于文本，却无涉文化诠释和价值判断，只在呈示与体认，如同那个巨大的飞行器，只在于运行本身和运行的姿态，无所谓运的是什么，目的何在。"伟大的

---

① 于坚：《棕皮手记·从隐喻后退》，《棕皮手记》，东方出版中心1997年版，第245页。

诗歌是呈现，是引领人返回到存在的现场中。"① 在这里，诗人几乎是用一种抚摸性的眼光，逡巡于"飞行"中所视、所思、所想的一切——依然有批判的锋芒、质疑的灵光、盘诘的烛照，只是多了些达观的情怀和宽容的气息，乃至不回避怀旧的意绪及文化保守主义的嫌疑，或者说，至少是消解了极端性的、不断革命、不断求新求变、追逐"现代化"的所谓"先锋立场"。

在极言"现代"的喧嚣里，维持心灵的清醒和笔端的沉着，用冷静的头脑支配明朗的墨水，对东西方意识形态、语言形式和表现策略，保持从自身经验和由母语根性出发的体认，其实是诗人于坚持之多年的写作立场（这从他许多诗歌之外的写作文本中也时可见到），只是在《飞行》一诗中，得到了最为集中明确的表现：正负承载，内外打开，"心比一只鸟辽阔比中华帝国辽阔/思想是帝王的思想但不是专制主义/而是一只在时间的皮肤上自由活动的蚊子"——这便是《飞行》的姿态，由此姿态所抵达的"命名"，方可"对于人理解他所置身的世纪的状况，是有益的、客观的、真实的"。②

当然，人们有权利对于坚这种"向后退"与"软着陆"的姿态是否为期过早持以质疑，但从诗学的角度来说，题旨的轻重与姿态的偏正都是次要的，关键要看"命名"的过程是如何展开，是否有真正的诗学价值。

《飞行》全诗，无非写一位诗人由本土飞往他国途中，于九个小时的特殊时空中所视、所思、所想的种种而已。这既是特殊的时空，又是偶然而普泛的集合，关键是要给出有"命名"性的说

---

① 于坚：《棕皮手记·诗人何为》，《棕皮手记》，东方出版中心1997年版，第238页。
② 于坚：《棕皮手记·1986—1989》，《棕皮手记》，东方出版中心1997年版，第257页。

法。《飞行》的"说法"亦即"命名"的展开，与于坚以往的作品有很大的不同。《飞行》的题旨是复合性的：传统与现代、梦想与现实、个人天空与历史风云、乡土中国与全球一体化以及生态伦理、环保意识、家园情怀等等，由此生成的语境，也便焕发出复合的光晕。就我个人的诗学观念而言，我更看重这种经由整合而重构的复合品质，窃以为这是一位大诗人理应追寻的路向。

落于文本的分析，可看出以下几点变化：

1. 主、客互动，重新引进抒情之维

于坚的诗风，向以客观化著称，极少主观色彩，重在剖析存在的肌理，摒弃精神乌托邦的升华，重在言传，无所谓意会。早期的《尚义街六号》及后来的长诗《0档案》，是这一诗风的代表。于坚对此总结为"诗是动词"、"日常的"、"不言志，不抒情"，注重"事件"、"仅仅到'看'而不到'心'的事件"和"细节"与"具体"，[①]并指认"语言，只有当它被'客观'地使用着的时候，它的一切奥妙才会显现出来"。[②]如此的客观必然带来阅读的生冷与滞重，为此于坚有机地引入"戏剧元素"和"小说企图"，着力于对细节的捕捉，加之其言物状事的特殊语感——理趣、机巧、精确、道他人之不可道，使之语境变得别具一番灵动与活泛。这种诗风，一举洗刷了长期泛滥于现代诗中的情感夸饰和想象虚浮的弊端，同时也大大拓展了现代诗的表现域度，不失为创造性贡献。

但是，完全客观的负面是对抒情的完全放逐，且不说这种"完全放逐"是否合理，就诗的审美情趣而言，它至少是一种损

[①] 于坚：《棕皮手记·1992》，《棕皮手记》，东方出版中心1997年版，第278—279页。
[②] 于坚：《棕皮手记·1986—1989》，《棕皮手记》，东方出版中心1997年版，第243页。

失。其实在于坚的另一些作品中，如早期的红高原系列，后来的《阳光下的棕榈树》《避雨之树》等诗，并未因抒情因子的存在而失去个在风格，或许还增加了些特别的亲近感。

放逐是一种反拨、一种清场，之后的重构应是情理之中的。这种重构在《飞行》中有了突出的显现，在客观陈述（真实世界）与主观抒情（想象世界）之间，融合了一种新的语境，使热爱于坚的读者，十分欣喜地进入了一个更新的阅读视野："在机舱中我是天空的核心/在金属的掩护下我是自由的意志"；"神赐的一天多么晴朗/天空系着蓝围裙　就像星期天的妈妈"；"碰上这一天我多么幸运　太阳升起了/万物中的一员　我也是光辉中的生命/神啊　我知道你的秘密"——"我"终于由幕后走向前台，抒情的长笛悠然奏响：

　　我听不见大地的声音了
　　听不见它有声音　也听不见它没有声音
　　大地啊　你是否还在我的脚下？
　　我的记忆一片空白　犹如革命后的广场　犹如文件袋
　　戎马倥偬　在时代的急行军中我是否曾经　作为一只耳朵软下来
　　谛听一根缝衣针　如何在月光中迈着蛇步　穿过苏州堕落的旗袍？
　　我是否在某个懒洋洋的秋天　为一片叶子的咳嗽心动？
　　我是否记得在故乡的夕阳中　一把老躺椅守旧的弧线？
　　"小红低唱我吹箫"　"回首烟波十二桥"
　　哦　我是否曾在故国的女墙下　梦见蝴蝶在蝴蝶梦里成为落花？

如此优美柔化的声音，在于坚以往的诗歌中，是很难听到的，由此错落于《飞行》的叙事交响中，相生相济，交互映衬，颇有"云揉山欲活"的审美效应。同时，从文化心态和精神背景而言，也透显出一种反思与整合的机制。当然，于坚的抒情自有他个在的品质，是坐实之后的务虚，有可辨认的肌质和可信任的亲近感，如一条自然生成而铺展开去的河流。

2. 叙事与意象的杂糅并举

于坚擅长写实，精于叙事，那一支如雕刀般的笔能将石头写活，让干巴巴的事物泛起诗意的灵光，这样的才能在当代诗人中几乎是独一无二的，《０档案》的成就便是一个典范。传统中的诗人，"一具体就诗意全无"（于坚语），全靠想象，靠等待灵感以经营意象为能事，也便时时有掉入隐喻复制的陷阱和既成价值的泥淖之常态。对日常生活的诗性言说，即是对事象的诗化处理，剥离文化外壳，暴露存在之真，让真实的生活，抵达诗的现场，抵达维特根斯坦所说的："神秘的不是世界是怎样的，而是它是这样的。"

如此的体认，在于坚，早已成为他的一种"传统"。

同时，以事象入诗，必须要有独到的选择和构成，它比挥洒性情经营意象要困难得多，于坚于此可谓驾轻就熟。然而意象毕竟是诗的核心元素，过于密集，容易造成语境的黏滞，过于删削，也会显得诗质稀薄。于坚舍意象而求事象，既出于气质使然，也是自我设置的诗学"攻关"，意在拓展现代汉诗的表现疆域，而当这一疆域为之创造性地拓殖之后，于写实/叙事中有机地杂糅进意象元素，是否会生发更加丰富、饱满的气象呢？

《飞行》对此作了肯定的回答：

> 现在　脚底板踩在一万英尺的高处
> 遮蔽与透明的边缘　世界在永恒的蔚蓝底下
> 英国人只看见伦敦的钟　中国人只看见鸦片战争　美国人只看见好莱坞
> 天空的棉花在周围悬挂　延伸　犹如心灵长出了枝丫和木纹
> 长出了　白色的布匹　被风吹开　露出一个个巨大的洞穴下面
> 是大地布满河流和高山的脸　是一个个自以为是的国家暧昧的表情

可以看出，于坚在《飞行》中经营的意象，也有不同于我们熟悉的、见惯不怪的特殊质地。它是非修饰的、非刻意的（所谓"语不惊人死不休"），由叙事语流中自然带出来的，具有庞德所强调的那种"爽朗"、"坚实"、"具体性"的品质，我则将之称为"事象中的意象"，或"意象化的事象"。

《飞行》一诗中，充满了这些"外熟里生"、"平中见峭"的意象化叙述，时时让人击节叫绝——写跨国飞行"穿越丝绸的正午 向着咖啡的夜晚/过去的时间在东方已经成为尸体/我是从死亡中向后退去的人"；写"一片落后于新社会的高原"，"在那里时间是群兽们松软的腹部"；写"一架劫持了时间的飞机/它要强迫一部农历在格林尼治降落"，并成为"本世纪最前卫的风景"；写"山鹰在仰视着我们的飞机　天空中的旧贵族/它曾经是历史上飞得最高的生物/但现在它在我的脚底下　犹如黑夜扔掉的一条短裤"；写逃亡似地"涌向现代去"的人们，"犹如干燥的树枝　抓住了烈火的边缘"……这样的意象，明确、畅达而意味悠长，没有阅读的障碍,却又不失所谓"回肠荡气"的审美效应。

回头还得说叙事。

于坚开当代诗学再造叙事之先河,很快拥有了不小的号召力。分延至90年代,不少诗人都加入叙事的行列,但大多将其贬损为日常生活的琐碎絮语,缺乏选择与控制的事象"提货单",失去了诗性叙述的特质。至今,于坚依然是保有这种特质的高手,在《飞行》中更是运用自如——"我可以在思维的沼泽陷下去 扒开烂泥巴一意孤行/但我不能左右一架飞机中的现实/我不能拒绝系好金属的安全带/它的冰凉烫伤了我的手 烫伤了天空的皮";"肢解时间的游戏 依据最省事的原则 切掉多余的钟点/在一小时内跨过了西伯利亚 十分钟后又抹掉顿河";"当你在国王的领空中醒来 忽然记起 你已经僵硬的 共和国膝盖"——正是这样独具魅力的语感,支撑着叙事的诗性展开,成为耐读好读的叙事。可以说,于坚对叙述语言的诗性锻造,到了《飞行》一诗,已发挥至炉火纯青的地步。

3. 杂语并陈,纯驳互见

以杂语的形式,指陈众声喧哗、众音齐鸣的过渡时代,是世纪末文学写作中一个颇为诱人的语言策略。这一策略在于坚以往的创作中,已经时有涉及,只是到了《飞行》一诗里,才得以完整的确立。

就文体而言,杂语之"杂",非杂乱之杂,而是对充满矛盾、差异、相悖的语调进行有意味的并置,使之在互相摩擦、相互投射中,作能指间的自由追踪与嬉戏,而得以在竞相发言中,产生千姿百态的歧义。

在此,于坚以他一贯的语言风度——是"风度"而非普泛意义上"风格",进入一种完全开放型的语流状态,使其语感,成为没有固定目标或题旨限定的自由运动——叙述、抒情、事象、意象、口语、书面语、专业用语、俚语、古语、窃窃私语、俗话、官话、套话、指陈、描绘、联想、吟诵、拼贴、嵌扦、跨跳、回闪、明喻、暗讽、质疑、盘诘、戏谑、感怀、理性、感性、上意识、下意识、主体、客体、即物、形上、历史、现实、当下、手边、来、去、视、听、想……如此的杂陈并举于一首诗中，可谓空前！而所有这些，都在于坚化或"飞行"式的编码中，得以从符号性的沉睡中醒来，活跃、自足而又有机地汇集依从于一种完整而和谐的形式统摄下，从而形成一种奇特壮观的含混中的漂流或漂流中的含混之大美。这一语言策略的成功运用，一方面削减了线型有序之横向排列所造成的固化指涉，一方面使读者有更多的时间逗留于文字之间，体味其无穷的语感魅力。

　　由此，不妨作引申一步的推想：所谓"飞行"，其实就是一种"漂流"，一种暂时脱离符号化的身份定位而移位于过渡形态中的"精神漂流"——它既是一个"事件"，又是一种"状态"——在那个完全现代化、机械化、程序化了的特殊时空中，无论是"事件"还是"状态"，都是含混的，悬疑无定的，过去和未来都被暂时搁置，只剩下"当下"、"手边"之偶然的集合。在强大的、被完全劫持的"物"的宰制中，精神成了无所依附的浮游物。这种既非"家园"也非"荒原"的过渡形态，恰好对应了世纪末悬浮杂陈的中国语境，"飞行"成了一个"飞行时代"的超级喻体，这无疑对于坚这样着重力处理"当下"、"手边"、"具体"情态的诗人，具有巨大的诱惑力。于坚敏感地抓住了这个"超级喻体"，并以与之相契合的语感和语境，予以了划时代的命名——在惊叹诗人那种驾驭语言的才华的同时，又怎能不为诗人这份把握时代脉搏的心智而叹服！

4. 原创与整合

于坚是位极富原创性的诗人，这一点，几乎无人质疑。这种原创，总体而言，主要源自对传统新诗诗学全面的、恣意而肯定的"冒犯"，并逐渐创造了某些不可复制、不可替代的诗学规则，拥有一定的号召力。

然而，一直以来，我总认为，一位真正成熟的大诗人，不仅应该具有不可或缺的探索精神与实验精神，更应具有对一个时代的成就予以收摄与整合的能力。打个不太恰切的比喻，大诗人建构的，应是一座综合了整个时代风貌的建筑群体，而非一个妄自孤傲的所谓个在风格之"高标独树"——单向突进的原创之后，整合是必然的重涉。多少年来，作为研究者，也作为诗友，我一直期待着我们时代这位重要的诗人，能在独创与继承、自由与收摄之间，展现更为广阔的艺术空间。

正如于坚自己所认识到的："八十年代的前卫的诗歌革命者，今天应该成为写作活动中的保守派。保守并不是复古，而是坚持那些在革命中被意识到的真正有价值的东西。"[①]

《飞行》一诗，正是对这一认识的出色验证。

很明显，《飞行》中的语调，包括语调下潜藏的文化心态，已不再如于坚以往诗作中那样纯粹和单一，而呈现纯驳互见、多元共生的样貌。骨架和肌理依然是"于坚风"的，但多了些别样的、包括非"于坚风"的韵致，被有机地吸纳、渗化、融合进来——古典的高远、浪漫的幻想乃至感伤怀旧的温情，都在"飞行"的视野中，得以眷恋性的回视与返顾："从未离开此地　但我不再认识这个地方/旧日的街道上　听不见黄鹂说话/七月十五的晚上

[①] 于坚：《棕皮手记·1994—1995》，《棕皮手记》，东方出版中心 1997 年版，第 243 页。

再没有枇杷鬼 从棺材中出来对月梳妆/谁还会翘起布衣之腿 抬一把栗色的二胡 为那青苔水井歌唱?"在杂语并陈的现代体认中,不时悠然划过的这些优美婉转的"守旧的弧线",令人惊异而叫绝!

实则,正如诗人所指认的,所谓面向现代的"飞行",只是在"预料中的线路中""按图索骥","对于这个已经完工的世界",我们已"无言以对",个人存在的真实性,正成为当下时代最尖锐的问题。于是对那些"过时了的"、"依附着大地的一切",对自然、田园、古典遗绪的眷顾,便成为可疑而难以回避的情结——而这,才是真实的现代,才是由"档案时代"步入"飞行时代"之过渡形态中,我们中国人自己的现代感。对此,我不能确认是诗人于坚文化心态的暗中转换,还是作为《飞行》文本结构中的应有语境,但至少从诗学的考察而言,我已欣喜地看到,在边界巡猎已久的于坚,正如期归来,开始他另一个时代的拓展——

我知道如何与风一致 又像花岗岩一样坚硬
如何像高原的花朵那样舒展繁荣 又像冬天的心那样简单清秀

结语:于坚何为?

从《0档案》到《飞行》,于坚以他的语言天才与艺术魄力,历史性地完成了两个诗的超级命名:对20世纪中国文化专制之典型代表"档案话语"的命名,对进入现代化之"飞行时代"的世纪末中国文化心态的命名。这样的命名,及其所发生的诗学价值,在当代中国诗坛,是唯一的、不可复制也无法替代的。

我曾在《过渡的诗坛》一文中,将历史上的诗人划分为重要的诗人和优秀的诗人，并指出，因了历史与个人的局限性，重要的诗人常常并不一定就优秀，而优秀的诗人也常常并不就一定是重要的。同时，我也曾在另一篇《谁是诗人》的文章中，将当代诗人划分为知其名而不知其诗、知其诗而不知其名、既知其名也知其诗三种类型。以此重新认领于坚，应该说，这是一位不断超越自身也不断超越时代的、既知其名也知其诗而重要又优秀的诗人——只是因了近距离的呼吸，更因了中国式的、传统文化心态的作怪，人们总喜欢于过去和未来寻找"偶像"，而低视行进于当下时空的那些高大挺拔的身影。

而诗人是自明的。诗人的意义并不存在于诗之外，而只存在于诗之内。《飞行》之后，我想，不会再有人提出对这位诗人下一步写什么的疑问——高度已经确立，剩下的，只是继续前行，展开更为广阔的领域。

我相信，这才是于坚真正的愿望，在这个世纪末。

1998年12月

隆起的南高原
——于坚论

一

在应邀作首届"新诗界国际奖"评委,推选其"奖掖卓有建树、潜质深厚的大陆中青年诗人"之"星座奖"候选人时,我毫无犹豫地将于坚列为第一人选。最终,于坚获得了此项大奖。尽管此前于坚在海内外已多次获奖,但我认为,只有这一奖项的获取,带有总结性和历史意义。所谓尘埃落定,所谓水落石出,在于坚这样一再被误解、被遮蔽的诗人这里,有着特别恰切的注解。

记得 20 世纪的最后一个月里,《于坚的诗》作为人民文学出版社"蓝星诗库"的"品牌"诗集,正式出版发行。这看起来又像是一个"隐喻"——20 世纪的中国新诗,是以"于坚的诗"作为终结也作为新的起点而谢幕的;而那个从黑暗中出发的"外省地主"之诗人,经由近 20 年不合时宜而又一意孤行的外省写作,也终于有了一个总结性的亮相,并得以历史性的认领。

好事接踵而来——三个冬天过去，《于坚的诗》已印行第 4 刷，另一部 2000—2002 三年作品的结集《诗集与图像》，以"中国先锋诗典"的名号，于 2003 年 9 月由青海人民出版社推出。而五卷本的《于坚集》也已于 2004 年 1 月问世。——这显得有些滑稽，一直不合时宜的外省写作，如今暴发户般地名正言顺——天下谁人不识君，只是早课变成了晚自习，好在该补的课终于补上了。

诗的新世纪，由此有了一个可稳得住身的重心，而于坚不再孤独。

二

黑暗时代的外省写作——这是于坚的出发，也成为一个时代的漫长尴尬。

在于坚的辞典中，"黑暗"即"遮蔽"——被意识形态所遮蔽，被主流文化所遮蔽，被诗歌潮流和社团运动所遮蔽，以及被翻转为另一种庙堂意味的所谓"新诗潮"所遮蔽，被一再失语的批评家和反复阉割的文学史所遮蔽……这重重的遮蔽，对于群居亦即寄生性的诗人而言，可能早已窒息，但在独立的诗人那里，却转化为原创的效应。"在时代的急行军中"，"作为一只耳朵软下来"（《飞行》·1996），"我得以在大多数的时候和世界的真相保持联系"（《世界在上面诗歌在下面——答诗人朵渔问》），同时"知道怎样像一棵橡树那样扩张"，并且"优美地生长"（《飞行》·1996）。黑暗造就了一匹真正的"黑马"，在蜂拥的道路之外，他"可以率领马群"，"也能够创造马群"（《黑马》·1987）；"在此崇尚变化、维新的时代，诗人就是那种敢于在时间中原在的人。"[1]

原在，原创，原生态，正是这些最朴素的词，造就了一片在黑暗中隆起的南高原，成为当代中国诗歌殿堂之外的另一块领地。

---

[1] 于坚：《于坚的诗·后记》，《于坚的诗》，人民文学出版社 2000 年版，第 404 页。

过去从未有人将这领地的路标指给我们，是于坚独自在其中行动自如，将我们长久以来不知如何表达的种种，那些本初、自然、日常、当下的事物，那些与我们真实的存在真正有关的部分、习而不察的部分，显现出生动的细节、细切的律动以及与人与生命微妙的联系；他将"翘起的地板"或"棕榈之死"称为"事件"（事件系列），为一个划破手指的啤酒瓶盖所沉思（《啤酒瓶盖》·1991），如此之类的惯常贴近之物（人物、动物、事物、物质、物体等），在于坚的笔下重新复活，鼓起筋腱与纹理，泛起真切而动人的灵光，让我们惊奇：诗原来可以如此无所不在，而一个天才诗人的观察，能够如何更深入细致地超越哲人、艺术家和虚位的上帝，当然，也超越虚妄的知识与身份。

由此，"去蔽"一词，成了于坚包括诗学与散文随笔在内的所有写作之宿命般的标志、立场和方式。

当这个词作为外来观念，为批评家们炫耀为某种话语时尚时，于坚早已在他一意孤行的外省写作中，实现着其实质性的所在。穿越知识的谎言、虚伪的理想和或旧或新的精神乌托邦，回返真实、回返原在、回返生存的实境和所有与我们普泛生命相联系的具体事物，以及这一切的细节与肌理，"像一个唠唠叨叨的告密者"（《作品89号·1988》），指认、暴露、呈现、以物观物、目击道存，入常境而出奇意，以素直之质而发诡异之采——使真实仿佛梦境，由梦境返回真实。

海德格尔说：诗唤出了与可见的喧嚣的现实相对立的非现实的梦境的世界，在这世界里我们确信自己到了家。于坚告诉我们：还有另一种诗，它从梦境中返回"可见的喧嚣的现实"，揭示其存在的真相，让我们惊惧而又有某种解脱感地看到，我们有着怎样的"家"！

这其实并不矛盾，有如黑夜与白昼的存在。只是因了长期"瞒"与"骗"的文化驯养，使普泛的诗人们更容易舍真实而求虚幻，厌切近而慕阔远。但真的诗人，"应当深入到这时代之夜中，成为黑暗的一部分，成为更真实的黑暗，使那黑暗由于诗人的加入成为具有灵性的"。[①] 如此生成的诗，比这个时代的哲学更接近思想的法则和真实的绝境，也更接近生存本身。

"从开始向着后来后退　却撞进未来的前厅"（《飞行》·1996）。当哲学家们在那里痛心疾首地发问：我们对苦难的言说为何总是失真时，于坚以其诗人的写作越过了这道门槛。他不但恢复了汉语诗歌对日常人生与日常事物的真实言说，还以《０档案》与《飞行》两部长诗，"历史性地完成了两个超级命名：对二十世纪中国文化专制之典型代表'档案话语'的命名，对进入现代化之'飞行时代'的当下中国文化心态的命名"。[②] 其后的《哀滇池》（1997）、《读康熙信中写到的黄河》（2002）等诗，以及系列随笔散文写作，则又超越性地深入到对现代化灾变的拷问和对古典精神遗迹的挽留。

向前探求与向后收摄，既是先锋的，又是常态的，"我可以在写毕的历史中向前或者退后"（《飞行》·1996），而"诗人的力量在于他的独立"（雨果语），这独立经由于坚，让当代中国诗歌拥有了新的自信。

三

喜欢读于坚，不仅在于他说出了存在的真实，为时时魂不守体的现代汉诗，找回一个更可信任可亲近的肉身，更在于他说出

---

① 于坚：《于坚的诗·后记》，《于坚的诗》，人民文学出版社2000年版，第403页。
② 沈奇：《飞行的高度》，原载《当代作家评论》1999年第2期。

真实的同时,那种完全个在而又富有亲和性的、原生态的说法。"在一群陈腔烂调中/取舍推敲重组最终把它们擦亮/让词的光辉洞彻事物"(《事件:挖掘》·1996),这是与去知识之蔽同步展开的去语言之蔽,是远离中心的外省写作的必由之路。——这条路由于坚走来,显得格外轻松自在,似乎无须开创,只需走来就是。

确实,比起那些油漆过的语言,那些装修过的说法,于坚好像只是退回到语言的原在、说法的本初,只是将油漆剥离、装修去掉,显现出与存在之真实相融相济的朴素、坚实与从容,以及无所不在的活力。然而,这对于被知识的谎言、文化的矫饰和精神的虚妄症常常弄得面目不清的现代汉诗而言,无疑是一次破天荒的、带有清场性质的"去蔽"之为。当代中国诗歌因此有了另一片语言天地,在这里,万物得以真实的存活与显现,世界复归敞亮与鲜活,而一切健康的心智,也重新获得了同样健康的语感的呼应。

最终,是不同的语感区分了不同的诗人,也区分了不同的诗歌写作。一切杰出诗人的不可模仿性,正在于其独在的语感。也正是在这一点上,对于坚的阅读,成为这时代不可或缺的认领,而一旦有所领略,你就再也难以割舍。

在于坚那些看似笨拙、平实、拖沓、松散、叠床架屋、长而又长的诗行中,耐心的读者会渐渐沉入前所未有的语言经验,而为之着迷:大巧若拙,笨而有分量。这分量不是量的堆积,而是存在之质的支撑,一块沉入水底的石头的坚实与深刻;平无矫饰,实而可靠,没有一个蹦起来而没有着落的语词,却又不乏精妙的理趣和逻辑的美感。如"离开了水水果们一动不动"(《事件:探望患者》·2000),这样的句子平实吗?

"拖沓"倒确实是个问题,有违汉诗诗语简约的本质。这与于坚诗中大量的铺叙有关,这样的写法,放别的诗人那里,早被

"拖"死了，于坚却有本事让其在整体的架构中拖而不滞，沓为复沓。究其秘，在于其言物状事之铺叙中，体现出的那份逼真与活脱，以及对不乏戏剧性效应的各种细节的捕捉，当然，还有对节奏的良好把握；"松散"也是个问题，当代诗歌整体性的弊病。不过，在于坚的诗学词典中，你不妨将"松散"这个词置换为"松软"，并借由"松软"一词把握到于坚式诗歌语感最本质的特点。

于坚向来反感因密植意象而浓得化不开的朦胧，更反感由观念结石而僵化的形而上之生硬，他要让现代诗的神经松弛下来，以求达观而有肌理；软则润展，有汁液，有生殖力，切近生命的律动，自然的法则；大地是松软的，老虎的皮毛是松软的，但却从不缺乏内在的张力。至于那长长的句式，别怕，潜心去品味，自会发现，相对于这句式所负载的内容，以及它丰富的纹理而言，依然不失精简，何况，其中还时不时有绝妙的比喻、怪异而合乎情理的意象，让人流连忘返。

总之，现代汉语的诗性可能，在于坚的语感中，得到了最为活跃的挖掘与体现——口语、俗语、成语，叙事、抒情、写实，意象、事象、抽象……于坚无一不赋予其新的生机，为现代汉诗语言的广泛流通，发行新的货币。因了叙事的天才，于坚创造了最接近散文而又最富于诗性张力的诗歌体式。作为抒情高手，他又拥有诸如《河流》（1983）、《高山》（1984）、《避雨之树》（1987）、《阳光下的棕榈树》（1989）、《避雨的鸟》（1990）等精品力作令人叹为观止。这是另一种抒情，纯净、性感、从容而又充满智慧的抒情。

与此同时，于坚还为20世纪的中国诗学，留下了从《拒绝隐喻》到《诗言体》等一系列重要学说，其影响性与号召力，非一代人所能消化。尤其是《诗言体》，那是一份越众独卓而别开一界的诗学"科普读物"，其对传统诗学的清理和立足当代的发问，都具有开创性的意义。

由此我们发现，经由近 30 年的一心一意、孤独前行，于坚式的外省写作，那片远离时代潮流而默默隆起的南高原，有着怎样的海拔与宽阔——仿生与原创，泡沫与潜流，幻影与实体，时代与时间，作为终结也作为起点，这片高原成了一道鲜明的分水岭！

四

不是一直喊叫着要寻找大师吗？

其实大师就在我们身边。只是国人总喜欢去死人堆里寻找，凡活着的，皆侧目，等"盖棺"再作"定论"。这是我们的传统，最悠久也最没出息的传统。再加上这浮躁的时代，谁还会真诚认领大师的存在呢？

> 今天有什么还会天长地久？
> 有谁还会自始至终　把一件事情好好地做完
> ——《飞行》

于此，我们只能相信：在做着这样的言说并予以身体力行的诗人，终将会拥有不朽的未来……

2003 年 12 月

斗牛士或飞翔的石头
——初读伊沙

1

在第三代后的青年诗坛上,伊沙正成为越来越引人注目的人物。这不仅表现在他那种推土机式的掘进速度,坚实而有效,两三年内不断有作品闪耀于海内外各类诗刊,而且,还表现在他所显示出来的那种特异不凡的诗歌品质。

作为诗人,他给我的总体印象是一位敢于直面现实,且不断从现实中猎取"现代启示录"的、冷峻而自信的"斗士"。

作为他的诗,则总使我想到一个荒诞而可爱的比喻——飞翔的石头。

他带来的是另一种诗美:带有几分荒诞意味的、现代寓言式的特殊题旨,素直、坚实、简洁而又灵动如飞翔的石头般的语言风格,及现代斗牛士般的诗人气质。

这正是他的迷人之处。

2

诗到语言为止(韩东语)。中国现代主义诗歌,尤其是第三代诗人们的先锋作品,其主要着力点,正在于对现代汉诗语言的大面积实验和突破,并取得了相当的成就。

尤其是,在传统式主观抒情已令人发腻,"朦胧诗"的密集意象令人发困,而叙事诗已基本被宣判"死刑"之后,以于坚、韩东、丁当为代表的一批先锋诗人,给似乎很难在现代新诗中再度生辉的叙述性语言,以起死回生、点石成金般的再造,并以特有的精神贯注和诗性发挥,使这种看似"口语化"、实则如金属般硬朗爽气的语感,逐步成为第三代诗人最重要的标志和贡献。

处于基本同一文化大背景下的伊沙,仅就语言来讲,无疑受了上述第三代代表诗人们的影响,但最终又实现了自身的二度选择和再造,显得更硬朗、更简洁,也更爽气、更自然。对于传统的诗歌欣赏者来说,伊沙的诗歌语言,简直就像一些滚动着的、原始的石头,粗糙地开始且粗糙地行进着。这些语言的"石头"几乎完全抛弃了经典的诗意和韵律,也无意滞留于意象的营造与抒情的浸染,而直接进入叙述。显然,仅就诗歌艺术而言,这无疑是一种铤而走险的语感,弄不好就会偏移或完全脱离诗性文本。但伊沙把握得比较成功,冷峻、实沉、直接而又老到,给人一种特殊的艺术撞击而已不是所谓的"艺术感染力",乃至有猛然间撞了个跟头的感觉。

试举笔者颇为欣赏的《夜行者》一诗为例:

伸手不见五指的黑夜
我撞翻了一位盲人

我也被撞翻

在这最黑的夜晚
他主动放弃了竹竿
我被迫放弃了双眼

他朗声大笑
不像我恼羞成怒
他在嘲笑我吗？
笑我有眼无珠

我干脆抠出
两粒黑夜里的废物
随手扔在一旁

拉着盲人的衣角
走向灯火辉煌

　　全诗15行100个字，却将一个魔幻式的现代寓言，讲述得惊心动魄、意味深长——明目者反撞倒了盲目者，荒诞事件的发生皆因二者同处于一个"最黑的夜晚"；而被撞者大笑，笑明者实为不明；而撞人者恼羞，恼盲者实胜过明者。在这不可知更不可预料的世界中，失败的明目者终于抛弃了那"两粒黑夜的废物"，与盲目者一起重返混沌，跟着感觉走，走向"灯火辉煌"的深处——何等深刻的象征寓意，而文字本身却几乎无一处修饰，不动声色到极致。尤其那一句"我干脆抠出/两粒黑夜的废物"，其内在气度与表述风格直如海明威,让人击节叫绝。

类似的绝句在伊沙诗中比比皆是:写"大街像一截空肠子",醉酒后的现代都市牛仔感觉"今晚我额下的车灯雪亮/一个人走在大路上"(《公路酒店》)以车灯比喻兴奋中的亮眼,堪称现代诗中绝笔。再如雄鸡的啼叫"像一把手术刀/切开了我的眼球"(《半夜鸡叫》)——读这样的诗句,真有点白刀子进、红刀子出的痛快感,一切的修饰、造作、营构乃至生发和过渡等,都已剔除尽净,唯留下本真意义的语句,在伊沙式的组合中,碰撞出金属般的声音和光泽。

研究伊沙语感经验的意义,不仅在于他对第三代诗歌语言有机承袭和再造,更主要的则在于,他对与他同辈以及更年轻的诗人们的一个极有价值的提示:就初入诗坛的年轻诗人们来说,不可没有文学修养,更不可修养太甚直至把修养作为一种修养,即所谓假贵族意识;告别这种修养,忠实于自身粗粝而坚实、直接而自然的个体生命之体验,方能进入真正的、纯粹的、完全属于自己个性特征的诗之语感。

于是常常需要这样说:不妨粗粝地开始!

3

在当代诗坛,我们常说重要的不在于"写什么"而在于"怎么写"。聪明的伊沙却似乎在这两方面都耍了"花招"。就伊沙诗歌的总体风格与品质来讲,他引人注目之处尚不仅在语言(怎么写)方面,而主要在其特异不凡的、更具现代意识的诗歌出发点。

年轻的伊沙,从一开始就较为准确地把握住了他自己天性中的审美特质。正如他自己所说的:"我不是'拒绝者',但我重'选择'。'局限'造就了作家和诗人的独特性。"这种清醒的艺术把握，是一个年轻诗人得以自立与发展的先决条件。

伊沙的特殊性在于，他似乎总是以一种"斗牛士"般的勇敢和冷静，以一个现代社会各个层面中，或荒诞或寻常，或偶然或普遍，且均具有现代启示录意味的事件之"目击者"，进入他的角色，以他那双细长而锐利的小眼睛，找到一些寻常诗人所目不愿及或目不能及的特异审视角度，切入他的诗的内核，并予以轻松、自由地表现。

这样，伊沙的诗便取得了一种独特的风格与价值——他比别人更具体、更直接、更逼真地进入存在的真实状态，同时又显得那样刚正、磊落、锐气，且不乏调侃和灵动。

伊沙的诗性视觉不仅比别人特异，而且也比别人深入和广泛。这是他诗歌品质中的又一长处。

一条简简单单的《大学的走廊》，一个极普遍的生活镜头：一个男生看一位女生把一条走廊"平静似水地"走完，却在伊沙式的诗性"抓拍"中，抽象出一种意味深长的现代心理和现代审美情趣。那种心理与形态的把握已是十分地道，而视觉的冷寂与怪诞，又引发读者真切的体味与梦幻般的联想。

他写《色盲》，"饱受颜色的折磨"，便"只晓得光明与黑暗的色泽"，"今生勉强下完的一盘棋/是我帮你吃掉了/我的车"，最后"死在城市的红绿灯下"；而临死的一瞥中，"我看到了爷爷/一个色盲农民/一生收获/猩红的麦子"。反讽意味中的现代悲剧意识，让人欲哭无泪。

他写《命运之神》，一会儿用"闪电/将一棵巨树/修剪成炮筒/吐放青烟"（典型的伊沙式语言风格），而轻易放过仅距五米的"我"，一会儿又将"手伸向三百里外/点石成金/把一只跳跃池塘的癞蛤蟆/指为蛙王"。这样的恶作剧，命运之神是常常要玩玩的。

在《星期天夜间的事件》中,上帝在休假,"我"也在酣睡,本来相安无事,谁料"我的屋顶"及"另有九间房屋",却被上帝修"大脚丫子"时,无意间掉下的"指甲"之"弹片"轰然穿透……现代人的危机感和荒谬感,在寓言式的诗性叙述中,揭示得别具深刻。

即或,偶尔触及爱情的诗篇,伊沙也能寻找出出人意料的切入点:

> 有一种漩涡
> 静止不动
> 但那种神秘的力量
> 你无法抗拒
> 你这初航的少年
> 无法摆脱
> 覆舟的命运
> 这是生命之海的
> 百慕大
> 经历与魅力
> 全在于此
> 这是一个夏季
> 你盯着爱人
> 手臂上的牛痘
> 忽然感动不已

——《漩涡》

多么奇妙的"角度选择"——读爱情诗篇,第一次见到以爱人手臂上的"牛痘"为焦点,且"变焦"为"漩涡",使初恋的少年"无法摆脱/覆舟的命运"——那一种"斗士"式的冷劲、怪劲、表面从容而内心着实投入的"牛"劲,也确实让人"忽然感动不已"了。

如此让人感动的,还有《神秘的女孩》《秋天交响乐》《江山美人》《蚊王》《9号》《探监日》《饿死诗人》《感谢朋友》以及他的长诗《杂居病室》等等。

4

伊沙和他的诗作,很快赢得了诗人和批评家们的普遍好评,而以青年评论家王一川的评价最为准确和重要:"看起来都是日常用语、日常事物,但却是对童话、神话、历史、人生的特殊'重写'。这种'重写'总是对世界的一次寓言式或象征性摆弄。这正像我们生活本身就是对历史的'重写'一样。词语看来是同样的,但经词语组合的规则、语境变了,意义自然会大大改变。我相信有一天,会有许多人吟诵他的诗!"

对于如此年轻的诗人,王一川博士的评价不无激励之意,但其"寓言式或象征性摆弄"与"特殊'重写'"之语,是颇为确切精到的,概括了伊沙诗歌的本质性风格。同时,笔者认为,伊沙这一风格的形成,主要得益于其诗歌立场的严肃性,与写作过程中的轻松感。而这一点,正表明了诗人主体人格的坚实与真诚,也正是我们从伊沙诗歌品质中,所应该主要汲取的东西。

伊沙是个有血性、有思想、有现实责任感的青年诗人,这在与他同年龄段乃至更高年龄段的诗人中是十分难得的。不难看出,他的艺术追求源于对第三代代表诗人们的认知,而他的艺术气质,却颇有点向朦胧诗派诗人"回归"的趋向。伊沙的这一主体人格品质，决定了他毫不逃避地直面现实而又先锋性地超越现实的诗歌立场——冷峻的目光，超然的心态，冰山式的风骨，调侃反讽之中渗着血液里的悲悯与赤忱，不动声色之中透着骨子里的警觉与审度，鬼气而又霸气，机智而又不显机智，总是那样的坦然、直接而从不故弄玄虚……所有这些可贵的诗歌品质，无不来自那种石头般粗粝而刚正的人格力量。

在此，伊沙再次向我们昭示：语言的生命感来自对语言的生命意识，作品的现代感来自主体生命的现代性投入。只有那些确信自己的生命是真实而饱满的、是无所畏惧和充满信心的诗性之灵魂，才能得以不仅找到自己独特的艺术表现方式，而且能如此自由如此轻松地表现出来。

5

作为第三代后已初具影响的青年诗人，伊沙显得特别沉着冷静，且还有几分固执。在对十年中国现代主义诗歌运动作了深刻反思，和总结自身创作历程之后，他是这样确认他的诗歌理想的："我已坚信，必须创造一种有'质感'同时诗艺完美的诗歌。所谓'质感'，就是与这土地千年、百年的干戈，与我们这些俗人、俗中国人血液的干戈。这是真正坚实的'现代精神'。同时将呈现一个艺术家对现实抗拒力的强弱，这是东方式文学艺术大师的必具素质，而逃避的指数永远是零。……在这个新旧交替的世纪末，中国的大师将肯定被认为是民族精神领域的'启蒙者'。"

这就是伊沙——从他身上，我们欣慰地看到，一种对朦胧诗派诗人和第三代诗人们的深度审视和有机结合的意识已经出现，并正贯注于创作实践；当然，这也正是历史赋予伊沙他们这些第三代后诗人的使命。

不过，单就伊沙具体作品而言，我们可以在深入考究之中，发现许多远未成熟和完善之处，比如缺少必要的控制和必要的加强，缺乏对"诗艺完美"的难度追求，过于偏重叙述性语言且大多是线性地展开，缺少意象的点染和多层面的深入，造成一些作品感觉平面和直露，而总体的艺术效应则总是多于震动而少于渗透，弄不好就会掉进"一次性消费"之陷阱——对诗这种文学中的文学来讲，这则是本质性的偏移和失误，等等。

这样的一些问题，设若放在一般的、无"根"的青年诗人身上，很可能真的会成为陷阱而难以自拔，乃至逐渐断送其艺术生命，而对于伊沙这样年轻气盛的诗坛"斗士"，这块十分执着而又清醒的"飞翔的石头"，则可能也应该仅仅成为"初航"时的过程。在坚实而不乏粗糙的开始之后，在已明确认识并已树立了"质感"和"诗艺完美"的"航行目标"之后，我们有理由相信，在未来的岁月里，在正变得越来越宽广的诗歌航线上，他会飞翔得更优雅也更加壮阔。

1992年1月

与唐诗对质
——评伊沙长诗《唐》

1

无论是誉还是毁、褒还是贬，伊沙的诗歌写作，都无可否认地构成了 20 世纪 90 年代以降，中国诗坛一大引人注目的焦点。

尤其是"泛口语化写作"的泛滥成灾，使这位口语诗歌的集大成者，处于空前的尴尬之中：是伊沙式的生命形态决定了他的语言形态，或者说，是口语诗这个"幽灵"历史性地选择了抑或"遭遇到"伊沙这块"猛料"，从而得以创造性的发挥和发展，由此改变了现代汉诗的审美格局。本来，这样的"际遇"是不可模仿的，它不是一个流派，而是一种兀自深入的实验。然而模仿还是大面积地发生了，以至口语成了口沫，伊沙成了时尚，大量追随者皮毛式的仿写与复制，已开始败坏阅读者的口味，同时也间接地遮蔽着伊沙诗歌的内在质地与风骨。

或自我清场或再次突围，成为当下伊沙不得不面临的一个抉择。

2

至少在以下两个方面，人们对伊沙误解甚深——

其一，只看到其"游戏"语言，解构"诗意"，不知其从不游戏精神，解构诗性和诗的力量，更不知在其表面"一脸无所谓"的"痞相"下面，其实暗自恪守严肃的精神立场；这立场的底背，甚至可上溯至鲁迅思想的影响：质疑传统，直面现实，为文化把脉挑刺，以及对生存毒素的敏感。我曾说：伊沙把顺口溜写成了诗，他的追随者们却把诗又写回到顺口溜，其间的本质性区别，正在于这精神底背的不同。

其二，只看到伊沙的"硬"，没看到伊沙之"硬"后面的"软"，实则其逮着什么损什么的架势下面，其实还深藏着一些悲天悯人的情怀；出自愤怒的"语言施暴"，发自悲悯的"精神虐待"，冷嘲热讽之下，是为真实开道、为理想清场的侠骨柔肠——这样的"软"，伊沙自始至今，是从未丢失过的。

如此尴尬中，伊沙抛出了最新长诗力作《唐》，意欲重新"扬名正身"。[①]

单从诗题看，伊沙这回是一下子从后现代"逃逸"到了前古典，由当下的"硬"转而为"前朝"的"软"，似乎要借此改变一下形象，摆脱一点尴尬，将追随者甩到一边去了。

其实到位的研究者自会发现，所谓《唐》者，只是换了个"汤头"，改"西药"为"中药"，其"对症下药"的那股子精气神儿，依然是伊沙式的"独此一家"。

[①] 伊沙：《唐》，台湾原乡出版社2004年版，本文应邀根据作者原稿撰写。

而，由后现代诗歌的弄潮儿来与古典中国的诗圣诗仙诗贤们进行超时空的对话，本身就平生几分荒诞意味，成为一种现代寓言式的特殊选题，和时下流行的相互抚摸式的各种快餐式对话，已不可同日而语。

当然，更不同国人（包括诗人们）惯常的做法，一说古典、说传统，要么化身而入，做一场不着边际的高梦，了却一点无力于现实的浪漫情怀；要么囿于二元思维的惯性，在对立的两端做一点什么"不俗"的印证。伊沙写《唐》，也有追怀、有印证，但主旨在畅神，按诗人自己的说法："要让我的《唐》灌满我个人现实的风！"就诗歌美学而言，这也是另一种实验，而绝非什么"回归"之类的酸调。

3

"唐"，盛唐、大唐、汉唐雄风，所有这些掷地有声的词——中国文化中的超级大词，无不和唐诗联系在一起。那是中国人自由之灵魂、独立之人格、诗性之生命意识，表现得最为畅快爽利，而令所有后来的华夏儿女为之神往不已的境界！身处急剧现代化过程中的今日之国人，常有因"光脊梁穿西服"的困窘，而平生几份怀旧意绪的感念，乃至成为一种新的时髦，到了，也只是一种脱离当下生存依据的"美丽的遁逸"。

伊沙的《唐》，是今人与古人、新诗与唐诗的一种对质性的交流，出发点，仍是对传统的反思与此在的认证。这种反思和认证，既有美学/诗学的指向，也有人学/文化学的指向，且是正负承载，不再一味解构、反叛，这在伊沙，不失为一次新的突破与超越。诗中不少篇章，仍是基于批判立场，借题发挥，对传统文化在今天的投影中所衍生的精神负面,尤其是社稷思想、假隐士做派、耽于想象性消费的精神乌托邦等,以惯有的辛辣、谐趣和没正经样,予以现代性的辨析与淘洗。

伊沙为诗,一向审真、审智,不审虚浮造作的美,立足于对现实、肉身和普遍人性的关切。与"唐"对话,也是如此,凡遇那些雅之酸、迂之腐、高蹈之可笑,总之弱化生命、以虚浮香艳的自我抚摸代替现实人生的东西,均不依不饶冷嘲热讽一阵,读来别有意趣。

如:暗讥社稷情结:"蜀道之难难于上青天/如果你是暗指仕途/凶险莫测/请允许我毫无感觉/仕途我不走/不如早还家"(《唐》之79),且明言"我不喜欢志在高处的男人/我恐惧/高处"(《唐》之8),并调侃道"以草木自比的人/成了幸福的草木/自比为美人的人/就是堕落的男人"(《唐》之1);再如嘲讽山林趣味"我体内的山中/就缺少一个这样的道士//他在涧底捆扎柴草/归来时又像修行者/煮白石充饥//所以/当我有了给人送酒/的愿望的时候/也只能把酒/送给闹市中的酒鬼"(《唐》之29)。

不过,让人惊异的是,作为后现代浪子的伊沙,在这部长诗的大部分篇章中,竟是以"英雄所见略同"的态势,对唐诗中那些展现自由、自在、自然心性的东西,给予跨时空的理解乃至赞叹,以此重新认领古今一样的诗心、诗情、诗性生命体验,既"理解祖先之酸"(《唐》之19),又理解祖先之"甜",并时时以此来反思当下的问题——

>他乡生出的白发
>一到故国

就变黑了吗

唐代见到的青山

一到现在

就变秃了吗

晓日、繁星

寒禽、衰草

我纳闷于

唐代诗人

他的眼中

为什么会有那么多的风景

而今天的我

总是疲于经历人事

——《唐》之 148

更有意味的是,在长诗第 46 节中,诗人还由衷地叹道:"哦/在幽州台上/我遇见了/千年以前的/我"——显然,伊沙在这里已坦然认领,在他的诗性生命中,流淌有"唐"的血液。正如诗人在其全诗之《题记》中所写到的:"与自由的灵魂同在/诗,是唐的心。"

——后现代找知音,找到"唐"那里去,真有点不可理喻。这是否代表着一个新的伊沙的出现,还是一种别有意图的写作策略?我们只有拭目以待。

4

不过就《唐》而言，我更看重的是它的对话形式，而非它说了一些什么。当伊沙将这种虚幻而又真切的对话，导入一种互文性质的语境中时，它已转换为一种纯粹的"语言游戏"，所谓"与舌共舞""与众神狂欢"（《唐》题记）。不管是别有用心的曲解，故意错位的误读，还是借道而行的戏仿与改写，都只在认证古典诗语与现代诗语之间，是否有异曲同工的精妙表现。

像《唐》之102——

> 弄一蜀僧
> 抱把名琴
> 西下峨嵋峰来弹
> 这是李白干出的事情
>
> 用松枝掏耳后
> 他便听到了万壑松声
> 让灵魂洗过流水浴后
> 身体变成了一口晚钟
>
> 这个从肉到灵的
> 享乐主义者
> 也无法阻止
> 碧山秋云溶入暮色
> 黑暗漏出来黑色的光
> 将他照白

读来真有些不知魏晋、难分古今的味道，轻灵、浑涵而不失谐趣，令人莞尔。

伊沙的语言才华，在这种千古一心不一言的相对又相济之中，可谓别开生面，另起张力，于生辣中见细腻，于轻快中显沉着，且有了更多可激赏的语言肌理感，让人叹服：原来伊沙抢传统、玩意象、做细活起来，也是一把好手。

实际上，伊沙通过这种特殊形式，已将一种精神的对话，延展为一种语言的对质，企图以此来证明，古今两种诗歌语言的表现力度和意趣，以及跨越千年的古今诗人之心智与才华，并非天上地下、同文不同质，尤其在口语的层面，更常有惊喜的认同感。那个陈子昂顺嘴扔出的四句大实话、家常话，那位诗仙李白"我本楚狂人/凤歌笑孔丘"的直言不讳，便令"那后世的书生"唏嘘、把玩千年百载，怪不着连伊沙也想象着，站在幽州台上的那个主儿，或许就是他自己呢。

5

看来，《唐》的创作意图，颇有点"野心勃勃"，而并非心血来潮玩一把新鲜花样。

仅就阅读而言，全诗仍保留着伊沙"短、平、快"的风格（短者精练，平者坚实，快者爽利），以无题编号的小诗、短诗的形式、组诗的格局，统摄于以"唐"为名的长诗框架内，既有单元的独立，也有整体的绾束，大开大阖，进出自如，通透畅快，再加上镶嵌、拼贴、并置、叠架等手法的穿插运用，读来别具新鲜与生动。

同时，由于伊沙在这种"对质"中，采取了"通则通，不通则不通"的"乱针绣法"，使一部长诗，既像正剧，又像闹剧，看似杂耍，却不失骨子里的认真，保有整体的旨归，所谓散发乱服其外，正襟危坐其内。

只是，这旨归于伊沙而言，虽处心积虑，酝酿已久，但初次介入下手，似乎还是有点隔山打虎的感觉，舍近求远，猛一下变了对手与招数，加之规模甚大，难免有失手之处。诗中不少章节显得牵强生硬，有的则意味寡淡而不知就里。但总体而言，这一探索之作的方向和意图，还是颇令人欣喜的，并使我想到诗人曾作为一首诗的诗题的那句自诩之言——"历史写不出的我写"！

2002 年 3 月

提前到站
——初读麦城

一

"新诗潮"20年，应该说，已经逐渐形成了一些新的诗学传统。

这传统，就主要方面而言，大体分两脉路向生成和发展着：一是朦胧诗一路，以西方诗歌精神为底背，重在"写什么"上做拓殖，题旨高蹈，意象繁复，是为想象世界的主观抒情；一是第三代口语诗一路，以本土诗歌精神为要义，重在"怎样写"上求发展，转换话语，落于日常，是为真实世界的客观陈述。前者分延及90年代之所谓"知识分子写作"，已渐次递弱而代偿无着，精神空间趋于褊狭，语言意识趋于高蹈，疏离于当下中国人普泛的生存感；后者深入至世纪末，也发生了某些变异，其"叙事性"被一些仿写者置换为日常生活的简单提货单，琐碎、唠叨、平庸乏味，失去了口语诗的真正风骨。

作为随同这两脉路向一起走过来的观察者和批评者，多年来，我一直在推想，有没有将这两种传统兼容并蓄于一体的写作可能？如果可能，又会是怎样的一种风格？

1998年岁末，经诗人钟鸣介绍，我认识了一直生活、工作于大连的青年诗人麦城，读到他多年深藏不露的一批旧作，欣然发现，这位诗人结束于十年前的写作，似乎早已触及到我所推想的那种路向，且"提前到站"，因了各种原因，再未能"运行"，长久地停息在历史的遗忘中！

麦城的诗，不仅作为评论者的我此前一无所知，恐怕正忙着圈地划界、争名分、抢席位的整个当代诗坛，也十分陌生。事后我翻遍20年来的各种"著名"、"重要"的选本和年鉴，都没找到"麦城"这个名字——匆促前行的新诗潮，推举了多少取巧哗众的过客，又埋没了多少诚实自足的真诗人，实在是令批评界一再尴尬而必须反思的事情。好在真正的诗人，是以其诗而非诗人的名分存在于时间之中的，而历史也正是在不断改写中趋于公正与完整。同时，对于真诗人而言，历史的疏漏而致使其处于孤寂的客态状况，虽可能造成某种迫抑乃至挫折，但也常常衍生出某种保真与提纯的作用。深研麦城成熟于十年前的诗作之后，我欣慰地感到这一作用的存在。

从兀自初始，到暂时自行结束，麦城的诗歌创作，一直游离于各种潮流和圈子之外，不求闻达，没有野心，也就没了时尚的诱惑、风潮的影响，没了模仿他者或复制自我的危险性，只是静静的、冷眼旁观的、超然独步的一个人。麦城不是天才，也不是那种开宗立派拓荒型的闯将，选择孤寂源自他的心性，避开潮流则来自他对经典意识与整合意识的潜在认领。在朦胧诗遗风尚盛、第三代口语诗勃兴伊始的交互时空，麦城恪守自我，本真投入，有机汲取与融合这两脉路向的一些质素，为己所用，并于80年代末达到一个创作高峰，确立了个在风格，然后萧然停笔，且一停就是十年。诗人是否会在历史的返顾中重返诗坛，不得而知。批评者应尽的责任，只是给出一个迟到的说法，以不再留遗憾于未来。

麦城的诗写历程，集中于80年代中、后期，与第三代诗人的崛起基本同步。其语感，明显受到口语化、叙述性、客观冷峭诗风的一些影响，但很快就找准了自己的角度、自己的方向感。可以说，在朦胧诗与第三代诗之间，麦城自行拓殖了一条可谓"第三向度"的理路：口语的基调，不排斥书面语的有机融合；叙事性的语势，夹带意象的交互生成与作用；有凝重的题旨，却以轻灵、反讽的调式来表现，尽弃矫饰，不着高蹈。由此生成的语感，外熟里生，平中见峭，再辅以某些戏剧性手法与小说企图，其整体风格，无论就作品形成的时代还是就当下诗坛而言，都可以说是颇具超越性的。

二

读麦城的诗，首先感到的是亲近不隔。

麦城骨子里是一位理想主义者，其持守的诗歌精神与朦胧诗人有相通之处。但他毕竟属于另一代诗人，教化的道义与意识形态情结，已在这一代诗人的写作中自行引退。转换一种焦点，将自己收回到最单纯的深处，以新的视觉和说法，指认存在的另一些隐秘的侧面，以更本真、更深刻地表达现代人的生命意识和心理机制，是麦城诗歌的重心所在。这样的诗歌立场，决定了其语言的策略，只在指认、说出，且平实、真切、澄明，或时有锐利的感伤，更不乏自我调侃似的戏谑，无不契合这个时代的心理特征与文化语境：

> 你可以从那本没合上的书里
> 去一行一行地数一遍
> 还有多少现成的真理
> 值得我们不去说遍所有的谎言
> 面对墙上的镜子
> 你也可以亲自鼓励对自己的微笑
> 甚至可以想入非非
> 当然，你早晚要从镜子里下来
> 一笔一画地做一次人民
>
> ——《视觉广场》

在对精神乌托邦自觉消解之后，诗人处理的不再是意义而是事件——因文化焦虑与身份危机所引发的心理事件与精神事件，而这种"处理"也不再是蹈虚凌空的所谓"诗化哲学"，而是身在其中的触摸与感受，是坚实、直接的诗性言说——用我们自以为熟悉的、日常的语言，说出我们似乎也自以为熟悉实则不知就里的现代感。在这样的言说中，"真理与思念合伙塌方/逼你掉进绝妙的现代骗局"（《现代枪手：阿多——和英雄谈谈》·1988）。

现代意识是现代诗的精神底背，但这一"底背"在许多现代诗人那里常常显得模糊不清，总是或多或少地夹杂有浪漫主义的遗绪，也就难免时常落入精神乌托邦的陷阱，无法置身现代意识的真境，显得虚浮而矫情，所谓"伪现代"。这里需要的是一种孤绝的气度，在尚未过渡到"非我"的失存境地之前，不做追求圆融、复归理想的清梦，而将个人存在之真实性的问题追索到底，所谓"一意孤行"。这一点，麦城在他创作的那个时代里，显得较为清醒和到位。

是以，在麦城的诗作中，时时能感受到一种特别的孤郁之气："我似乎无法再从脸上派出笑容/看守近年来的心情"（《今夜，上演悲伤》·1987）；"好时光被少数忧伤动用以后/我不得不更深地居住在别人的命运里/不得不把笑容/时刻揣在兜里/一有机会就戴在脸上"（《旧情绪》·1987）；"我们从另一个我们的脸上失散"（《现代枪手：阿多——与英雄谈谈》·1988）；"然后，每个人的脸上/去轮流展览几代人的尴尬"（《视觉广场》·1987）。可以看出，麦城的孤郁之气，绝非假贵族式的清高、孤傲、一副不食人间烟火、把世界整明白了的架势，而是置身于现实世界的"视觉广场"，"在困惑里接待生活"，于"尴尬"中体味存在之真味，落笔于日常视角，由不经意处切入诗思，再由悬疑无着的茫然情态中化出，给人以刻骨铭心的现代警示。

特别要指出的是，麦城的"警示"之语，不但毫无教化意味，还多一分调侃、反讽的情调，举重若轻，在该沉痛的时候坦然一笑，以轻喜剧式的态势表现悲剧意识，在轻灵/语感与凝重/题旨的悖谬中，直抵"现代的私处"——这无疑是现代诗最拿手的本质特色，却多以为当代中国诗人们所疏忘，成了稀有元素，而在麦城的笔下，却常有绝妙的表现。

试读《视觉广场》中这样一些诗句：

听说你已经绕过儒家的哲学
正存在主义地从通俗唱法的路上走来
最后走成最有希望敲门的人

将哲学名词"存在主义"置换为形容词来做状语用，且与"通俗唱法"相关联，以此荒谬的拼贴而成为"最有希望敲门的人"，充满反讽意味，对时代之文化形态作了颇为恰切而耐人寻味的指认。

　　凭着生动的美味咳嗽
　　我再次坐在椅子上
　　掂量如今剩下的几句话语
　　今后分几次感人

世界的虚假在于语言的失真，生命的失重在于存在的虚无，物化的时代里，感人的话语本已无多少余存，却还要"掂量"需"分几次"去使用，现代人精神的破碎感、无奈状，尽在这细微的"心理事件"之中了，却又是如此满不在乎视为家常地道来，越发显得荒诞而苍凉。

　　在无轨的电车
　　没有正确地把你的生活运来之前
　　我不太自豪地重新拎起古老的酒壶
　　倒出几滴可怜的西方的格言

旧瓶装新酒，对不对胃口无人过问，无根失所的现代人生，靠"几滴可怜的西方的格言"如何支撑一点"自豪"？情节化的精神速写，既是调侃之语，又是箴语，可视作对现代人文化心态的精妙命名。

　　其实，上述这些简短的诠释，在麦城独特的语感面前，都难免显得有些牵强附会。麦城的诗，很少落脚于明确的旨归，成为肤浅意义的载体。从他所有成熟的作品中都可以发现，诗人倾心于诗之写作，正是那份与其心性和语言禀赋相契合的绝妙的"说法"，而非"说什么"。当然，由于其恪守的诗歌立场，也使他免于像某些第三代诗人那样，陷于见山言山式的语言游戏。

三

研究麦城，使我首先为之所动的，正是他既有别于朦胧诗又不同于第三代口语诗的特殊语感。所谓"外熟里生"、"平中见峭"的指认，可做如下细部解析。

一、意象

在流行的诗学观念中，意象是诗的核心元件，写诗就是经营意象。第三代口语诗破除了这一观念，不但放逐了抒情，也极端化地放逐了意象，取富有戏剧性的事象代替之。这样做，其正面效应，是局部消解了因意象繁复所生成的语境黏滞生涩之弊端，增加了清明畅亮的阅读快感。其负面效应，是很快衍生出只见口沫、不见诗质的粗鄙化倾向，所谓空心喧哗式的口语欢快。

麦城生逢其时，左顾右盼之后，似乎采用了"取法乎中"的策略，在叙述语式中保留了意象的成分，使其诗的阅读，既有清通疏朗之畅快，又有断续有度之逗留；既有文本外之后张力（这是口语诗的重要特质），也不乏文本内的韵致。特别值得称道的是，麦城诗中的意象，大都是由叙事过程中自然而然带出来的，不着半点刻意。像"你们各自的生活表情/好像在夜晚被人动过"，"电影里的话语容易生病/你们不会一下子/掏出自己的手相/在如今的这个世界里交换心意"（《今夜，上演悲伤》·1987）。这样的诗句，表面看去纯属叙述，却又处处暗结"象"的"珠胎"及"意"的蕴藉，读着很顺溜，想着又不尽其然，可谓事象化的意象、意象化的事象，既自然，又机智，不动声色而声色俱生。

由此带出麦城诗意象的另一特点：自明性。这种自明性表现在诗中的意象，既与非意象成分有所关联，互动相映，同时又具有一定的"独立"性，亦即，若将其从诗篇中单独抽离出来，又是一些可独自照亮自身且具有独立意蕴的小诗，或叫作"断章"。这是现代诗中别具美学意味的一种现象，为此近年一些诗人已有意地专门创作这类"断章"式的诗篇。前文所摘引麦城诗作中的那些片断，大都具有这种性质，显示了诗人早慧的敏感与才能。

二、语境

清明有味，是麦城诗歌语境的基本特色。"朦胧"之后，第三代口语诗人大都在语境追求上转向"清明"，但"清明"好求，是否"有味"，则又另当别论。

麦城的诗，以叙述语体为骨架，肌理分明，气息纯正，轻松自如地委婉道来，亲切可感，毫无生涩，但感触之后，又似乎没抓牢什么，有更多的分延与底蕴，在初步阅读之后等着更深入的品味，可说是语境透明而暗涵奇诡。

这里的关键在于，其一，有意象而不围着意象打转，意象服从于整体叙述语体的需要而自然生发取舍，显得疏朗有致；其二，局部意象的欠缺由于整体暗示性的完美和叙述的机智有趣而得到补偿，不显空乏；其三，叙述本身常做以超现实的幻化，有隐秘的成分包含于内，亦即对物象的指陈中有心象的投射，带有一定的寓言性意味。

例如这样的诗句：

> 后来，你从失效的成就里退下来
> 可爱地坐在工业的某一个门口
> 看一个孩子
> 跟随树上醒来的果实

在树下一遍一遍地成熟

——《今夜，上演悲伤》

字句表面无一生僻，都是寻常熟悉的话语，但进入特定的语境，便平生几分异趣。尤其"工业"与"成就"和"成熟"三词，变得意外陌生而神奇，像童话，似寓言，又是精神现实——所谓"精神事件"、"心理事件"和"外熟里生"的指认，即在于此。

再如：

从那条裤筒里
你翻不出可行的道路和人性的下落
甚至连那双湿鞋
使一孩子走错了所有的夜晚
离命运结束还差三个动作
而假树像真树一样
也在秋天里大量伤感

——《叙事》

语言很平实，让人感到是在叙述一种真实的事情，实则却又很荒诞，是一种超现实的叙事，以平实的语感亲近阅读，留冷峭的回味于阅读后，此即"平中见峭"之所谓。麦城"玩"这种语感，似已到随心所欲、驾轻就熟的地步，在同时代写作中，已属独步潇洒。

三、汉语意识

无论是新诗发轫期，还是新诗潮崛起时，受西方翻译诗歌的影响，而致语言欧化、洋化、翻译语体化，一直是长期困扰汉语诗人的一大弊端。由于坚、韩东"他们"诗派所开创的口语诗，之所以在今天越来越受到普遍的阅读欣赏，大概正在于对此弊端的有效清理。有意味的是，在十年前的麦城诗作中，我同样看到了这种清理意识的存在，虽然不尽彻底，但在那样的过渡时期，年轻的麦城已属难能可贵。至少，读麦城的诗，少见洋腔洋调的遗风，即或是于口语中夹杂着的书面语，也是当下本土生成的活话语，鲜活、纯朴、有时代感。

深入研读麦城的诗自会发现，他的写作一开始就对汉语语言有特别的领悟，遣词用语处处可见独到的心智，而不是"流"上取一瓢，随便拿来勾兑就用。任何语言，在不断地流通使用中，都会很快"包浆"或者"结壳"——概念化、定义化、所指明确等，形成某种范式，使新的言说打滑落套，落于写作，也便容易偏离个在原创而坠入互文仿写。而所谓"汉语意识"，一是要有意识地消解洋腔洋调，一是要下功夫挖掘汉语特质，开发新的诗歌语言资源，包括对不断生成中的活话语及口语的吸纳，和对已定型语言的改写，这些在麦城的诗作中都可见得端倪。将寻常话说得不同凡响，把家常词用得出乎意料，可以说是麦城诗歌语感的一个独到之处，且不是从哪学来的，明显来自诗人天性中的那份语言幽默感和诙谐感。

试举例而言：

如写"穷孩子"："一个穷得像一株不弯曲的树/穷得非常正确的孩子/一个穷得像一张没有污点的白纸/穷得非常干净的孩子"（《穷孩子》·1985）。在这里，"正确"与"干净"两个最普通的常用词，得到了最生动、最贴切的用法，像两枚用脏了的硬币，被重新磨洗后再度鲜亮。

再如"在街心湖畔的河岸上/用渔竿指出从前掉进深渊的童年"（《麦城：一九八八年孤独成果》·1988）；"趁黄昏没有叠好

晚霞的图案/你可以另选一批微笑/甚至可以另选一个祖国"(《视觉心理》·1987);"现在，城里几乎无人点亮灯光/向我提供一块可读的晚间人生"(《视觉广场》·1987);"我穿上衣服/准备去某一首歌里拆除一段时光"(《本身》·1987);"从那扇门里/你发现婚姻还在活着/同时，发现一直延长到/孩子不止一次用门里的哭声/给你带路"(《在困惑里接待生活》·1988)。——旧词新用，老词活用，凡词奇用，使之自干瘪的"词壳"转变为元一丰的意象话语，焕发出本真而异样的新光彩。

——而这，不正是诗人作为语言艺术家，最理所应当而又首当其冲的贡献吗?

四

研究麦城，有一份欣喜，也有几分遗憾。欣喜于十年前的诗歌进程中，竟有那样一列"提前到站"的诗歌快车，穿越过渡的时空;遗憾的是这样的"列车"过早"停运"，再未展现其可能更具魅力的风度。

应该说，麦城所拓展的创作路向，至今仍有其前瞻性的态势，可惜未做更深入宏阔的展开便告中断。从已有的作品看，质量也未完全稳定，有些参差不齐。部分诗作中，因意绪的跨跳过大，产生不恰当的断层或过度分延，缺乏必要的收束和控制感。就诗人的创作能力看，这些缺陷都是可以在新的进发中，逐渐予以纠正弥补以更加成熟的，只是我们无法预测，这种新的进发，对于一个已中止写作十年的诗人是否还有可能?

多年前，我曾将诗人的写作分为瞬态写作与终生写作两种形态。前者，系诗性生命历程的瞬时记录，随缘就遇，不着经营，或断续持之，或勃发而止，每有闪光之作，但常难以形成大的局面,产生经典性的影响;后者,则是持之一生投入的创造与归所,有方向,有规模,吐故纳新,融会整合,重拓殖也重收摄,不仅个在风格鲜明,而且有一定的号召力,对诗歌艺术的发展多少有所推动或拓展。

以此来看麦城,大体属于前者,却又觉不尽其然。

实则,无论"瞬态",还是"终生",关键在于投入创作时的那一份心态、那一种心理机制如何,我则常将其简而意象化地称之为"呼吸"。无论因为何种原因,呼吸不自由了,谈"瞬态"或"终生"都无意义。以此再看麦城,又觉其坦诚洒脱、不做功利之争的爽气,且又从未放弃诗性情怀的可爱——这种爽气与情怀,在今日日趋"生意场"或"娱乐场"样态的文坛,已越发显得珍贵了。

由此我想,麦城不复重返诗坛,也无大憾,总还留下了不少真诚之作的好诗于过往岁月。或有重新投入创作的激情与新的能量,也一定会保持其本真的立场、个在的风格和独具魅力的语感,为跨世纪的中国诗歌,做出新的奉献。

当然,作为不无偏爱的研究者和诗友,我更愿看到后一种情况的出现——毕竟,我们的诗坛,还是高手不少而真人不多——麦城是真人,诗坛有理由期待他的身影,重新闪耀于群星灿烂的现代汉诗长河之中。

1999年2月

在困惑里雕刻时光
——评《麦城诗集》

一、诗与诗人

发现麦城,肯定麦城,经由这种发现与肯定,促使一位曾经被埋没而品质不凡的诗人重新出发,并很快在海内外汉语诗界取得强烈反响,应该说,这是世纪之交的中国诗歌,一个不大不小的收获。

一位曾经的诗歌青年和今日的诗人企业家,在非诗的时代里,在财富的包裹中,依然如此看重诗的存在,显然不是消遣,也非功利,而是一种朝圣,或一种宿命。诗是麦城的初恋,这初恋曾经深深伤害过他;诗是麦城生命初稿中许下的诺言,这诺言至今苦苦地纠缠着他;诗是麦城心中的灵山,只有这灵山能安妥他早年就皈依艺术与诗的灵魂——这灵魂善良、真诚、忧郁而充满悲悯。

由此决定了麦城的诗歌创作,无任何生存需求携带,他只是愿意为诗而活着，而绝不希求由诗而"活"出些别的什么。

我是说，这是一位真正纯粹的诗人：在麦城这里，诗成为首要的，诗人则居于次位；他对诗的爱永远是作为第一次的，永远地忠于诗本身而非其他。他从未想象过要像纪念碑一样在年代中坚持不朽，而只是为了在片刻间不可侵犯不可腐蚀地存在，只是为了偶然间以诗的形式，把一些事物重新弄清楚，然后将其欣慰地转告黑夜，也同时转告在黑夜中同他一样醒着的朋友们。

也许，诗神正是要借这样的纯粹的诗的灵魂，在诗之外，向我们说明些什么？

"初恋"的伤害，加深了麦城的孤郁气质，而"诺言"的纠缠，使他从不敢将诗的写作，变为一己的情感宣泄，或名利场中的追逐。这是一位有"道"的诗人，这样的诗人在今天已经很少了。他把人生看得很透，"曾经沧海难为水"，骨子深处埋着不少悲剧意识。这决定了他的虔敬——对知识、艺术、语言、良心和道义的虔敬，因此，他从不敢自负也绝不会虚妄，更不知"玩诗"为何物。即或成名之后，也依然如履薄冰，没有这些年愈演愈烈的所谓"诗人气"，老子天下第一，膨胀得不得了。

其实，这是一个诗人大于诗、诗坛兴而诗歌衰的时代，而麦城是一位在场的游离者——在诗的场中，游离于虚妄浮躁的诗坛。

纯粹、超脱、虔敬以及爱心——阅读麦城，阅读《麦城诗集》（作家出版社 2000 年版），首先感念的，正是这样一种已属稀有元素一般的诗歌精神。

太多太多江湖味的诗坛；

太多太多糨糊状的诗歌。

是麦城，让诗和诗人重新恢复水晶的名誉、水晶的品质和水晶的光耀！

就诗坛而言，麦城曾是一个"穷孩子"，"一个穷得像一株不弯曲的树/穷得非常正确的孩子/一个穷得像一张没有污点的白纸/穷得非常干净的孩子"（《穷孩子》）。今天，当我们将如此富有的荣誉给予他和他的诗时，这"穷孩子"的"干净"与"正确"会变质吗？

我相信初恋的真诚和诺言的郑重。

二、语感与语境

现代人类本质上是一种语言的存在。现代诗就是给这种存在之居所开门、打天窗，或许再放置几面诡异的镜子。

语言的意义在于它的使用，有多少种用法，就有多少种语境、多少种意义。这"用法"，在诗人这里，就是"语感"。有无特别的语感，已成为识别现代诗人写作好坏良莠的首要标志。也正是语感，将这一个诗人与另一个诗人区别开来，将一个诗人与一群诗人乃至一个时代的诗人区别开来。

麦城诗歌的语感很有个性。

我这里说的是"个性"，没说"特别"。"个性"是天生的，"特别"或可借鉴摹仿得来。个性有内源性的质素之光，从一开始，他就是这么说话，这么思考，这么使用着语言、创造着语言的，然后就这样进入诗的写作。

一部《麦城诗集》，收入诗人80年代旧作和近两年新作两大部分，中间隔了近十年，但怎么看，那种麦城式的语感都是一致的。这种一致，这种个性，显示了诗人早慧而久经磨砺的语言天赋，乃至无须指明作者，也能一下子便辨认出，不同于任何他者而独属于麦城的、语感的指纹和语感的气息：

解开农业的上衣纽扣

找到我表情的上级

发给我的这份表情

古代的冷勾结了现代的冷

半个爱情拎着一个婚姻

用哲理回家

世界把我剩下来

坐在工业的某一个门口

  随便抽出几句，就可知麦城语感的个性所在。首先，他喜欢或者说敢于用实词、大词，原本已概念化、社会化、意识形态化了的词。诸如"工业"、"农业"、"人口"、"制度"、"国家"、"财富"、"债务"、"气候"、"人生"、"语言"、"词语"、"观念"、"概念"、"传统"、"纪律"、"思想"、"上级"、"道德"、"美学"、"汉语"、"中文"等等，这些原本只适用于且经常出现于公共媒体包括社论、文件、档案中的词，却十分频繁地进入麦城的诗行，经由麦城的改写或重新编码，生发出异样的美学效果。

  一方面，这些大词的进入，使麦城的诗有一种现实感。我们知道，正是这些耳熟能详的词汇，构成了我们基本的生存现实，使我们无法脱身他去，且时时遭遇它的生硬而强大；另一方面，在麦城这里，进入这些大词则是为了改写其性质，经由这种改写，或可称之不断的错位编码，所有这些十分日常也十分熟悉明确的大词，一下子变得突兀、疏离、别有用意以至虚幻起来，生发出多重含义，以及歧义与反讽，包括还原、缩小乃至自我解构——这是社会学向诗学的奇妙转换，也是知识话语向生命话语的奇妙转换。在这种转换中，原本生硬僵死的语词，像被涂上了一层超现实的清釉，出现了一种被雅克·马利坦称为的"诗性意义"——区别于概念的、逻辑的意义，从而也就给由这些词构成的现实，予以新的指涉与命名，带给读者一种提升了的感知和被重新洗亮的觉悟。

这种麦城式的语词改写，还大量体现在对名词和动词的使用上。在我有限的阅读与研究中，可以说，麦城是近年诗歌创作中，在此方面最具魅力也最让人难忘的一位诗人。

读麦城的诗，常常会为其动词、名词的奇特配置和巧妙挪用而会心一笑或惊心叫绝，而且绝不显刻意，总是那么随手拈来，就成为一个意想不到的"语言事件"。诸如"支付—笑容"、"放松—真理"、"分配—传统"、"护理—表情"、"抚养—打算"、"定做—悲哀"、"委托—涛声"、"征收—状态"，以及"苦难减价"、"真理紧张"、"思念塌方"、"阴谋生锈"、"观念占线"、"雪花减肥"、"目光调往外地"、"香烟燃烧出唯心主义"等等，在不断的错位与改制（语言制度之制）亦即不断发生的"语言事件"中，来体现现代人的"心理事件"。

可以看出，通过这一系列的改写，已形成风格鲜明的麦城语词谱系和意象谱系。这一谱系的特点在于：其一，强烈的反讽意味；其二，由明晰的抽象意义和含蓄的未限定暗涵互相交织，形成一种有复合肌理的语言质地；其三，由于构成其谱系的主要语词，大都是我们日常熟悉的语词，遂使麦城诗歌的整体语境，呈现出一种清明有味的境况，在熟悉中敲出陌生，在亲和里见得深切，既好读，又耐品味。

由此，诗人麦城不但以诗的方式对时代的文化状况和心理状况，做出了更深层次的介入与指涉，同时也以这种个性化的语感，参与了当代中国人审美感知和表意方式的重构，从而也就有效地改造了我们时代的诗歌语境和精神语境。

显然,如果拿本节开头行文中,说现代诗是给存在之居所开门、打天窗或放置诡异的镜子的比喻作对照,麦城自当属于那种善于玩"诡异的镜子"的诗人。只是这种"玩法"也有弊病:一是不容易"玩",难度太大,因而可能会造成阶段性的重复感和乏力;二是具体于文本中,易出奇句难就奇篇,造成一首诗好似另一首诗的分延的感觉,难以求得篇构之全然的独立与浑然的完整。

这些问题与难点,在麦城的作品中已见端倪,因此我也曾向诗人提出不妨多写些断章式的东西,干脆先不求谋篇,只求谋句,或可避开难处,尽情发挥其特长。譬如诗集中《在困惑里接待生活》一组诗,就是很出色的断章体式,自由洒脱,无篇构的束缚以至言犹未尽。而《作文里的小女孩》之文本一、文本二的对照出现,也无疑透露了句构与篇构间的困惑,有待新的突破。

三、玄思与格言

中外诗歌,一直有一条"玄学诗"的路子。分延至当代两岸现代诗界,则有台湾的纪弦、周梦蝶、简政珍,大陆的杨炼、欧阳江河、严力、钟鸣等为代表(包括部分性的代表),诗学家陈仲义则将其命名为"智性诗学",并归纳出三点,即"潜在的哲学背景高度";"内在的思辨力量";"智慧的'诗想'转化"。[①]

若硬要归类,麦城的诗大体靠近这一路向,但也有明显的区别。

说大体靠近,其一,麦城写诗,确实"诗思"大于"诗情",

---

① 陈仲义:《智力的结构与智慧的"诗想"——智性诗学》,《扇形的展开——中国现代诗学谫论》第四章,浙江文艺出版社2000年版。

思辨的色彩很浓,乃至不乏诡论、玄想,以及幽微神秘的内省与直觉性的哲思和冥想;其二,麦城的诗歌题旨,大都集中于对时代的文化结构和心理结构的处理,这正是"玄学诗"或"智性诗学"的主要题旨所在;其三,诗思的展开,是理性的、智性的、非激情、非感性,潜沉宁静,多以清凉微温的陈述来组织,并可见逻辑肌理。

试读这样的诗句:

> 那么,什么样的存在形式
> 来替我指挥丢失的传统
> 并迫使后人用相声作为信仰的盘缠
> 拦住彼此的怀旧念头
> ——《生活在大连的这种经历》

显然,其字里行间处处可见的文化色彩、思辨意味、内省情愫、逻辑肌理和沉稳矜持的语言风度,都颇具"玄"与"智"的品质,置于"智性诗学"的框架中去衡量,也是颇具品位和代表性的。

但麦城的创作,毕竟是在一种几乎与这十多年的中国诗歌潮流完全隔绝的时空中,独自摸索走出来的,因此必然带有更多些的原生态的东西,更个性化些的质素,而无法与任何流向完全合辙押韵。

区别确实是明显的。

首先,麦城诗的视点,尽管处处聚焦于文化,但绝无一些"文化诗"的装腔作势,以及掉书袋、酸腐气,而是深入到文化心理深层的自我盘诘与辨析。其次,尽管麦城诗中的玄思味很重,有如一个用诗行思忖的智者,但并没有将其弄成理念的硬块,或化不开的郁结,而是呈现为一种和谐到位的感性之思、诗化之思,有分明的肌理和清朗的语境——所谓骨骼清奇,眉清目秀,不着玄怪,从而避免了这路诗风常易携带的晦涩玄奥的毛病。

另外,叙述性语式和意象化语式的有机结合,包括幽默、反讽的点染,以及戏剧性的架构和寓言性的绾束,也使得麦城式的玄想之诗,少了许多同路诗风的黏滞感,显得既神秘暧昧,又澄明率真,既坚实,又富有柔韧性。若抛开学理化的诠释,纯以直接印象去说,颇有点像智慧的老人与嬉戏的儿童共身而语,于亲和中进入深刻的诗与思之交流。

像这样的诗句:"她把我揣在裤兜里的手/很好地拿了出来/她说,手长期揣在兜里/容易成为匕首"(《一滴钻石里的泪,降在了大连》)。手与匕首的联想,何等奇崛老到,令人惊心,其转换中暗涵的玄机,触及到很深的心理机制——交流与闭锁,以及伤害之危机等等,但说出这些的那份语气、那种口吻,却又是那样孩子般的轻松与调皮。

在我不断引用这些诗句的同时,我便自然想到麦城诗的另一大特征,就是保留并提升了诗性格言的传统。

格言,警句,箴语,原本是古今汉语诗歌一个很好的传统,它既是一首好诗中的高光点、核心或关节,自明自足而又照耀与支撑整体,更有给阅读者亮眼提神的审美效应。只是一方面被浅情近理的伪哲理诗搞坏了名声,好像写诗就只是为了"点睛"而连龙都画不好;另一方面则被这些年所谓的能指、所指闹得有所妙指也不敢指了,造成一个长久的误区。

其实,即或在先锋诗中,好的、真正具有诗性意味而诗思独到的格言也并不坏事,照样起核心与关节的作用。甚至,真是由现代意识和现代诗美情趣合成的、水到渠成而天成自然的格言诗，也为何不可登现代汉诗的大雅之堂呢？《麦城诗集》中诸如《必须》《本真》《原来》以及《在困惑里接待生活》中的一些断章，我认为就是现代意识和现代审美很强的新型格言诗。比起大量流质的、絮絮叨叨的、没骨头没劲的糨糊诗，这样的格言诗反而在不失现代诗审美质素的前提下，恢复以及增强了诗的气质、诗的力量。

对麦城诗的这一特征，孙绍振在《当代作家评论》2000年第3期"印象点击"专栏对"2000年新诗大联展"的评点中，也特别指认麦城的作品常能"相当轻松地从冷峻的反讽上升到格言的高度。他的《必须》充满反讽，又几乎都是格言，即就是连圈子外的读者读起来也都不需要太费事"。孙绍振先生在这里既肯定了格言是一种高度，又肯定了这种格言对诗的阅读所带来的亲和效应，十分中肯。

确实，假如我们能拨开虚妄与膨胀的迷雾，静下心来回顾一下，这多年集结于各类选本或进入权威批评家视野被奉为好诗佳作中，究竟有多少可铭记可传诵，或至少在记忆的回放中，能大体涌现其基本意境、核心意象和关键诗句呢？恐怕不会太乐观。这其中当然有各种原因，但缺失对诸如核心意象和警句格言的提炼，也许是不大不小的一个问题。散漫、郁结、黏黏糊糊、无节制的叙事和失控的口语，使大量的现代诗看上去形象模糊，换句通俗的说法，可谓脸大眼小，体肥心瘦。

相比之下，麦城的诗不但骨正神清，而且有让人喜爱的漂亮的"诗眼"。眼睛是心灵的窗户，对审美交流与审美记忆而言，这"窗户"也同样重要。这说起来似乎是老掉牙的诗美传统，但不该丢弃的到什么时候也不能丢弃。

例如北岛的《回答》："卑鄙是卑鄙者的通行证，/高尚是高尚者的墓志铭"；顾城的《一代人》："黑夜给了我黑色的眼睛/我却用它寻找光明"；舒婷的《神女峰》："与其在悬崖上展览千年/不如在爱人肩头痛哭一晚"；王家新的《帕斯捷尔纳克》："终于能按照自己的内心写作了/却不能按一个人的内心生活"，等等，不都是因了诗中那闪亮的眸子，让我们被一下子击中，并深刻地记住了这样的诗和这样的诗人吗？

好的诗句，精彩的格言，都具有特殊的增值效应，它不仅是它自己，它还带出其他的什么，产生无限的分延或晕染，这在麦城的"诗眼"中显得尤其突出——"门在墙上活下来/墙死于墙体的深处"（《在困惑里接待生活》）；"好时代被少数忧伤动用以后/我不得不更深地居住在别人的命运里"（《旧情绪》）；"我们从另一个我们的脸上失散"（《现代枪手"阿多"——和英雄谈谈》）；"痛苦是大人发给我们的"（《旧情绪》），等等。这样的"诗眼"，几乎在麦城的所有诗作中都会于不经意处闪电般地朗现，令人叫绝，且比传统的格言，更多些言外之意，有弥散性的暗涵和追加的深度，过目难忘而又品味不尽。

诚然，在现代诗的广阔视野中，所谓格言或"诗眼"，确实也只算得是惊鸿一瞥，不值小题大做；若要专门为追求格言或"诗眼"而写诗，更是蠢材才会干的事。但在不失原创性和个性的前提下，顺畅自然地带出这漂亮的一瞥，朗照全局，又何乐而不为之呢？大概也只有蠢材才会故意放弃。

四、困惑与悲悯

诗的实现，最终是语言的实现，但作为一体两面的语言背后，必有其相辅相成的精神底背作支撑。

麦城的诗骨子很正，其生命形态与精神构成，有现代知识分子求知、求真、求美的高蹈，也有正直向善的平民意识之诚朴。前面说过，因了天性中的敏感，他对人生看得很透，而经由长期文化、艺术与思辨的浸染，又对生存充满了困惑，二者相加，形成了麦城诗歌主体精神的孤郁气质和悲悯情怀。表面看去，在麦城的诗句中，诗人的情感似乎总是冷冷淡淡的，实际上那份从未缺失过的多情善感，都已上升为困惑与悲悯的境界，并最终使其创作主体，成为这时代生存意识与文化心理的敏锐而深切的诗性感官。

"在困惑里接待生活"——是的，是"困惑"，一个多么准确而关键的词。

在这个越活越实在，且看似越活越明白的时代里，其实我们内心的深处，隐藏着太多的困惑，多到我们已无法说出具体的困惑是什么。公众遗忘了的心境，正是诗人耿耿于怀的地方，实则"困惑"恰是这时代的核心心理症结："从冰里取出海洋/从火里取出森林/从脸里取出泪水/从我里取出人间/之后/交给一个什么样的我们"（《停靠在大连港的汉语》），这发问是极为深刻的。我们确实只是恢复了生活表面的真实，接踵而来的新的困窘与迷失，并未因此而消解。作为时代最敏锐的精神器官，诗人在新的困惑里延伸着新的、更高层面的诗之思。

麦城的困惑是具体的、细致入微的，且处处点在了这时代的穴位：质疑面具人格，拷问文化变异，在时代总体话语与个人生命话语的冲突中探幽洞明，于精神生活的缝隙处打捞人生的缺损与忧伤，以及残存的浪漫情愫，从而不断惊醒我们在追逐实利的烦劳中，悄悄掩埋了的隐痛，点击时代华丽的外衣下，暗自蔓延的溃疡。——显然，这是一种伴随着文化思考和生命意识的"困惑",但诗人仅止于"困惑"而不凸显思考,这使麦城的诗,时时浸漫着一种无着的意绪与悬疑的气氛,使我们得以在微妙的提示中,进入对生存真实的内省,和对文化困境的反思。

由此形成了麦城诗歌"小处敏感,大处茫然"(转借卞之琳语)的精神品质:提问而非回答,内省而非争执;用冷峻掩深切,从反讽出悲悯。特别是悲悯,已成为我们这个浮躁而功利化的时代越来越稀有的情怀,而麦城几乎将这种情怀融化为所有诗行的底色,成为最深层感动我们的部分:

> 在古人永远迟到的车站上
> 站满了受苦难委托的人们
> 每个人的手里
> 紧紧地握着一张过期的车票
> 和半支香烟
> 烟雾,再次捆住他们内心的哀愁
> 火车无论怎样开来
> 都无法改动忧伤的日期

——《识字以来》

这是令人心仪的诗歌境界。

这样的境界,在体肥心瘦、平庸叙事的当代中国诗坛,已经缺失很久了,而语言的实现之后,麦城诗歌的精神价值,正体现在对这一缺失的弥补亦即对这一境界的再造之中。

"在困惑里接待生活",在困惑里雕刻时光。

——有谁,在这样地醒着,醒于物质的暗夜,醒于财富的鼻息,而为了初恋的记忆,执着地守望着那个诗的诺言,并注定要长久地等待，一个迟到的回应?!

有一天

我要离开这里

走向一个时刻

像火把崇拜日出去崇拜自己

——《想象》

2000 年 10 月

"水,一定在水流的上游活着"
——论麦城兼评其长诗《形而上学的上游》

上游,水出发的地方。

所有的水——物质的水、精神的水、语言的水、生命的水、形而下的水、形而上的水;载舟之水、覆舟之水;甜水、苦水、活水、死水;水源、水质、水流、水面……"谁最先浮出水面/谁就先拥有上游"。(《形而上学的上游》之十一,以下简称《形》)

上游,为成熟走失、永远想回去而又回不去的地方。

我们从那里出发,奔赴梦想,奔赴繁华;奔赴欲望和对欲望的控制,奔赴对旧的反叛和对新的占有;奔赴角色,奔赴身份,奔赴奋斗与迷惘;奔赴那条如海德格尔所说的"不归之路"——作为上游的反词,那个叫"下游"的存在成为诱惑也成为陷阱,而"水,一定在水流的上游活着"(《形》之四)。

永恒的母题:关于此在的盘诘和彼岸的追问;

永恒的悖论:出发的地方成了"彼岸",而"此在"成了不在的在，一个不断推移的、无法真正抵达的"抵达"。

只有语言作为存在的源头，为意欲"还乡"的人们系紧了鞋带，溯流而上，作一次思之诗的跋涉。当然，你依然不能真实地回去，那个"上游"，依然只能是形而上的上游；吸引你的，不是能不能回去，而是语词的历险、言说的快意、思想的痛感，一种在智力的节日里突然降临的、对生存之寓言化的追问！

而，"所有伟大诗作的高尚诗性，都是在思维的领域里颤动。"（海德格尔语）

命名由此开启。假设的钥匙后面，没有哪扇门是唯一的通道；这是由语词的奇境构成的一片扑朔迷离的风景，聪明的读者最好只管领略，莫问诠释。至于批评家们，至此或将遭遇可能的尴尬。

> 一个词
> 惊动了一个人的写作动机
> 也惊动了人间的香火
>
> ——《形》之十三

上

阅读麦诚，在当下汉语诗歌阅读——尤其是专业性阅读与研究性阅读的版图上，无疑是一个特别闪亮的光点，一个让人对现代汉诗的发展，重新拥有信心与期望的所在。

在经历了可谓诗歌政治学意味的世纪交替之热闹后，现代汉诗似乎陷入了一个可疑的间歇期，一个平面化的繁盛局面。爱诗、写诗的人更多了，好诗、名诗却相对减少了，二者没有必然的因果关系，只是共同构成了困乏的现实：新手蜂拥，名家落寞；语感趋同，个性趋类；浮躁、粗浅、游戏化的心理机制，无标准、无难度、只活在当下的创作状态；写，变快了，诗，变轻了；味道，变得更淡了，阅读，变得更模糊了……大树刚完成轮廓的勾勒，复被疯长的野草所遮没。孤芳自赏或诗人间相互激赏的阅读依旧如火如荼，但那种足以惊动批评家疲惫而困顿的眼光的作品，真正重要而又优秀的作品，毕竟不多见了。

尽管，此间也有于坚的长诗《飞行》的问世（1997－2000），台湾洛夫三千行巨作《漂木》的出炉（2000），海外北岛隔世而归的《北岛诗歌》的出版（2003），以及伊沙野心勃勃的《唐》的实验性写作等，但若将其置于当代诗歌整体版图去看，还是显得相对稀少，难以满足专业批评的阅读期待。

正是在这样的背景下，麦城诗歌的"出场"及其持续上升的影响力，遂成为间歇时空中的视阈焦点——从1998年的悄然复出，到2000年《麦城诗集》的出版，此后不断吸引批评家惊异目光的一批批新作的发表，直至长诗《形而上学的上游》的隆重发表，麦城的存在，以及对这一存在之密集的关注，已不再是任何无稽的传言与庸俗的猜疑所能遮蔽的了。所谓"麦城现象"的负面阴影，业已被其文本的光彩涤荡净尽。

诗的历史只对诗的文本负责。也只有诗的文本，书写着各个诗人的各个历史，或重或轻，或短暂或长久。

当然，表面看去，麦城如此未见"成长过程"而一步到位的成名，好似一出未见彩排便一举成功的大戏，难免会让不知就里者或惯常好事者产生什么嫌疑。然而一方面，历史从来就只认正式的演出，不管其是否彩排以及怎样彩排；另一方面，所谓"过程"也只是逻辑的推理，而艺术的创生并不完全按逻辑出牌。其实对麦城而言，"过程"也曾存在，但却非成长的过程，而是被遮蔽的过程；先是在出发时，被朦胧诗成名诗人的巨大影响所遮蔽，继而在途中，又因游离于第三代诗歌运动之外而耽延。由此有了一个被长久"冷藏"的"麦城诗歌"，今天的批评家，只需将其置于当时的先锋诗歌流程，稍加还原，就会发现那是多么大的一个失误！

麦城因此成为迟到的"先锋"，这样带来的结果是：他始终是个在的，没有过"影响的焦虑"，故而较好地保存了原生态的东西，并避免了角色化的出演。而现代汉语的步程，一旦消解了运动情结与角色意识，进入常态发展后，麦城的这种"个在"与"原生态"，便显得格外珍贵而突出。

低姿态，慢先锋，麦城姗姗来迟而步步持重。实则积蓄良久、有备而来，高段位出手而一步到位，确然难以寻索到一个由仿写到成熟的梯级发展过程。而说到底，还是与诗人的语言天赋有极大的关系。

论思想，麦城可能不够博大精深；论形式，麦城也许尚欠丰富多彩。但要论语言，麦城则无疑是天生奇才。潜心研究者自会发现，正是语言，成为麦城诗歌写作的唯一理由，或者，再加上一点思想的惊扰；而思想在麦城这里，正如罗兰·巴特所言：是由词语的偶然组合得来的，进而"带来意义的成熟之果"。与语言约会，与智慧言欢，与远方的朋友或自我的沉默部分聊天，是麦城式诗歌写作的本质所在。在这样的写作面前，那些为追求功利的激情和不朽的欲望的写作，都顿时显得黯淡无光。

而，所谓"现代诗"，总是凭借特别的语言手段从内部更新的，这正是麦城作品价值的不同之处。这一价值的具体体现，大体可归结为以下四点：

其一，叙事与意象的有机整合。

20世纪90年代后，叙事作为一种修辞策略，迅速由先锋诗歌蔓延至整个诗坛，发为显学。但在大多数诗人那里，叙事成了一具空网，只见脉络，不见肌理。语词不再是鲜活的生灵，而沦为叙事结构的奴仆。这不但有违汉语诗性的本质，也大大削弱了诗的表现力，尽管也或多或少的扩展了表现域，而写诗大多成了说事。这对视语词的奇境为第一要义的麦城诗歌写作而言，肯定是难以认同的。他借用了叙事，但只在辅助结构的开展，以叙事为脉络，以意象（包括十分精到的格言、警句）为肌理，使一首诗既成为一件完整的织物，又是富有多视角审视的、有丰富肌理可品味的织物；既避免了单纯叙事的平淡沉闷，又避免了单纯意象堆砌的繁冗高蹈。

一句话，让意象穿上叙事的外套，松弛的外表下，仍是坚实的肌体和深沉的灵魂。

其二，对寓言化叙事的有效创化。

当代诗歌进入叙事滥觞后，多数诗人陷入了日常叙事的泥沼，尽管那里也不乏诗性的存在，但就诗乃至一切文学的本质而言，寓言性仍是更高层面的价值追求。因为正是寓言性，使诗具有了将文学叙事提升到哲学的高度，为历史和现实重新命名的高度，正是这一高度，将优秀的诗人、经典性的诗人与一般诗人区别了开来。

麦城诗歌，尤其是近年的一批新作中，可以说包含了当代先锋诗歌的所有基本元素：口语、叙事、戏剧性效应及小说企图等，但不同之处在于，他最终都将其整合到一个个让人惊异而叫绝的现代寓言中，以超现实意味的寓言化言说，为当代中国文化转型与精神裂变的诸种现象，予以有效揭示和深度命名。

其三，对精练的守护。

精练是诗歌文体的基本美学特性，而这一特性在当代诗歌写作中，正成为需要特别提醒和加倍守护的底线。叙事成了无鱼之网，口语成了无网之鱼，空泛而散漫着。正是在这里，麦城显示出他特别的语言仪表与风度——这仪表是独出心裁又老练得体，这风度是适可而止又丰盈复杂。在以量取胜、怎么写都行的当下诗歌写作潮流中，麦城的这种姿态未免显得保守，但却保证了坚实的品质。简而有味，有活力、有强度和不乏准确性，方经得起长久而苛刻的品味。

麦城因此还写出了当代诗歌中难得的小诗佳作，如五行的《布局》、六行的《本真》、九行的《水》等。实际上，诗人的语言才华，正是在简而不是在繁上面，方见得高低，这不仅是一种美感风范，更是一种优秀诗人的素养所在。

其四，对意象的原创性个在营造。

对现代汉诗说原创，总有点底气不足的感觉，我们毕竟是借用别人的图纸造了自己的房子，原创的基因打何而来？然而我们也毕竟写了近一百年的新诗，总该有些自己的感受与积蓄了。何况，近20多年的急剧现代化进程，已造成身在其中的现代性语境，而诗人又必然是这一语境最敏感的器官。

"措辞上热情的个人指向"（马拉美语），使麦城在现代诗的意象创造上，一直葆有原生态的鲜明个性，从而既避免了落入隐喻复制的泥淖，又具有惊人的自主特性与命名效应。如"手长期揣在兜里/容易成为匕首"（《一滴钻石里的泪，降在了大连》·1999），"假树像真树一样/也在秋天里大量伤感"（《叙事》·1987），看似信手拈来，不着刻意，却令人过目难忘，并引发深度共鸣，正如马拉美所曾称道的那样：鲜明、易于吸收、可供猜度。

原创的另一含义在于，麦城所营造的意象，不是对旧意象或公共意象的改写，亦即赋旧意以新象，而是新瓶装新酒，以对语言结构的改变,来揭示文化结构的改变,进而揭示现代人存在本质的改变;重在立言,非为意象而玩意象。传统意象,象重于意,敷彩以悦目;现代意象,意重于象,立言以动思,是谓深度意象。于此之道,麦城可说是驾轻就熟,在不断说出别人想说而说不出来的"说"的同时,麦城又提供了那么多前所未有的新奇的"说法",难怪当这位曾经"名不见经传"的"新锐"诗人,一朝行走于诗坛,便吸引如此密集的关注目光——原创是艰难而稀有的,但也因此而成为第一义的诱惑。

然而,因密集的关注带来的"焦虑"的"影响",还是不期而然地发生了。

在批评家和媒体那里,因担心"错爱"或"偏爱"的"嫌疑",期待被关注者能够拿出更高水准的作品;在诗人麦城这里,背负关注的迫抑,也难免要考虑对这份关注的期待有新的回应。当然,诗人不是"期货",写作不可预定,尤其是诗歌写作。但同样的压力,可能毁掉一位诗人,也可能改变一位诗人,皆取决于其人格的力量和才华的储备。

作为纯粹为诗而诗的诗人,麦城绝不会为诗之外的什么压力,改变自己的写作动机和写作方式,但为写出自己更满意的作品,作自觉而自律的艺术调适,是必然要经由的过程。由此,迫抑成了动力,两方面的动因再次相遇,颇有点"共谋"的意味,其实是又一次的机缘凑巧。

或许,"偏爱"麦城诗歌的批评家们已然注意到,这列"提前到站"的诗歌列车在重新发车后,已悄悄提速,并小心翼翼地调整着行程路线。而与此同时,由创作意识的强化所带来的负面影响也随之而来:局部语感的重复,结构套路的似曾相识,起承链接之逻辑关系的过于紧密,留白与跨跳的不足,以及气息的郁滞等。单从每首诗审度，依然魅力不减，且时有让人惊异之处，但总体的平面化已渐次生成——这是一次优良品种的大面积耕种，而丰收之后，哪怕仅仅为着防止品种退化，也该有一次新的突破。

2004年，又一个诗的春天里，麦城拿出了他的长诗新作《形而上学的上游》。①

下

在当代中国诗歌界，几乎所有成熟的诗人，都有过创作长诗的梦想。但以长诗作为成熟诗人的标志，尤其是传统理念中的长诗，在现代语境下，实已成为一个逻辑神话。

现代汉诗是以现代性——现代意识和现代审美情趣为精神底背的，而现代性的一大显著特征是破碎性——人成为多种文明形态的混合后，复裂变为不确定的、分裂的碎片。从这一角度而言，"碎片"化反而成为最真实的所在。以一体化的完整结构和序时性的宏大叙事为本的传统长诗写作，在这个碎片化的世界里，反而常常显得头重脚轻，无所适从。

一些诗人由此热衷于所谓组诗的写作。但其实，大多数所谓的"组诗"，只是用一组诗在那里写一首诗，依然有一个预设的一体化的结构框架，有时甚至免不了复制。

以碎片的形式表现碎片的本质，关键在于要断开宏大叙事的逻辑结构链条，让语词成为自主的要素；肌理不再屈从于脉络，核心意象独立为自明的主体，无须承担对辅助部分的照应；而智力的深层结构隐而不见，大量的断裂与空白透露一种意味深长的沉默；离散的视点，随遇而安的结构；真正的自由，自由中更真

---

① 全诗载《作家》2004年第5期，本文应邀根据作者提供的原稿撰写。

实深切的抵达——由碎片而整体的抵达。

这是另一种"长诗"写作的梦想，这梦想一直吸引着有作为的诗人们。从早期北岛的《太阳城札记》，到20世纪90年代严力的"诗句系列"，及至2001年出版的于坚的《便条集》，都有类似的追求，但也都似乎未尽其意，一直等到麦城的这首《形而上学的上游》的出现，方填补了这一梦想的长久遗憾。

实则对麦城来说，《形而上学的上游》的写作并非一次刻意的追求，我们可以在他的旧作《现代枪手"阿多"——和英雄谈谈》（1988）中找到相近的情景意味，在《在困惑里接待生活》（1988—1998）中找到相近的形式感。重新出发后的麦城，似乎因叙事的加强而疏远了隐含在此类代表作中的本原质素，而终于在《形》诗里重新找到了感觉，得以更充分地发挥，并成为再次跃升的跳板。

这首诗总长160行，分为18节，冠以一个总的诗题。但这里的"节"只是一个页面的概念，实际每一节都是相对独立的单个一首诗，有其自身的题旨、意蕴和形式感，同时又暗自与其他"节"的诗，结合为一个有意味的联合体；这种联合没有必然的上下文关系，但又不乏弥散性的指涉意味，并共同追求一个总体大于各个局部相加的意义价值与审美效应。有如一个大房子开了18扇门窗——从某种意义上讲，现代诗就是给存在的居所"开天窗"，向内看，是同一户"生活"，向外看，则每一扇门窗都通向不同的"风景"，具体在这首诗中，即为不同的"情景"。

问题是，这些"风景"实在过于迷离与诡秘，走进它，无异于一次语言奇境的探险。

首先得弄清楚谁制造了这些"风景"？

T. S. 艾略特在《诗的三种声音》一文中指出："第一种声音

是诗人对自己或不对任何人讲话。第二种声音是对一个或一群听众发言。第三种声音是诗人创造一个戏剧的角色，他不以他自己的身份说话，而是按照他虚构出来的角色，对另一个虚构出来的角色说他能说的话。"① 由此形成不同的表现形式：其一形成单向度的抒发或自语；其二是对象化的倾泻；其三则构造了某种情景，诗人化身各种角色，在其中展开或自语或旁白或主观或客观的言说与对话——这正是《形》诗的"声音"方式，弄清这一点，我们就不会被诗中那些变来变去的"说者"与"说法"晕了头。

随之该弄清这些迷宫幻影似的"风景"到底想表述些什么？

尽管，18 扇"门窗"开向不同的方向，暗藏不同的意趣与题旨，但深入领略中，还是可以觉察到大致的类别与隐约的脉络，一种离散性的互文关系和呼应共振。

至少，全诗的开头一节和结尾两节，都有意地共用了火车/车站的意象。我们知道，正是火车，以及所有日新月异的现代交通工具，彻底改变了存在的形态和现代人的生存方式。时空由此被重新编制，运行的轨道成了体制与时尚的隐喻，而车站则成了命运的节点。

长诗的开头，火车呼啸而来，一个已经上车的孩子，"坐在尾节车厢里"，"端起玩具枪"，"瞄父母离婚的背景"（《形》之一）。"背景"是文化的代码，"离婚"喻示"家"或"家园"的解体。诡异的细节，超现实的情景，第一块"碎片"的镜像，已经表明，这将是一出寓言化的荒诞剧。最后两节诗中，火车与车站重复出现。历史的"碎片"朦胧回放，"铁轨/从毛泽东时代的夜色里/铺过来之后"，"一个人影/和他的前程/开始交付使用"。人成为"人

---

① ［英］T. S. 艾略特：《艾略特诗学文集》（王恩衷译），国际文化出版公司 1989 年版，第 194 页。

影",主体的消解;"前程"有待"使用"的结果而定,选择成了被选择。结果是"忧伤倚靠着火车的时速惯性/哀求着悲伤/在下一个山谷/减速"(《形》之十七)。"减速"一词不言而喻,它已成为这时代中的清醒者们挥之不去的心理情结。

然而,这样的"乘车感受",并不能阻止那些更多的、尚未搭乘加速奔向现代化梦想的列车的人,前赴后继地涌向有铁道的地方——全诗结尾处,又一个孩子出现了,这回诗人给出了这孩子的明确身份:"乡村孩子",在"目睹了扳道岔的全过程"之后,"他的好奇/与道岔的移动/合并在了一起",开始期盼,"什么时候/他八岁的向往/能被扳道工/从这一边扳到另一边"……看似虚构的情景,却直抵真正的现实,现实中所有景象的根由。也许连诗人也不忍心这样的剧目再演下去,由不得插入一句结语:"另一边,是哪一边?"(《形》之十八)。

而结论,早已隐含在全诗的第一节中:"铁,总是输给车轮"。它使我们想起诗人多年前的两句诗:"火车无论怎样开来/都无法改动忧伤的日期"(《识字以来》·1987)。

奔赴—改变—再奔赴,"生活在别处","别处"又在另一个"别处",存在成了居无定所的漂流,时代成了变化莫测的万花筒,筒里的秘密,是一把彩色的物质碎片,而诗人的使命,正在于对这碎片的真相与本质,予以特别的揭示,以作为一个时代的旁证。

更深的追问由此展开。

流动的"风景"有如超现实的"切片",一个"切片"中藏着一个虚拟的"故事",意象是故事中的主角,不再有一对一的隐喻关系,而指向更多的歧义、更深广的象征。

"我踮起脚尖/够油画里的那把钥匙/这里那么多的门/没有一扇有锁孔"(《形》之六)。这是对"方向"的追问;"油画"可视为"向往"的代码,"向往"有那么多的门,却失去了开启准确"方向"的"锁孔"。因此,"你"只能"没有多少向往地站着","像看着玻璃电梯里的我/那样地站着"(《形》之二)。

"隔离"的命题分延而出:被孤独所隔离,被冷漠所隔离,被无归宿的漂流所隔离,被自我的角色化所隔离,被身份和与身份有暧昧关系的什么东西所隔离,"戴上手套/用手套上的手指/一层层地揭开亲人的伤痕/你捂住双耳/掩盖着来自身体左侧的哭"(《形》之八)。荒诞的情景,暗示着一些被日常隐而不露的精神伤害。而"手套"的意象惊心动魄,它与"包装"、"包裹"、"掩饰"、"掩盖"等同构,指向人性的分裂与迷失——我们一生奋斗的目的,无非是想活出人的尊严,但现实的残酷性在于,尊严又总是可望而不可即。在现实的语境中,更多的时候,为了生存以及发达/发展的需要,"尊严"甚至是一个需要隐匿的词,偶尔涉及,也只是在某个内省的"一刻"与之"秘密接头"(《形》之十五)而已。

与"尊严"相对的是"游戏"。这是现代人生的本质性谜底。命运不再依存于人的生命质量,而是依赖于不断变化的所谓"游戏规则"提供可能的"机遇"。这是时时处处在上演着的人间喜剧,诗人用了全诗最长的一节(一首)给予绝妙的指认:借用麻将牌局,揭示游戏化的人生。"游戏"的焦点,自然是"财富"——"发财的'发'字/蹲在幺鸡的身后/鼓捣它把游戏里的财富/叼过来/喂你当下的命运"。精当的描述,精妙的隐喻,全是"流通"中使用的语词,在诗人的重新配置中顿生新的光彩;普通的词转化为专业的词,而原本日常的物事转化为象征性的对象。在看似绝无诗意的地方生长出诗意,让生存的破绽,从时代经验中某些习而不察的部分显露出来,这已不仅仅是一词"才华"所能胜任的了。当代诗歌经验中，将麻将牌局作为素材并写出如此深刻意涵和生动意趣的，当属此诗唯一。

诗中那位"阿拉伯表哥"的出场，更是神来之笔，作为"戏"内的角色还是"戏"外的喻体，都有深不可测的点化作用，且极具反讽的效果，让人忍俊不禁。而化身"戏"中的诗人，最终还是局外之人，抓了"西风"，抓了"南风"，抓了"北风"，"还未等我看到东风/窗外树上的叶子/已落满街道"（《形》之十六）。"游戏"还会进行下去，但最终的落寞，已悄悄降临。

另一出"游戏"在第十四节诗中上演：一位管道工在生活小区贴了一则揽活的广告。事情很平常，但广告的内容和广告人的身份却耐人寻味。这位"具有二十多年工作经验"的"管道工"，除"专修暖气阀门/和疏通上下水管道"外，"如需要，亦可/疏通各种社会关系/并负责权力的安装/调试和维修"……一个在现实生活中可能只会归属于下层族群甚而弱势群体者，却向人们广而告之，他们是多么熟悉现时代的游戏规则。一则由"黑色人物"杜撰的"黑色幽默"，戏仿式的寥寥数笔，便将存在的私处暴露无遗。——结尾尤其微妙："联系方式/列宁在一九一八"——我们由怎样的历史语境中走来，又生存于怎样的现实语境中，在此已不言自明。（《形》之十四）

与此在的荒诞相映照的，是另一些可称之为"文化乡愁"之记忆的"碎片"的组合："童年"、"乡下"、"田间"、"绿扣子"、"啄木鸟"、"分不开山羊和绵羊的姐姐"、"祖母和外祖母"……不时在"天堂的后视镜"里明丽而尖锐地闪现。"后视镜"的借喻极为老到，赋予发行已久并在"过于流通"中渐显滑腻的"乡愁"以新的意蕴，从而将文化转型与精神裂变的"追问"推向更深切的境地——"山羊在镜子里/啃着城里的百货"（《形》之三）；"祖母和外祖母/脸上的皱褶/被手风琴收起来"（《形》之五），而"乡音"进了"实验室"，"将远和近递给了物理"（《形》之四）……精神的物理化、机械化，使原本自然素朴而又不乏诗性/神性之充盈的生命，被抽换为一只"空杯"，而"神碎了一地/——在你身后"（《形》之五）；"身后"是早已远逝的"上游"，是物质时代的精神"乡愁"。

在此，作为忧郁的典型意象，"乌云"和比"乌云"更忧郁的"高尔基的大胡子"，被诗人所借用，并发出一声悠长的叹息："谁先浮出水面/谁就先拥有上游"（《形》之十一）。

至此，全诗的母题隐隐呈现。

作为尚有"乡音"为精神底背的60年代出生的诗人麦城，在其近年的写作中，乡村/前现代经验与都市/现代后经验的扭结与互证，已成为一个越来越凸显的精神特征。至《形而上学的上游》，则成为一次集约性的展示。在那些看似唯智力与语感的把玩为是的背后，我们处处可以感受到诗人发自内心深处的悲悯情怀和苦涩意绪，如瓦斯般地渗漏浸漫于字里行间，一经会意"点火"，便会燃起一连串与生存的困惑有关的思之烈焰。

当然，作为一个现代诗人，"说什么"总是次要的，所有思想及命题的推绎，只能归于语词的推绎、形式的推绎。形式翻转为内容，并和内容一起成为审美本体的有机组成部分，是现代审美与传统审美的根本分界。但与此同时，将形式翻转为内容后，进而抽空并替代内容，成为唯一的审美本体，也正是一部分走向极端的所谓先锋与实验性文本的根本问题之所在。换句话说，仅有语言才华的诗人，只能成为一个玩诗的诗人；仅有情怀的诗人，也只能成为一个借诗抒怀的准诗人，只有二者的有机融合，方能成就杰出的诗人。

诗是对语言的改写，经由语言的改写而改写生命、改写世界。"一个词/惊动了一个人的写作动机/也惊动了人间的香火"，诗人在前述两组不无印证与互补关系的"风景"写照的同时，突涉闲笔，谈起了"写作动机"，其实闲笔不闲。无论是关于下游/此在的追问，还是关于上游/他在的追问，最后终将导向对存在之文化背景的追问和语言形态的追问，也只有在这样的追问中方可既"惊动一个人的写作动机"，"也惊动了人间的香火"，使诗的存在成为存在之灵魂，也方能发生"血，从另一个人的阅读里/向外地流"（《形》之十三）的生命体验与艺术体验同步的美学效应。

同样的闲笔出现在《形》诗之七，借由关于一条"狗"的画法的演绎，来追问文化变构的内在机制。别有意味的是，诗人明言这是一条"西方的狗"，因此，"忠诚落在纸上/也是杂色的"。至于谁在画这条"西方的狗"，没有说明。但无论是怎样的阅读，大概都会莞尔意会，且于意会的莞尔中，惊叹有关对当下文化背景的艺术化指认中，再没有比麦城这样的"画"法更绝妙的了。

特别要指出的是，这节诗若抽离于全诗的"联合体"作单独欣赏，也是现代汉诗中不可多得的天才之作：虚拟与真实的浑然一体，戏谑与诡奇的和谐共生，以及多解到无解的纯形式推绎，无不令人叫绝！而一旦置于这首长诗中，则成了足以注释全诗艺术本质的"点睛"之笔，使我们豁然反省，原来上述所有有关这首诗之意涵的诠释，全是一种未得其门而入的"误读"——在麦城这里，所有的"追问"都是语词的追问、形式的追问，以语词与形式的推绎导引意义的推绎的追问——使碎片成为"碎片"的角色，使脉络成为肌理的舞台，使水成为酒的容器，使诗的追问比哲学的追问更逼近真理。

当然，在这个"杂色的"、早已失去共同精神脉息的世界里，诗人也早已清醒地认识到，所有的追问，最终只能是"从自己开始/并由自己结束"（《形》之九）。

而，无论是诗的历程还是生命的历程，所谓成长的困惑，最终也只会归于语言的困惑。"好时光被少数忧伤动用之后/我不得不更深地居住在别人的命运里"（《旧情绪》·1987）。将"别人"置换为"语言"，一切便昭然若揭。"神碎了一地"，最初的水成了最后的水，出发成为终结。此时，只有诗人的声音"最先浮出水面"，告诉我们："水，一定在水流的上游活着"！

一个形而上学式的意象。

一个穿透时代的箴言。

或许，它期待的不是诠释，而是一个长久的倾听与不期而遇的共鸣。

2004 年 3 月

秋水静石一溪远
——论赵野兼评其诗集《逝者如斯》

一

是怎样一种心绪使然,让赵野选择"逝者如斯"这样一句古语,作为他这部以编年体例为其近20年创作成就,作总结性的重要结集的书名呢?如此发问看起来有点不着边际,但直觉告诉我,它或许正是进入赵野诗歌创作之心路历程的当然入口。

结集此书时,赵野不足40岁,按时下的标准,尚属青年诗人之列。然而,诗人却早已在写于2002年一首题为《中年写作》的诗中,透露了远非"青春写作"者所能企及的超然心迹:

是不是阳光下的一切
已经被人说尽
但岁月仍在继续
总有独特的感动

> 仿佛客观的血液里
> 秋刀鱼咸咸的烙印
> 沉默和表达之间
> 谁更深入、执着

自诩式的发问，客态式的盘诘，隐隐秋意，如挂霜的月光，浸漫于字里行间。显然，青春的血液在此已提前认领"沉默"与"客观"，为诗性生命"更深入、执着"的归宿。它既是出于诗人独特的个人心性的认领，也是出于冷眼旁观之历史辨识的认领："拒绝时代的胁迫/和那些虚妄的可能性/将纯洁词语的战争/进行到骨头深处"（《中年写作》·2002）！

这已无异于一种诗歌立场的宣言。若再联系到发出此一宣言的诗人，曾经是20世纪80年代第三代诗人风云聚会中，大学生诗歌的领军人物之一，便有了特别令人深思的意味。而此时的现实境遇，意识形态与商业文化的合谋，已化为无处不在的"胁迫"；而现实中的汉语诗歌，也在旧的种种"虚妄"尚未得到清理时，新的种种"虚妄"又尘嚣其上——值此时代语境，清醒而保持独立的诗人不止一人，但赵野似乎走得更远、也更孤绝，乃至有"遁世"的嫌疑。

秋意本天成。

这种"秋意"一直可以追溯到诗人更早的作品中。写于1986年的《此刻，你一定愿意》一诗里，便可见如此人淡如菊的诗句："你一定愿意沉默如/冬日的池水/偶尔一只鸟儿//从山下飞来，告诉你某人走了/某人还在"。

十年后的《冬日》一诗中，诗人更如此表白："因此我相信，我本想成为的/角色早已死去""我相信那些面具会同/这个世纪一起消逝""我唯愿在尘嚣中变得清晰/毁灭中变得坚定"。

到了 20 世纪末的冬夜,诗人在《关于雪》的诗中,则更为直接地表露了这一脉"秋意"之最终的告白:

> 如今大幕还没落下
> 我只想退场,细细回忆
> 感动过我的优雅身影
> 和那些改变命运的细节
>
> 我努力表达
> 美洲般的欢乐
> 却一次次沦为
> 俄国式的忧伤

正是在这里,我们找到了"逝者如斯"的源头:"退场"与"忧伤",带着宿命的味道,成为诗人心路历程之贯穿始终的注脚。

这位早慧的诗人,40 岁以前便写出了他最好的代表作的诗人,似乎从一开始,就看穿了为功利所驱迫、为"运动"所裹胁、为虚妄的历史期待所诱使的当代中国汉语诗歌的"命运",而早早选择了"在宿命的一角",远离潮流,如"微暗的火",在闲静处燃烧,"淡漠所有的诗歌时尚,以自己的方式接近诗的真理",[①] 以求"……战胜偶然与紊乱/像一本好书,风格清晰坚定"(《夜晚在阳台上,看肿瘤医院》·1990)。

[①] 臧棣:《出自固执的回忆》,《逝者如斯》,作家出版社 2003 年版,第 7 页。

二

显然，经由这样的辨析，有将赵野的诗歌立场，纳入中国传统文人隐逸与独善之文化心性的嫌疑——对于一位曾经一再被归为当代中国先锋诗人行列的青年诗人而言，似乎极大的不妥。但问题在于：一者，所谓"先锋"的指认出于何种价值取向？是"社会学"意义上的"先锋"，所谓走在时代的前列；还是美学与诗学意义上的"先锋"，所谓异出时代的主流？二者，诗人本人是否认同这样的指认？是身份的认同还是价值的认同？

实则时至今日，随先锋诗歌一起走过20多年历程的诗人和诗评家们，都已清醒地认识到，"先锋"一词，从一开始就包含了两种指涉：其一标示对立于官方主流诗歌而带有民间属性或独立个人属性的诗歌立场；其二指涉所有带有探索性、实验性的写作方向。前者后来渐渐演变为一种姿态，乃至在不断的"pass"式的运动中，转化为先锋诗歌阵营中自我对立的心理机制；后者则越来越变得边界模糊、标准不一，只剩下一个指向不明的空洞理念。同时，仅就探索与实验之现状而言，也多强调了横向的发展，所谓与世界接轨，而疏于对纵向深入的关注。

由此反观赵野的诗路历程，便可了然：他既是先锋的，又不是先锋的。

从诗歌立场看，赵野的独立性显得更为彻底，即或在先锋诗歌成功"突围"，继而成为当代诗歌新的主流，并热衷于解释"历史"以求被"历史"所解释时，赵野不但未有"分一杯羹"的窃喜，反生"只想退场"（《关于雪》·1999）的"秋意"，明其道而不急其功，乐于尚在旅途的客态立场。尽管"整整二十个秋天了／我还怀念我们的革命"（《往日·1982》·2002），但这种"怀念"，从一开始，在赵野这里，都只是"……观察者而不是评判者／更不是干预者","既不炫耀也不羞怯",并自信"它会不战而胜,它会使我/脱尽躯壳,获得秩序"(《忠实的河流》·1986)。

从写作方向看,赵野属于当代先锋诗人中,不多几位舍横向进取的"阳关道",而于纵向深入的"独木桥"作孤独探求的诗人之一。在先锋诗歌的进程中,人们虽一直在强调着"两源潜沉",但时风所致,大多还是陷入了唯西方资源与现代潮流为是的单一取向,以致模仿性创新或创新性模仿的现象大面积发生,最终引发所谓"汉语性"的诗学反思。而在赵野这里,西方也好,东方也好,现代也好,传统也好,都是一条精神的河流,取其滋养但不为其所溺。同时,出于自甘边缘的澄明心境,所谓方向的选择,自然也就成了心性的选择,而非"时代的胁迫"。

从赵野大部分代表性的作品中可以发现,诗人的心性中,无疑带有中国文化和汉语审美精神的深度基因,一种优游自在的人生态度,以及对汉语诗性的极度敏感,使其自然而然地倾心于古典精神的认领,而远离当代先锋诗歌运动中,各种极言现代的喧嚣。当然,这种认领,并非将与世界接轨转为与传统接轨,而是将古典精神化合为现代意识和诗性生命体验的有机组成部分,一种映照或参悟。

一方面,"他诗中的古意,并不是被现实中那种非古意刺激出来的,而仿佛是来世者的携带物……";[①] 另一方面,这种"古意"更成为诗人与之长久对话的一种精神气脉,以此印证历史的虚妄和现实的荒诞,从另一个维度,深入现代性的追问。再者,对赵野来说,诗歌在历史叙事和现实叙事之外,更应当是一种内心叙事。"心境"一词,几乎成了赵野诗性言说的出发与归宿的唯一枢

[①] 钟鸣:《关于"象罔"》,《逝者如斯》,作家出版社2003年版,第137页。

纽,而在赵野式的"心境"里,有什么能比纯净的古意更能暗合"适性为美"的古训呢?

由此,守势不妄,归根曰静,以现代意识追怀古典精神,不是刻意寻觅的什么境界,而是于淡泊超然之中,去探寻诗性与心性之和谐共生的丰盈与坚实,呈现一派无奇的绚烂——走进赵野,我们会惊喜地发现,现代汉诗的进程中,原来也有如此沉静高远的一脉河流,让我们复生一种回到精神故土的感动与欣慰。

三

逝者如斯,唯江河不废,月色依旧。

百年来现代化的梦想与实践,彻底改变了中国人的生存现实。在被迫承受的文化错位中,作为文化心理最敏感的器官,新诗也一再在追随与彷徨中,不断调整着自己的步程。我们经由新诗的书写,寻求真理、追求光明、针砭现实、呼唤理想,使之成为思想、灵魂、人性以及自由精神、独立人格和本真自我的隐秘居所与真实通道,并由此于"写什么"方面,穷尽历史、现实、庙堂、民间乃至个体肉身,于"怎样写"方面,又旋风般地将西方自浪漫主义直至后现代主义的各式招数玩了个遍。进入新世纪,更大规模地上网冲浪,在即生即灭的狂欢中,抽空了诗之为诗的本意与精髓。

然而,正是在这时,那缕几度明灭的文化乡愁,复如暮霭沉沉,浸漫于诗国大地。

"笔墨当随时代新","新"到最后,我们又将站在哪里?诗言志,诗缘情,诗使我们得以舒放、得以宣泄、得以热狂,得以与世界接轨与人类意识通合,得以解除面具人格回返个我的生动,得以在语言的狂欢中释解生命的郁积,得以在瞒与骗的文化语境中确认存在的真实——这些都没错,但最终的遗憾是,我们一再疏忘了诗还有另一些功用,更本源更精微的功用:清凉与澄明;一片月光,一缕心香,一种祖传的古意,洞穿时空,照拂我们日渐模糊和俗化的心灵世界——对于空前浮躁而只活在当下的国人来说,如此的照拂,难免陌生乃至隔膜,但对于那些未完全失去文化记忆的"还乡人"来说,则无疑有"回家"的感动,以此索回向来的灵魂与心境。

这便是赵野诗歌的立身所在了。

一部《逝者如斯》,一不见历史风云,二不见现实尘嚣,横溢漫流于诗行中的,只是一派穿越历史与现实而为天地立心、为命运立言的情境与意绪,带着微凉的秋意和"祖传的孤独",以"云卷云舒的气度"(《忠实的河流》·1986),铺展于时代的背面。——"逝者如斯",如斯流逝复流转的,是一条以情境为旨归的河流,无有固定的指向,也没有设计性的紧张,更不受时代的胁迫和虚妄的裹挟,只是任语词的生灵自在漫游,并将诗人"默默的感动/渗透到最幽深的角隅"(《二月》·1987)。

在此情境中,诗的动机并不只为将可见的东西,用诗的形式重复一遍,而是将看不见但应该看见的东西,变为可以感受到的东西。——赵野因此写出了当代汉语诗歌中最为纯正的抒情诗,并由此确立其不可重复不可替代的精神个性和语言个性。

从精神个性看,维系于两点:一是古典情怀,一是悠游心境。而这,正是绝大多数先锋诗人视为危途弃之不顾的取向,赵野却留在了这里,且从一开始就认为:"从虚静出发,你可到达充实/绚丽,丰富和妙不可言","这是一种古老的方式,却也不乏现代意识"。① 如此的精神取向，使诗人难免在悠然辨识现实风物的同时，频频追述往事，冥想古代，诗中到处回闪着"前朝"的语词："帝国"、"王朝"、"君王"、"宫殿"、"青铜"、"烽火"、"羌笛"、"铁甲"、"刀戟"以及"古老的命题"、"古老的名称"、"古老的事物"、"古老的面具"、"古老的契约"、"古代的夜晚"、"古代的光荣"等等，形成一种古今交错的特殊语境。

在这种语境中，现实被抽象，历史被虚构，一切均被纳入一种超现实、寓言化的情境叙事，并最终导入那个无处不在的抒情主人"我"的心境之中，而化为一片月色、一缕秋意、一派只知流动不知为何流动的云烟。

因此，为何活着，又为何写作，成为赵野诗中反复重临的核心命题："我的余生只能拥有回忆，我知道/我会死于闲散、风景或酒/或者如对面的黄雀/成为另一个人心爱的一页书"（《旗杆上的黄雀》·1991）。在这一命题的统摄下，所谓对"古意"的追怀，便成了情理之中的对话元素，成为特别适合于诗人内心叙事的语言策略，并由此从另一条切口，触及到另一种现实：心理的现实、命运的现实、文化困境的现实，从而使看似凌虚蹈空的古典情怀，有了别具深意的现代性脉动。

从语言个性看，可以用诗人《字的研究》（1988）一诗中的"质朴、优雅，气息如兰"之句来做概括。同时，这首诗也为我们把握赵野的语感基质，提供了特别的启示。

作为中国文化和中国审美精神的指纹，汉字的存在决定了中国人思与诗之基因的存在。正如诗人在另一首题为《汉语》（1990）的同类作品中所写到的："在这些矜持而没有重量的符号

---

① 引自赵野早期诗作《夏之河》，未收入《逝者如斯》。

里/我发现了自己的来历/在这些秩序而威严的方块中/我看到了汉族的命运。"联系到赵野外文系毕业的语言背景，这样的母语情结就显得尤为突出，也再次理解到诗人何以那样执着地选择"古意"作为此在之"秋意"的对话元素之潜在动因了。

具体而言，赵野的诗歌语言，首先给人的强烈印象，是其清晰的肌理与淡远的蕴藉，所谓用尽深心意不乖，因隐示深，由简致远。诗中的物象、事象、心象、意象，皆由平实中来，不着迂怪，使其"面"上的阅读显得特别清朗舒畅。但读进去后，却发现在那些看似平淡如水的语词下面，有多样的意涵深隐洞明，延展开难以归纳与总结的多重阐释空间，使其"底"上的阅读，平生几分欲罢不能的萦绕潜沉。

"面"上给得少，"底"里藏得多，这正是汉语诗性的本根所在。

试读这样的诗句："吐纳山川的气息，又捏碎/手中的玻璃，我无意/割断脉管，也不在乎/损坏一些器皿"（《冬天雾霭沉沉》·1991）。"吐纳"与"捏碎"两个平常动作，经由极端对立地并存于一人一瞬，而又平静道来，顿生诡秘之烟云，语词后面那一种冷入骨缝的孤寂与沉郁，令人不寒而栗！

无论说什么，说的意涵何在，那种"吐气如兰"、虚静通幽的说法，总是持之一贯的优雅与从容，这是赵野诗歌语言尤为让人心仪的地方。更多的时候，读赵野的诗，我们并不欣赏他在说些什么，而只是陶醉于诗人所营造的那种静了群动、空纳万境的语境与心境，并由此展开阅读者自己的联想与遐思。

诗是一种开启，一种邀约而非完整地给予。这一诗学原理，在赵野式的诗风里，得以贴切的体现。也正是这种优雅与从容，保证了诗人十分单纯的写作状态和几近匀质的品貌，甚至分不清其作品的早期、近期或成熟期、未成熟期，形神之间的均衡、集中与和谐，以及虚实、曲直、疏密、张弛、开合、起承、整散、断续、正反、藏露等辩证关系，从一开始，就已见得心应手之异禀，而非刻意修为所得。（试读其早期作品《河》）

其实，无论是精神特征还是语言特征，以及由此生发的写作机制，诗人自己在其代表诗作《诗的隐喻》（1992）中，已作了恰切的诠释：

　　趟过冰冷的河水，我走向
　　一棵树，观察它的生长

　　这树干沐浴过前朝的阳光
　　树叶刚刚发绿，态度恳切

　　像要说明什么，这时一只鸟
　　顺着风，吐出准确的重音

　　这声音没有使空气震颤
　　却消失在空气里，并且动听

客观，平静，空明而修远。三两寻常意象，一脉旷达心绪，似乎什么也没说，却弥散许多感念；既是对诗的隐喻，又是对存在的隐喻。世事无常，历史无序，天地万物没有必然的对应关系，只是偶尔的鸟声，"使空气震颤"，它不改变什么，但"动听"！

这情境，我们似乎都体验过，但未能如诗人这般"动听"地言说出来。——这言说是当下的，又是久远的；是古典式的，又是现代性的。我们暂时还说不清诗人何以能将现代与古典如此轻松和谐地融为一体，但却清楚地知道，这样的一种诗歌品质，在当代中国的汉语诗歌写作与阅读中，已经缺失很久了。

当然，在《诗的隐喻》中，我们还是找到了诗人识窥上乘、旷远不野而诗风清健、诗心自由的"内功"秘籍——一词"态度恳切"，已尽然了悟赵野为诗、为诗人的风骨所在，而无须赘言了。

说到底，还是"心境使然"。

当代汉语诗人，无论庙堂、民间、先锋、常态，都不少心思，许多诗内诗外的纷争，无不和心理机制的病变有关，而如赵野这样葆有平和心态与虚静心境者，实不多见。赵野以如此心境来书写心境的如此，已成为一种特殊的诗歌现象，也因此改写了先锋诗歌的情感特性、审美趣味和语言标准。而这，也正是研究这位长期以来不显山不露水不为人称道的诗人的价值所在——

"众鸟之一鸟，群花中之一花"，逝者如斯，"笛声吹开梅花"后，那人远去，而"风景起源于一片静默"。①

2004 年 11 月

---

① 引自赵野早期诗作《阿兰》《风景》，未收入《逝者如斯》。

"太阳拎着一袋自己的阳光"
——严力诗歌艺术散论

一

在当代中国先锋诗歌的阅读中,严力的作品一直有着少见的长效效应。从朦胧诗时期到第三代诗歌运动,从 90 年代到新世纪,这位诗人似乎从不过时,一再分延及新的阅读空间,以其富有亲和力的语感魅力、强烈的问题意识,不断激活人们对他的关注,同时,也有机地融入了不同时段的先锋诗歌进程,成为其不可或缺的活性因子。严力由此而成了先锋诗歌界的常青树,一位跨越三个时代而总是在场的"老先锋"。

从接受美学的角度而言,严力的存在,无疑已具有了某种"经典"的意义。

我们知道,新诗潮以降的中国当代先锋诗歌,是一个不断"后浪推前浪"乃至"后浪埋前浪"的运动过程,其强大的惯性延续到新世纪,才渐趋消解。由此生成的"运动情结",驱使大量的诗人只关注同时代的作品，而不断 pass 或搁置前行代的遗产，造成阅读空间的非连续性和非经典性，并因此影响及现代汉诗之典律的形成，留下不少历史缺憾。

潮流所致，只有极少数诗人得以幸免，得以穿越不同时代、不同群落，在不同的阅读空间逐渐形成带有坐标、重心与方向性质的影响力。这其中，至少从最为敏感也最为挑剔的青年先锋诗人的阅读层面来看，严力是始终备受关注与青睐的。——显然，在严力的诗歌作品中，存有某些非同一般却又可以为不同时代所共同接受和借鉴的诗美元素。这种诗美元素既具有先锋性，又具有常态性；在一时滞后的常态那里它是先锋的，在过时的先锋那里它又是常态的。

我是说，严力的先锋性，从一开始，就不同于所谓"引领潮流"而时过境迁便随之失效的那种"先锋"；在那种"先锋"中，严力从未占有过重要而醒目的位置，有时甚至还显得不合时宜。这也正是这位诗人总是被批评界所容易忽略，且总是被各个诗歌时代的代表人物所遮蔽的原因之一。严力的先锋性，在于他总能避开各个时代诗歌主潮的驱使，包括官方的主流和民间的主潮，找到更具个人性的语感方式，和更具超越性的生存体验，并持久而有效地将其规模化、风格化。

实际上，从文本的纵向阅读中可以很明确地发现：正是严力，在当代中国先锋诗歌写作中，最早转换话语，落于日常，合理地运用口语与日常事象，组成超现实语境，并经由富有黑色幽默与反讽的修辞策略，在赋予各种尖锐题材以先锋性表现形式的同时，也赋予了这种表现所特有的亲和性和审美快感。——在严力出发的那个时代（从作品写作日期看，最早可追溯到 20 世纪 70 年代中期），这些都是罕见的诗美元素。一直要到 90 年代被归属为"民间写作"流向的作品中,直至延伸到新世纪青年诗歌,以及网络诗歌的写作中,这些元素才被大面积地重新认领与播撒,乃至发为显学,成为时尚。

也正是到了此时,人们才回头认识到,严力"老先锋"式的存在,有着怎样穿越时代的价值——他所代表的,是真正可以不断深入未来、进入新人类文化餐桌的诗歌潮流:那种感受的丰富与表达的单纯,那种把中国带给世界、把世界还给中国的健全心性,使"他的作品保持了最好意义上的青春",① 并让我们不由想到 T. S. 艾略特的那句名言:"诗人必须深刻地感受到主要的潮流,而主要的潮流却未必都经过那些声名最著的作家"。②

二

1954 年出生的严力,19 岁便开始了他的现代诗创作。在朦胧诗那一代诗人中,作为学理意义上的现代汉诗的"现代性"之追求,大都有过一个复杂而充满差异的转型期,能于试声阶段,便很快确立其鲜明的现代意识和现代审美特质的,严力算是不可多得的一位。

让文学回到人,回到文学自身,作为新时期文学思潮的先声,在严力这里,很快就被提升为对普遍人性的关注,而非与意识形态或主流话语二元对抗的角色化存在,同时将潮头初起时的题材热,亦即"写什么"的当务之急,迅速转换为对语言的关注、怎么写的关注。一些后来作为成名后的严力之标志性的形式特征、

---

① [美] T. S. 艾略特:《叶芝》,《艾略特诗学文集》(王恩衷编译),国际文化出版公司 1989 年版第 169 页。
② [美] T. S. 艾略特:《传统与个人才能》,《艾略特诗学文集》(王恩衷编译),国际文化出版公司 1989 年版第 3 页。

语感特征和题材特征，在其出发的阶段，便已较为充分地显露了出来。"原因很简单/我追赶字眼的那套经验在队伍前面"。(《擅长》·1987)

因此，在严力的早期作品中，很难找到有什么与所谓时代精神或时代背景纠缠不清的关系，他是独立的，更是自由的，那种超越性的目光，是从一开始便确定了的。

写于1974年的《小甲虫》《他死了》，以及稍后的《歌》(1977)、《无题（二）》(1979)、《更多的是反省》(1980)，及《史诗》(1981)、《不要站起来去看天黑了》(1981)等，实际上已预演了以后代表作品的基本语感和题材视阈。在这些作品中，我们已读到了严力式的黑色幽默、严力式的口语欢快、严力式的本土化了的超现实语境，读到"思恋还在我床上过夜/以往的吻/从我的眼睛里面提出井水"（《他死了》）、"走吧/夜路早已熟悉/为了把你的鞋给黎明穿上/光着脚/走吧"（《歌》）、"那些大城市里/挤满了在街头梳毛的鸟/但镜子走开了/镜子对自己的长相有更多的自信"（《史诗》）、"今天的耳朵一直占线到七十岁/好不容易拨通喂喂喂/传来的语言已经是一篇悼词"（《不要站起来去看天黑了》）。而另一首六行小诗《根》(1981)，则已显示了诗人以最精简的语词、脱口秀式的语态、充满谐趣的诡辩术和举重若轻、一语中的式的穿透力，为不同时代之不同精神现象和文化现象，作具有命名效应的经典诠释之风采。

《根》是对"文化乡愁"的命名，之后的《还给我》(1986)，是对"现代化反思"的命名，以及《烂绳子》(1988)对所谓"社会转型"之虚假阐释的命名，和《我是雪》(1989)对生命虚无与荒诞性的命名。四首诗都属小制，似乎随手拈来，却无一不具有四两拨千斤的分量。尤其是那首20年来在海内外产生深广影响的

《还给我》，世界性的命题与人类意识的角度，使一首短诗具有了史诗般的价值，而由此恢复了诗人的荣耀。

实则，在寻求尽快确立个在话语方式的同时，严力并未疏忽对题材的开掘，只是这种开掘"别有用心"，他寻求的是更为丰富的体验，更为广阔的视野，以免成为一时一地之时代潮流或时尚话语的类的平均数。

诚然，无论是出于时势的驱使，还是出于自由天性的自然选择，命运总是给了这位诗人更多的考验，也同时给了他更多的机遇。自1985年赴美留学开始，在长达20年异国他乡的"世界公民"式的生涯中，作为诗人的严力，对于一位当代中国诗人面对世界、反视本土、应该写什么以及如何写的问题，已是洞若观火、了然于心了。

此时的严力，两栖双向，在对话中交流，在交流中对话，以中国之眼看世界，以世界之眼看中国，愈发看清了时代之痒、生存之痛、文化之积弊，强烈的问题意识遂成为其题材开掘的聚焦点。由此生成的作品，也便有了"严肃而平和，深刻而尖锐，具体而混沌"的复合质素。[①] 值得指出的是，在这种交流与对话中，严力既未成为西方强势话语的附庸，也未陷入狭隘的民族主义的老套路，而恪守诗人与艺术家独立人格与自由精神的本色，以诗的言说，在场而又超然的言说，把真实的中国带给世界，把世界的真实带给中国，在有效扩展现代汉诗的表现域度的同时，更为这种"表现"，增强了世界性的视角和人类意识的底蕴。

试读这样的诗句：

[①] 沙克：《修补良心的现代艺术家严力在行动》，转引自《还给我——严力诗选·1974—2004》，原乡出版社2004年版，第233页。

要干掉战争这个老家伙就必须
在受伤时不仅仅依赖民族的血型输血
而是把地球的健康写进自己的病历

我是一个独立的酒瓶
适合世界上任何一个桌子
我不拒绝任何容量的酒杯
在宽宏的地球上
我就是不允许战争这个老家伙和我干杯

——《干掉一个老家伙》

以"地球的健康"作为"民族的血型"之参照系，显示了创作主体作为世界公民及地球人的立场，而其言说的口吻，又完全是平民化的、个人性的。

再如《中国人点滴》（2003）一诗：

说到赚钱的事情
中国人早就发现了：
比可口可乐更流行的饮料
就是人走之后的那杯凉茶
只不过它还在市场化的过程之中

说到强者的风范
中国人的比喻也很简单：
再强的强者撞在弱肉们组成的墙壁上

也必会昏倒
有的人就此没有醒来
而醒来者
大多数成了墙中的一块新砖

对民族劣根性在新的生存环境下的变种衍生，揭示得可谓入木三分。而这种揭示，若无别一种"健康指标"作参照，是很难得以如此深刻又如此轻松地"鉴照"的。

更为重要的是，长达 20 年的两栖双向、独往独来，一方面造就了诗人严力"复眼"看世界，带有强烈问题意识的超然视角，一方面也形成了他乐于以体制外写作为归所的诗歌立场。这里的"体制"，包括官方的、民间的、中国语境的、西方语境的，以及各种时尚潮流等，一概未能将一颗天生自由的诗性灵魂拘押于其中。事实是，"老字号"的先锋诗人严力，历经国内海外各种风云际会，却从未真正隶属于过哪一派哪一流，而永远只是他自己"这一个"。甚至连由严力创办主编的《一行》民间诗刊，也被他办成了一个海内外先锋诗人自由出入的诗歌广场，既无门户之见，也无明显的流派趋向。

后来的历史与现实已经证明：正是这种独立、自由的非体制人格，成为保证一位诗人或作家，写作的有效性以及长效性的关键所在。对已成为中国知识分子文化潜意识的"体制人格"及"体制合作主义"，严力似乎有一种本能的排拒，而"世界公民"的"复眼"，更保证了这种本能的不受腐蚀。

"国家占有了所有的地理表面/我只能往下建立自己的内在"（《谢谢》·2003）。这里的"地理"指文化地理，为公共话语即体制性话语所统治的"地理"，而诗的本质，就在于跳脱这种"地理"的羁绊与驯化，重返个我的生命本真。因此，对真正的诗人及一切诗性生命个体而言，"'地下'/是一个关键词/'地下'/更是一个永恒的住址"（《关于地下》·2002）。

选择这样的"住址"，并不再左顾右盼，严力的那双"复眼"，遂有了异样的执着与从容。

三

当代先锋诗人与艺术家，一般而言，大都做到尖锐的做不到广阔，做到深刻的做不到亲和。读严力，则常有两者兼具的审美快意。

尖锐与广阔的矛盾，来自创作主体生存体验的广狭，及人格力量的强弱；深刻与亲和的相悖，则与其语言天赋和美学趣味息息相关。

严力既是先锋诗人，又是著名的前卫画家，无论是在他的画中还是诗作里，我们都不难发现其强烈的问题意识和由此形成的题材选择，广披博及，且时时点在时代的"穴位"上，乃至不时有观念突兀以及观念演绎的嫌疑。但严力的优势在于守住了"亲和"，这是新时期以降的各类先锋艺术的突进中，急于"深刻"的人们所一再忽略了的审美元素。

读严力读久了，自会体味到一种悖论式的现象：原来"深刻"也可以轻松道来，而"尖锐"更可以迂回而出，且广阔，且亲和，且充满阅读快感。这是那些端着架子、皱紧眉头、凌空蹈虚、满是妄念的创作者所无法想象的。我们一再将现代诗弄成政治、弄成运动、弄成青春大"Party"，或者翰林文字、庙堂意识以及别的什么，只有那些生来健康的诗人，特别是心性健康的诗人，才始终记着一个常识——说到底，诗只是一门艺术，一门如何想着法子打比喻说"可意会而不可言传的话"、把存在的真与人性的善还给人的艺术，尤其对现代诗而言——而这份"健康"，严力从来不缺，以至当他在谈到十分重要的"题材问题"时，也会做出这样轻松的判断："选择合适的题材会让你发现自己的天赋"。①

是的，是天赋，语言的天赋——通过改写语言来改写世界，从而将世界的真相轻松而又深刻地转告人们的天赋。这种"改写"在许多诗人那里，只是刻意求新，刻意去生造一些"前所未有"的晦涩意象，或匪夷所思的奇情异技，以及精神乌托邦化的呓语梦话，结果让世界变得反而不真实，乃至令人望而生畏。而在严力这里，"改写"一词则回到了它的本义。

具体而言，即只在改写，无涉生造，同时还必须获得整体的创造性艺术魅力，以造成既亲和又陌生化的审美效应。由此，除了有机地切断高度通约化了的语言逻辑链条，以求切断我们同世界习惯性的逻辑关系，而获得个在视角之外，诗人严力不再强行改变我们日常交流中的基本语言样态，唯着重力和机心于它的重新剪辑与构成上。这有点像他的绘画创作，构图简括，观念性较强，语言元素不求繁复，够用为止，主要在图式、观念及语言元素的构成与协调上下功夫。

如此生成的作品，无论其诗其画，读来皆语境畅朗，语感亲近，有直接明快的审美享受，而读后的回味，则平生几份增殖效应，有不断加强加深的文本外张力，令人难以释怀。尤其于诗，在有效保留了语词的原生态，包括原生态的生活细节与生存肌理，而致亲和不隔的同时，又经由新的语序编码，构成出人意料的联想空间和充满歧义的灵动意涵，于合理处生不合理，于不合理处

---

① 严力：《诗歌的可能性》，《还给我——严力诗选·1974—2004》，台湾原乡出版社2004年版，第189页。

生合理，看似随手得来，实则处处匠心独运。

譬如那首多为人称道的《酒和鬼相遇之后》（1987）。明明写的是酒鬼，却偏说是"酒和鬼相遇"，将司空见惯而见惯不怪的"酒鬼"一词很顺溜地拆开，遂将一个平常的酒鬼，变为"一个酒和鬼在他体内相遇之后的人/躺在纽约下城的街上/他原封不动的十点钟也躺在那里"，平常顿生异常，现实成了超现实。接下来，"他好像曾翻了十二点钟的一次身/有人在他身边放了一罐/下午一点钟之后的啤酒/啤酒被另一个酒鬼顺手的四点钟拿掉"。戏剧化的情景中，原本作为主角的"酒"与"鬼"，暗自被"时间"替换："一辆救护车的下午六点把他运走/看热闹的邻居告诉我/他死于昨天的夜里/昨天有夜里的一场大雨"……非理性的"酒"与"鬼"，一步步被理性的"时间"——在时间观念空前强化的现化语境中所宰制，而生命的无常与生存的无奈，尽在这与"时间"同样理性的记录中，被演绎得淋漓尽致。

可以看出，诗中所有的语词都是日常流通的语词，所有的情景都是日常可见的情景，却经由这样的"改写"，转化为十分诡异的画面和发人深省的意涵。这种用日常细节编排超现实意境，用平常话语说出不平常的意趣，在严力的诗作中，已成为随处可见且随心所欲般的绝招。

四

一位优秀诗人的风格形成，主要在于其语感的不同凡响，而语感的差异则来自其修辞策略的不同取向。在这一点上，我们得承认，严力确实是现代汉语之语词世界里，最机智也最调皮的"大孩子"之一。高度资讯化、通讯化的现代汉语，在严力的诗歌写作中，似乎无须增加什么特别的因素或强敷的色彩，照样会变得新奇、生动起来，产生丰富的诗性表现力。

这里的秘密通道有三条：

其一，对动词的高度重视和精妙使用，以及动宾关系的戏剧化重构。例如："这一年里书籍都团结在书架里"；"笼子去为鸟儿建立天下"；"哭出眼泪里咸的知识"；"穿暖冬天这冰凉的棉衣"；"很小的食欲在很大的盘子里呻吟"；"椅子的姿势垄断了/所有坐下来的话题"；"那路/吃掉许多脚印"等；

其二，对日常语词之日常所指的解构性改写，使之陌生化，歧义化。例如："气球的气数已尽"；"一年里只有风在风尘仆仆"；"一条死后才成为野狗的狗"；"一个酒和鬼在他体内相遇之后的人"；"我看见了黑还在继续暗下去"等；

其三，将明喻的修辞作用发挥到极致，以求"从既成的意义、隐喻系统的自觉地后退"（于坚语）。[①] 例如："我最沮丧的是申请青春却被增大的年龄拒绝"；"用历史的蛀牙去咬现在的糖"；"秋天的突然出现使绿色的情绪措手不及"；"……坐了一屁股第三世纪宗教的寂寞"；"一条烂绳子松开的历史"；"他看到所有的家具/比猫还会撒娇"；"夜晚像狗/叼吃着门窗里漏出的光"等。

从上述随意的少量抽样中，我们已可充分品味到，严力诗歌语言的风味之微妙所在。准确地说，应该说是"风度"之微妙所在——母语的风度，现代汉诗的风度。作为当代中国先锋诗人群落中，较早国际化了的严力，虽然在其诗歌精神方面，带有明显的西方艺术气质，如理性、观念化、辨析性、问题意识等，但在语言层面，却始终是一位"被母语套牢"的诗人（严力语）。[②]

[①] 于坚：《棕皮手记·从隐喻后退》，《棕皮手记》，东方出版中心1997年版，第246页。
[②] 严力：《套牢和解套》，《还给我——严力诗选·1974—2004》，台湾原乡出版社2004年版，第209页。

这种自觉认领的"套牢",一方面,保证了诗人与母语语境中的存在脉息息相通,保持在场的亲和性与写作的有效性;另一方面,也促使诗人在母语的语境中,以国际化的视野,不断擦亮其盲点,开启其亮点,增加其更多现代意识和现代诗美的可能性。

就此而言,应该说,严力是有特殊贡献的。在现代汉诗的语言世界里,严力颇像一位精明的投资人,无须挖空心思地苦恼于怎样去更多融资,加大投资量,而只是悄悄改变其投资方向,便获得了丰厚的回报,从而向我们证明:仅就现代诗的写作而言,对作为现代汉语形态的母语,无论是盲目地信任或盲目地不信任,都是不可取的。一种语言有自己的身世,也有未知的奇遇——诗人严力对现代汉诗的创造性贡献,使我们对现代汉语的诗性表现之可能空间,有了更多的自信和希望。

而关键是,作为诗人,当代中国诗人,你除了要拎着"一袋/生活的重量"之外,更要学会如何找到"一袋自己的阳光"拎在自己的手中:

> 很久很久地
> 我继续站在路口品味自己的生命
> 日常是多么自然
> 太阳拎着一袋自己的阳光
>
> ——《早市的太阳》

这便是严力诗歌的秘密之所在了。

而,率真使人大气,持久使人富有,30余年的诗路历程,"老先锋"严力还是那样活力四射,风度不减当年。尽管,晚近的严力诗歌创作,渐渐出现了一些为他自己所形成的风格惯性所束缚的迹象，比如间或的重复、缺乏控制的过多分延而影响及效果的集中、部分语感的惯性顺滑及赘语的衍生等，有待微调或重生。但对这位诗人的阅读与研究，在当下的诗歌进程中，依然显得十分亮眼和富有价值。

当然，作为严力诗歌的持久钟爱者，我更期待着在新世纪的"诗歌早市"上，看到这位"拎着一袋自己的阳光"的阳光诗人，以更新的光耀，不断擦亮我们日渐疲惫的眼神。

2005 年 4 月

两个"莽汉"与一个"撒娇"
——读李亚伟、默默诗合集《莽汉·撒娇》

一

将近 20 年前,由徐敬亚、孟浪合作策划发起的"中国诗 1986.现代诗群体大展",为"第三代诗歌"作了一次令人"晕眩"(孟浪语)的"历史性的集结"(徐敬亚语),① 并因此成为当代中国诗歌史一个不免混乱却有效的浓重记忆。混乱是时代的印记,有效是时间的认领。风云聚会后,各路"英雄"依从于各自不同的来路,流散于各自不同的去向,新的历史继续收割新的诗性人生与文本。

如今回首,午后斜阳里,人们或许会暗生一缕怅惘:原来,那竟是现代主义新诗潮的最后一次激情狂欢!春潮般的浑浊里,

---

① 《中国现代主义诗群大观·1986—1988》,徐敬亚、孟浪、曹长青、吕贵品合编,同济大学出版社 1988 年版,前言第 8、4 页。

那一份纯真激情的投入却不能再生而令人追慕。此后的岁月，庙堂者入了庙堂，江湖者守着江湖，社会转型，转出许多稍加经营便可立身入史的"多元席位"，引得无数旧英雄、新英雄竞相折腰，分流归位，水静流深，只是激情不再。

潜流与泡沫，从此各行其道。

当代中国大陆诗坛，从来就不缺泡沫，虽即生即灭，却也装点了一路的风景。潜流则另当别论。有一潜而折戟沉沙、再无踪影者，也有潜而不没，大隐隐于市者。只是，一向浮躁而功利的当代诗坛，面上的风景都足够乱人耳目，哪还顾得上水流下面的物事？遮蔽已是时时存在乃至天经地义的了，所谓后浪推前浪，早就成了一浪埋一浪的把戏，谁还管旧时人物的成就与新声呢？

由此带来的问题，一是如云的新手们，总是错把仿生当创新，无知者无畏，当下即历史；二是不断的取而代之中，没了坐标、重心与方向，现场即版图。是的，新的狂欢同样不乏激情，只是有些变味，让人不免怀念起那个伟大的80年代，并时时想着，那些远去了的身影，可有踏歌归来的兴会？

二

又是一个秋天，北方的秋天。

内蒙古、额尔古纳、首届"明天·额尔古纳"中国诗歌双年展，一群正值"当红"或风华正茂的诗人中，冒出两位旧时人物——"莽汉主义"领军李亚伟，"撒娇派"掌门默默。两人留同样的寸头，寸头下有些同样起雾的眼神，眼神里同样波澜不惊的散漫，散漫里隐约可见的同样的优雅……没有角色，本真客串，履历交给传说，风度留给自己；"老莽汉"古道热肠，代乡友梁平来领奖，显着滑稽；"新撒娇"生性好玩，赶场子凑热闹，顺便向诗友们散发新出炉的《撒娇》诗刊，一派"娇气"十足的样子。

两个"经典人物"：1996年冬与李亚伟在北京匆匆见过一面，默默则是初次认识。但作为诗的记忆，可谓久远而深刻。在那部有名的"红皮书"之《中国现代主义诗群大观·1986—1988》中，除了"朦胧诗派"、"非非主义"、"他们文学社"三大板块，我本就熟悉外，其他各路"生力军"中，当时印象最深的，就是"莽汉主义"、"海上诗群"、"撒娇派"、"圆明园诗群"等不多几派。由于我也以"后客观"名号参与了此次大展，在纸上风云中与二位聚会过，20年后旧知新识，便多了一份特别的意绪，而三五天诗会过后，竟有点相见恨晚的怅然了。

由符号的记忆到形象的了然，传说与现实的印证中，透过大致相近的赖样、粗口、一脸"坏笑"的皮相，让我刮目相看的，是两位旧时人物，历20余年淘洗而依然故我的那份真——真人、真气、真性情，像俗人一样平实，又透着智者的从容。

这20年中，历史捉弄人，使多少端起架子做诗人的人物们，因失真而令人敬而远之；又有多少放下架子做凡人的诗人们，因本色而如石头般沉入水底，不为人知。而"莽汉"依旧，"撒娇"也依旧，不温不火，不急不躁，却又不失一种真名士真风流的优雅。对此，让我一下子想起当年刘漫流为《海上诗群》执笔撰写的"艺术自释"文中的那句话："他们本来并不想做什么艺术家，他们在诗中所做的一切，不过是想恢复人的魅力而已。如果一首诗不是出自本性，而是因为命运，那将是他们最大的悲哀。[①]"

当然，"人的魅力"不等于诗的魅力，诗人最终还得以诗的魅力立身入史，而两个"魅力"之间，又常常不尽统一，当代诗坛

---

① 转引自《中国现代主义诗群大观·1986—1988》，徐敬亚、孟浪、曹长青、吕贵品合编，同济大学出版社1988年版，第71页。

的许多龌龊，总因此而生。遂有了进一步的好奇：在两位不失人的魅力的旧人物那里，诗的魅力可否"依旧"？

或许，正是因了在额尔古纳诗会中一见如故聚叙而生的信任，"老莽汉"与"新撒娇"竟然新知如故交般地"相中"我，为两位即将出版的二人合集写点什么，便得以在心仪其"人的魅力"之后，复进入其诗的魅力的再认识。

起初答应下来，是觉着好玩：两位风格迥异的"出土文物"同台亮相，或可生出些别样的光彩来？待潜心细读下来，方知"莽汉"也会"撒娇"，"撒娇"本即"莽汉"，不同的语感、样式和生存体验下面，那一种不掺假的真、不造作的痴、骨子里的狷狂率意，竟成了不经意间耦合的同质异构之妙对。

这，就更有点意思了。

三

先读"老莽汉"。

诗界人物，有一举成名的，有苦熬成名的，有因诗成仁者，有因人成诗者，李亚伟当属前一类。

当年第三代诗人风云聚会，作为"莽汉主义"的发起人之一，出手便甩出《中文系》《老张和遮天蔽日的爱情》《苏东坡和他的朋友们》等名篇，成就了其不可动摇的历史席位。然而，有名诗的诗人也有有名诗的苦恼，时过境迁，当年的代表作成了一顶铁帽子压在头顶，难得以新面孔示人，便总得呆在旧席位上。

20年后，我在诗人自序小文《天上，人间》中读到这样的告白："我喜欢诗歌，仅仅是因为写诗愉快，写诗的过瘾程度，世间少有。我不愿在社会上做一个大诗人，我愿意在心里、在东北、在西南、在陕西的山里作一个小诗人，每到初冬，在心里看着漫天雪花纷飞而下,推开黑暗中的窗户,眺望他乡和来世,哦,还能听到人世中最寂寞处的轻轻响动"。

这还是"莽汉"吗?当年闹出那么大"响动"的"莽汉",何以会落到"怡红公子"般的寂寞缠绵?再看诗人为20年首次结集的诗稿之各辑,所自诩的那些稀奇古怪的命名,以及同样稀奇古怪一点也不"莽汉主义"的后期诗作之名,不由你不怀疑:其一,当年那些针对"莽汉主义"诗歌的诠释,是否有误?在诸如"反文化"等社会学的指认下,是否疏漏了对其更本质性诗学取向的认领?其二,在明显不同的前后期作品中,哪是角色出演?哪是本真所在?两个李亚伟之间,又有着怎样的心理机制的贯通和美学趣味的嬗变?

显然,在身心尚未分离的《中文系》时期,"莽汉"的横空出世,虽不免带有愤青的色彩,但骨子里仍属本色化的角色出演,只是因了浓重的时代印记,使得"他们在词汇中奋战/最后倒在意义的上面"(《伫望者》)。即或不断有新的欣赏者,为在那样的年代里,便有如此酣畅淋漓的语感愉悦而惊异,但总是抵不过"意义"之认领的坚硬。

也许,连诗人自己也渐渐厌倦了"铁帽子"下的那种"历史身份",成名之后的李亚伟,开始了一个漫长的遁逸,"在极为可疑的时间里"(《破碎的女子》),写着一批又一批"极为可疑的"、非"莽汉"式的作品。由现实而超现实,由"硬汉"而"妖花",由代言式的大叙事而"在细节上乱梦"、"在唯一的形式上发疯"(《妖花》)……经由名人而行人或饮者的位移,在"天空被视野注视得折叠起来"的迷醉中,新的语感似"如烟的大水",在"内心的花纹"与"天空的阶梯"之间流荡浸漫,使形式的追求,成为更多复杂意绪与生存状态之多种可能的容器。

由此，诗人自己特意将其前期名作做了这样的定位：男人的诗——习作；反对文化的肇事言论。而在之后的《行人》一诗中，则隐隐透露了位移后的诗学取向："这是事物混淆得悲壮的季节/死去的语言仍在表达盛大的生命"，而"我将上路去斗争沿途的城市/在形式轻轻取消内容的夜晚/当我说出最优美的语言/而又不表达任何意思的时候"。

如此，饮者"莽汉"为我们打开了一片让人迷乱费解的行走的风景——

这里，再没有《中文系》式的畅亮确切的坚实意涵，甚至难以揣摸语词后面大概的喻意，只有意象的乱花迷眼，意绪的酒色迷人，以及充满烟云感的超现实语境，令你心醉神摇；这里，"上面是浅浅的浮云，下面是深深的酒"（《深杯》），"空中的阶梯放下了月亮的侍者/俯身酒色的人物昂头骑上诗中的红色飞马"（《天空的阶梯》），"在无形光阴的书页上写下下流的神来之笔"（《无形光阴的书页上》）……是的，比起具有"共名"效应的"莽汉"代表作，后续的李亚伟，确有"等而下之"之嫌，但"下"到神来之笔而新生，总比抱着时来之章作守财奴要好得多。

何况，这又是怎样令人迷醉的神来之笔呵——"云从辞海上空升起/用雨淋湿岸边的天才"（《梦边的死》）；"星星们正在水底打钟"（《水中的罂粟》）；"大雪以一种文盲的姿态落在书中和桥头"，"我读着雨中的句子在冬季的垂钓中寻死觅活/旋即又被粮食击碎在人间"（《好色》）；"这时要想想道德和法律/一颗糖就控制不住自己的甜味/无端端地柔软，透露出愉快的气息"（《渡船》）；"秋天的情感轻如鸿毛/让人飘起来/斜着身子表达，而且/随便一种口气就可以歪曲一个男人"（《东渡》）——看似平常的语词，组合起来却有了不可名状的诡异感，尤其那一种空明而修远的烟云气息，与其迷离怅惘的饮者意绪相得益彰，分延出更为纵深的境界。在这样的语感中，诗人还会时不时抛出一些美艳惊人的意象"一群女人挂着蓝眼皮从岛上下来洗藕"（《深杯》），"看见那些粗壮的树伸进黑夜用枝条怀上苹果"（《远海》）……

这还是"莽汉"吗？

到了我发现，经由饮者的遁逸，诗人为我们也为他自己勾兑了一"深杯"怪味的"鸡尾酒"——这是一种奇特的混合：苏东坡的豪放、兰波的迷醉、达利的怪诞；"旧时意境和才子情怀"、"政治情绪和文人恶习"；"新世纪游子"之"淘空的内心"，以及"烈酒与性命的感受"、"传统的美酒和孤独"等等。也许，这杯怪味的"鸡尾酒"不如纯正的"老白干"喝着顺溜，爽口爽心，可要细品下去，自会在另一种回味里，"听到人世中最寂寞处的轻轻响动"。并且了悟：在天上人间的迷走中，诗人何以会偶尔发出一声"老莽汉"式的叹息："我永远不知道／我和资本主义的女人能整出些什么事来"（《东北短歌》）？

原来在饮者的醉感后面，始终藏着一杯更深的幻灭感！

于是有了两个"莽汉"："前莽汉"属于历史，"后莽汉"属于诗人自己，合起来成就了一个完整且更为真实的李亚伟——并且我相信，假若在未来的某个时空，人们不再以现行的模式书写文学史，而换一种眼光打量这位诗人，自会在"后莽汉"式的行走中，得到更多的惊叹与由衷的认领。

四

再看"撒娇"。

有两个"莽汉"，却只有一个"撒娇"——一以贯之的"撒娇"，20年如一日的"撒娇"，生命不息，"撒娇"不止，在这条道上，没有人像默默这样走得如此彻底、如此决绝、如此快意，也便由此走出了一段自己的历史与笑！

我们知道，在1986年那次"后崛起"的现代诗群体大展中，诗人默默是以"海上诗群"的身份登上历史舞台的。许多年后，默默却以《撒娇》诗刊的新掌门身份，开始引领"撒娇诗派"的新历程。这种身份的转换何以发生，我不得而知也无须去知，只是在经由默默改写的《撒娇自语·代复刊词》中，更加明确了这一诗派的诗学取向："一种温柔而坚决的反抗，一种亲密而残忍的纠缠，一种执着而绝望的企图，一种无奈而深情的依恋；一种对生活与时代的重压进行抗争的努力，一种对情绪与语言的暴力进行消解的努力，一种对命运与人性进行裸露的努力"。[①]

当然，这样宣言式的告白，依然不能给出学理性的明确定义，但毕竟有了几个关键词，大体勾勒出其基本的指向：消解、裸露、反抗和依恋。这使得一直含混不清的"撒娇"诗歌，开始显露可索寻的脉络，而在其新掌门人的作品中，则展现出这一指向中，最大可能的丰富肌理和动人魅力，进而成为其代表性的经典文本。

就词的本义而言，"撒娇"原本是一种弱者的行为，一种残留在成人世界的儿童语汇，"一种无奈而深情的依恋"。这使"撒娇"的诗人有了合理的心理依据，因为诗人多半是这世界中的弱者，并保留了儿童的眼光，注视着这破碎的成人世界："我是中国孩子"，"永远不长大多好"（《第一颗人造卫星发射》）；"我好不容易学会忠诚／却发现世界早已背叛我"（《又馋又饿》）；"世界空了"、"中国没了"、"我带着根在地上漂泊"（《小沙弥》）；"我终于成不了烈士"（《停电》）；"一切所作所为都是那么卑鄙／一切无所事事

[①] 见默默主编《撒娇》诗刊2004年第1期，时尚周刊出版社2004年版，第7页。

都是那么优雅"（《我和我》）；于是永远也长不大成熟不了的诗人，只愿扮演自己的角色，"把自己封为大彻大悟的疯子/痛痛快快地撒娇"（《中途休息》）。

在此，历史与现实、往事与梦想、成人与儿童、实情与幻象、真话与假话、神圣与恶俗以及真与假、美与丑、正与邪、对与错等等，全被搅拌、粉碎、然后涂抹在一个平面上——哈哈镜式的平面上，相互指涉、相互印证、相互对质、相互嬉戏、相互消解或被消解……细心的读者会注意到，诗人也曾有过另一种"撒娇"，《旧新闻》里的"撒娇"："红石头的梦里是红星星和红月亮的婚礼"，缤纷的意象糖纸包着一些些浪漫主义余绪的甜。但更多的时候，诗人认同的是这样的"撒娇"："你像一块灰色的橡皮/把地板、墙壁、青春欲望/老婆的脸蛋/擦得嘻嘻哈哈/再也不惦念被浪花欺负的海鸥/心里只有废墟、没洗的袜子、疯狂的维生素"（《你瞪着狗看》）。

这一核心题旨，在《手指的流露》一诗中，得以尤为精到的表现：诗人以"手指"（一种求索）的多种指向，来表达"深情的依恋"：从"雪亮的手指"，到"柔软的手指"，到"冰冷的手指"，到"粗糙的手指"，到"佝偻的手指"；从"玫瑰的方向"，到"波浪的方向"，到"悬崖的方向"；从"语言的方向"，到"奇迹的方向"，到"梦的方向"；从"歌声的方向"，到"妈妈的方向"，到"城市的方向"，直至"幻想的方向"、"时间的方向"——无一不是方向，而又处处不是方向，诗的结尾，"突然又耸起一根手指/指着虚无的方向/面对你我含笑终生"——无方向成了终极指向，只剩下"往事像份吃不完的点心"，且轻轻问一声："剃了光头/你的思想冷吗"（《上海人》）？

"世界空了"！只留下话语的狂欢供我们"撒娇"，且以"撒娇"的话语指认这空了的世界——正是在这一切入口中,"撒娇"诗人确立了其独特的诗学依据和审美理念。

显然,这个入口,比起当代大多数先锋诗歌的取向来说,显得狭小了些,似乎很难拓殖多么宽广的路径,但也因此有了他独在且难能可贵的风貌:流质的、絮叨的、嘻嘻哈哈的;琐碎的、无序的、一点也不正经的,乃至还有些些轻薄……但当这些表象的"能指",被杂糅性地纳入一种诙谐、滑稽与戏谑的语感机制,和悲天悯人的潜在语境中后,"撒娇"就不再是词源学意义上的"撒娇",而成为一个时代最微妙的痒和最有效的反讽。

读读那首长达30节的《咩嘎喔哞》吧——让人喷饭而乐又扪心而痛的成人童话与现代寓言。那是真正搔在了时代痒处的讽刺杰作,而它那匠心独到的形式感,更使我对"撒娇"话语的功能与潜质,抱有更多的信任和激赏。

这是怎样一种快意的话语撒欢呵——即时,即兴;形而下,形而上;戏拟,漫写;杂交的口语,卡通式的意象;没头没脑,胡天胡地;小孩说大人话,大人说小孩话;复沓,错位;"闲聊波尔卡","江水滔滔口涎滔滔"(《不能在一起》);怀旧,造梦,对话;"与酒作战与床妥协"(《一个人能干什么》);"今年的衣服去年就脏了/和天空接吻/我满嘴自己的霉味"(《短章·冬》)——是说者也是被说者,是演员也是看客,是犹大也是耶稣,是清醒更是暧昧——总之,在我们陷落其中的所有的存在背面,"裸露"着一双刻意"撒娇"的眼睛,诡秘地笑着,嘻嘻哈哈地唠叨着,直到你忘掉身份,去掉面具,沉入与诗人一样的快意"撒娇"之后,便会听到话语狂欢的可爱泡泡下面,传来一声叹息:世界空了,中国没了,我们都只有带着根在地上漂泊……

其实,这种话赶话归纳出来的意旨,对默默的"撒娇"而言,已显得有些牵强附会了。这位可谓成人诗人中的儿童诗人，无论是"消解"什么还是"依恋"什么或者"反抗"什么，其出发和归所，都只有言说的醉意而非对什么而说。因了诗人那份童心不散、真气乱窜的健康天性，默默顺其自然地选择了诙谐与戏谑，以及流质的语感，作他"醉意"的快感点，并不再在乎其他什么时尚或前卫的形式革命与修辞策略，自管自地"撒娇"为乐。

实则对于诗人来说，保证一种写作的有效性，首先在于心性与笔兴的和谐共生，亦即生命形态与语言形态的统一与亲和。一方面，对于一个凡人与弱者，诗人默默明白，没有什么比诙谐更强大的手段，能对抗世界和命运的嘲弄；另一方面，诗人默默也确实在这种充满诙谐的"撒娇"中，发现并有效地展示了自己的天赋，从而将自己与同时代的旧式人物或新式明星区别了开来，同时也为一向难以定位的"撒娇"诗歌，奠定了可辨识的坐标与方向。

读默默的诗，我们甚至能感同身受地触摸到诗人"撒娇"中的那份内心的快感，当然，这种快感也会经由那些"撒娇"的诗行传染给我们，在思想之冷与精神之荒寒中，享受一刻快意的慰藉——在这个物质的时代，在这个"整个世界是一堆机器的梦境"（《阴森森的八小时》）里，经由一位诗人和他的作品，能获得如此的慰藉，我们还苛求什么呢？

"撒娇"不娇，几度风流，几度迷失，终于在新"掌门人"默默这里，找到了它适切的骨骼与皮肉，当然还有风度。

五

诗读完了。读诗前的疑惑仍未全然解释。

两个"莽汉"，一个"撒娇"，同台亮相的偶然与必然后面，是否还能挖掘出一点什么启示?

　　作为诗友,也作为评论者,我最终想到的只有这一点:在这个价值失范的年代里,拿什么来指认一位诗人的真伪与高下呢?

　　独立,自由,虔敬,还有健康!

　　健康的人才会"撒娇";

　　健康的人才能做"莽汉";

　　健康的诗人才足以在沉入历史的深处时,仍能发出自信而优雅的笑。

　　这似乎是常识,但我们什么都没忘,就是忘了这个常识——因了浮躁,因了虚妄,因了无所不在的功利的促迫……

2004 年 10 月

执意的找回
——古马诗集《西风古马》散论

在极言"现代"的现代汉诗写作中,一位叫"古马"的诗人,将自己最具代表性的一部诗集,取名为《西风古马》(敦煌文艺出版社 2003 年版),显然是刻意而为的。它既表明了诗人不免矜持而充满自信的一种姿态,又表明诗人正是想通过这种"不合时宜"的命名或者自诩,告诉他所身处的时代,他执意要奉送给历史的,是怎样一份特别的礼物——

西风,西部,古马,古歌,种玉为月,"饮风如酒","我行其野",叩青铜而抒写,那些"眉毛挂霜的灵魂们",亘古不变的诗心、诗情与诗性生命意识,并由此提示:诗,不仅是一种创新,更是一种找回。

(写下这样的开头,在同处西部的西安,夜已经挂霜,点燃一支烟,我对自己说:今晚,我要在"先锋诗"的外面过夜,听西风中的古马，在唱些什么……）

　　研读古马的这部诗集，我首先注意到其中一首很一般但又很特别的诗：《我梦见我给你送去葡萄和玉米》。此作不是古马的诗风所在，甚至连题材都远离整部诗集的取向，似乎是偶然而为的一次习作，但却在不经意中透露了诗人在"西风古马"的意旨取向中，其潜在的创作心理机制。

　　诗不长，却完整而富有戏剧性地叙述了一位"寻上门的乡下亲戚"，带着"黏带泥土的不安的根"，为身居现代化都市中的友人（或亲人？）送去"西域的葡萄"，和"匈奴人在向阳的山坡上种出的玉米"的情景。事是虚拟的，是"我梦见"中事，但因此而更显真实而迫切。关键是这虚拟情景中对送礼人心理的刻画：在两种身份——乡土与都市、传统与现代，亦即两种生命形态的对峙中。"我被你紧张盯着的双脚"，有"看不见的根须/在你客厅的地板上寻找裂缝"。（多么细腻的捕捉！）尽管如此，执意的"送礼人"依然要借诗人之口（当然，实际上是诗人借"送礼人"之口）喊出那久藏于心底的"执意"——

　　　　就像闪电穿透了乌云
　　　　它们急切穿过水泥和一切隔阂

　　　　扎进你心灵的沃土
　　　　请你接受远比这些葡萄和玉米丰盛的东西

　　这里的"它们"，是"青铜之声"，是"生命之霜"，是"身体里的铁"；是"青山口/一支喇叭花年年吹红/娶进嫁出的都是云烟"(《青山口》);是"渠水汩汩/一棵白杨追着/星光的羽毛,漂流/在村子外面"(《鸽子》);是"一粒沙呻吟/十万粒围着颂经"(《敦煌幻境》)……总之,是我们在所谓的成熟中,走失了的某些东西;是我们在急剧的现代化中,丢失了的某些东西;是我们在物质时代的挤压中,流失了的某些东西——如今,被一位敢于"原在"的诗人,一位在西部"原在"的诗人,一一执意地"找回",并"不合时宜"地奉送给他所身处的时代,等待着时间的认领。

这便是古马,"西风古马",经由他的"执意",在有效地找回了"西部诗"的真义的同时,也有效地找回了当代诗人的位置。"世界将由美来拯救",西部的美,在古马的笔下复活并重新命名,为贫血而单调的当代诗歌,注入铁的沉着和月的澄明。

而这一切,在古马这里,却显得异常低调,表面的矜持后面,甚至还保留着几许羞涩,西部汉子的矜持与羞涩。这个执意的"送礼人",清醒地知道自己"不合时宜",却无法放弃"用诗的牛角,对人性中最本质、最原始的事物吹奏低音的关怀"(《创作自述》)。当然,他也因此与浮躁的时代拉开了距离,并为自己留下了恰切的位置,同时,也为所谓"西部诗"留下了恰切的位置。

(又是"西部",一个随时被拉出来做各种填充的大词——仅就诗而言,在"西部"的名义下,有过多少暧昧不清的"填充"?

先是"新边塞诗",继而"黄土地诗",以及由此延伸出来的各种大同小异的名号,但其实质总难脱风情歌手与文化明信片式的套路,以致屡屡被纳入官方诗歌版图,成为其陈旧观念的最后一片"大牧场"。

而真正的"西部"——她的灵魂、她的风骨、她孤迥独存的美,一直在期待着她真正的情人与歌手,为她留下真正能与之匹配的诗。于是有了昌耀,有了沈苇,有了叶舟,有了娜夜,有了与她更贴近些的古马……)

是的,更贴近些——我是说,作为古马的"西部",似乎更符合其本原的品性与质素。昌耀的高蹈,沈苇的沉凝,叶舟的迷醉,娜夜的细切,都不免过于强化了主体精神,而在古马这里,则是柔肠寸断式的眷恋,和寻寻觅觅的歌吟,一种亲近而又疏离的客态抒情。

在我看来,这正暗合了西部美的本质——西部之美,绝非昏热的想象或虚伪的矫饰可言,她只发自那些简洁到不能再简洁、原始到不能再原始的事物本身,而成为苍凉的美、粗粝的美、最朴素又最纯粹的美。

在这样的美的面前,你可以做她的儿子,做她的情人,甚而成为她的奴隶,却很难成为她的主人——她的美总是那样平实而又出人意料,而她那远离现代喧嚣的洪荒的灵魂,又总是那样深沉而不可企及。

对此,选择谦卑而非凌驾,醉心寻觅而非妄言,像一个"拾荒者",在解密后的现代喧嚣中,找回古歌中的天地之心;在游戏化的语言狂欢中,找回仪式化的诗美之光——与"古道"有约的"西风古马",从另一个向度贴近西部,为她奉献别样的诗章。

("古道",一个多么老旧而又可亲的词!
"古道热肠"、"古风依旧"、"古典情怀"、"人心不古",……"古"是个好词啊,可人人皆追慕现代而此调久不弹。

——古马弹了,弹西部的古道、原道、人道、自然之道。但不是老调重弹,而是在找回中的再造,是以现代意识和现代审美理念,作"西风古马"式的现代诠释。在这种诠释中,那一脉从未断流过的"古歌",在新的吟咏中,散发出新的韵致和新的涵蕴。)

其实说"诠释",并不准确,一词术语,怎能套住"渊源有自,踏雪无痕"(燎原评语)的"蹄印"。

细读古马的诗,自会发现,处处可见"微言"之肌理,清峭而细腻,却少有"大义"之妄障,素直而玄秘。而更多的时候,这位诗人,这位以本初人性与自然之美为归所的歌手、情人和"拾荒者",只是乐于"在青苔下面/青青地想"(《青山口》)。

一句"青青的想",活脱脱勾画出诗人的主体风神。

这"想",是"念想",不是思想;这"念想"才是诗的真义、西部的真义啊!

真的,对于西部,除了"念想",你还说什么?她是已经完成的创造,只是常常被人遗忘;她是拒绝思想的诗想,只是常常被人忽略。在这里,融入便是发现,找回便是创造,聪明的古马,似乎一开始便深悟此道,方在低调的"念想"中,在"念想"式的贴近中,触摸到西部诗美的本质所在。

("青青的想",青青的咀嚼,看似青涩的语词后面,有青铜的音色,简明而沉着,有青草的呼吸,细小而深切……化大为小,以小见大,以精微见雄浑,以肌理示本质,以"一粒沙呻吟/十万粒围着颂经"的意味,青青地告诉你:在西部,神秘的不是想象,而是即目直取、以心换心的万般风物!)

于是，我们才理解到，在《西风古马》的开篇杰作《青海的草》一诗中，诗人何以这样起首：

二月啊，马蹄轻些再轻些
别让积雪下的白骨误作千里之外的捣衣声

和岩石蹲在一起
三月的风也学会沉默

是祈愿，是劝慰，更是认领和接纳。那缓缓舒展开来的语调，有一种让人心头发颤的韵律，如无名的乐音渗入灵台，淘洗，澄明，敞开，融入，然后领受——"青青的阳光漂洗着灵魂的旧衣裳"……

这首仅仅只有十行的小诗，却分明有着古往今来、地久天长、袖里乾坤般的境界，浸漫着平近而又修远的意绪，让人觉着整个青海、整个西部，尽在这十句之中的感受里了。

这里的关键，在于诗句与诗意的比重。看是十行五节，但每一节都无一不是独立而自明的绝句与短章，散点分延，再收摄为一，便有了部分之和大于整体的文本外张力，弥散开来，余韵悠长。这种如前所述，以精微见雄浑、以肌理示本质的语感，已成古马的"绝活"。正是这种"绝活"，将古马与其他诗人彻底区别了开来，而不在于他都写了些什么。也正是从这种语感中，我们方领略到了另一种西部的诗性，更本原、更地道、也更难忘。

（西部的诗，诗的西部，一匹执意要寻根问底的"瘦马"，终于重新找回了，你真正的风骨。）

一说西部,便要说"气势",古马的气势是:

> 神从箱子里摸出一块红糖
> 神啊
> 万物都是你忽闪着眼睛的孩子
>
> ——《日出》

一说西部,便要说"神性",古马的神性是:

> 星空下的雪山
> 像一位侧身让路的藏人
> 让爱情走过
>
> ——《爱情青海湖·青海青》

一说西部,便要说"灵魂",古马的灵魂是:

> 青草叫喊的声音
> 孤寂的火
> 和空气融在一起
> 在白昼的心中完成着凡人的祈祷
>
> ——《一座长满青草的空羊圈》

一说西部,便要说"苍凉",古马的苍凉是:

> 杨树尖顶的月
> 正被一把唢呐吹得下雪
>
> ——《雪月》

一说西部，便要说"孤寂"，古马的孤寂是：

　　用落叶交谈
　　一只觅食的灰鼠
　　像突然的楔子打进谈话之间
　　寂静，没有空隙
　　　　　　　　　　——《罗布林卡的落叶》

一说西部，便要说"缠绵"，古马的缠绵是：

　　青海湖
　　两只飞到远处去谈情说爱的白鸟
　　是我绕到她脖颈后面的双手
　　　　　　　　　　——《青海青》

一说西部，便要说"生命感"，古马的生命感是：

　　一双花布鞋加快了
　　那条乡间小路的
　　心跳蠢蠢欲动的虫子
　　竖起耳朵
　　谛听春雷
　　　　　　　　　　——《甲戌年正月廿五》

在这样的语感中，古马写出了如此坚实直白而又直击人心的诗句："流水是前程/石头是孤独"（《流水·石头》）；

在这样的语感中，古马写出了如此熨帖而峭拔的口语："白杨树/村庄宁静的女儿/月光的姊妹//白天姓白/黑夜还叫白杨"（《白杨树》）；

在这样的语感中，古马写出了如此贴切而诡异的意象："星星的眼/老天爷漏风漏光/漏一粒人影在路上"（《西宁组歌》）；

在这样的语感中，古马写出了如此清丽而惆怅的意绪："月亮/用那只银碗/把自己端到什么地方"（《露宿草原》）；

在这样的语感中，古马会如此感受秋意："叫声最亮的蟋蟀/秋天的玉/镶在我的帽子上"（《寄自丝绸之路某个古代驿站的八封私信》）；

在这样的语感中，古马会如此亲近自然："穿着簇新的蓝/天空像是过年的孩子"（《午后的诗行》）。

——化天地之心为日常之物，化神性生命为俗世之在，"将前西部诗人喻象中辉煌的大太阳，收聚为少年手中一颗神奇的钻石"。[①] 这"钻石"不通过什么去说明什么、代表什么、象征什么，而只是以自身晶莹而奇异的光芒，幽幽地折射出古往今来的西部，"那种盲目的拒绝一切的蓝"！

（无理而妙，妙在肌理，种月为玉的诗人，深得个中三昧。）

是以整部《西风古马》中，无古、无今、无传统也无现代，是古、是今、是传统也是现代——乡土中国、现代都市、自然神性、日常风物、古典诗质、现代理念、民歌元素，意象、口语、

[①] 燎原：《追逐星光的羽毛·〈西风古马〉序》，《西风古马》，敦煌出版社2003年版，序第6页。

明喻、隐喻、通感、复沓等等，经由"西风古马"式的杂糅通合，化为异质混成而别具一格的强烈的形式感。

具体而言，一是其诗句的"精"。精练，精确，精灵古怪，且富于饱满细腻的肌理感。无论是叙述还是歌吟，古马都时时注意保持局部诗意的独在品质和良好弹性，有诗眼，有警句，有可独立品赏的韵味，不依赖于结构而存活。这种古典诗歌的优良传统，在古马的笔下生发出异样的光彩，方得以一当十、以小见大的审美效应，让人惊羡。

故，古马的诗很瘦，瘦成一把筋骨，不带半点多余的赘肉。作品多以碎片、断章组成，且许多诗中的精彩部分，均可分离出来成为独立自明的另一首诗。可以想见，如此构成的篇章，该有着怎样的局部张力与文本外张力，以及为人称道的那种"留白的不确定意旨"。①

二是其结体的"怪"。连得怪，断得也怪。似乎无联系的，硬是"连"在了一起。却又突然断开，另起一搭，不搭界，搭那内里的意蕴，看去突兀的断开中，萦绕起胡天胡地的联想。意犹未尽，却又断了，或戛然而止，悬在半道，出人意料，细琢磨，又觉着断得有趣，断出了特别的味道，让你多一些"青青的想"、青青的咀嚼。

在这种可称之为"古马体"的特殊形构中，每一行诗句都是明确的，得以质朴与酣畅，组织起来，却平生一派无以名状的烟云，生发峭拔与诡异；现实化为超现实，肌理化为妙理，风物化为风情，有化为无，无中生有，"云揉山欲活"。——"活"的是什么？说不清楚，只是觉着心里有什么在忽悠忽悠地萌动着，有

---

① 梅绍静：《向你推荐古马》，《西风古马》，敦煌出版社2003年版，第298页。

如人到西部，那种什么都看到了又似乎什么都没看明白，但又确实觉到生命中多了些什么东西的感受……

——而这，不正是诗的西部、西部的诗，那亘古不变也无须变的本质所在吗？

（写到这里，作为一篇散论，我也该戛然而止了。却又疑惑：这算论吗？却又自释：这不算论吗？

面对古马的诗，说到底，宁取赏析，不可过度诠释，才能得到的更多。

"蝴蝶干净又新鲜"，这样的诗句，到心里就扎了根，还要诠释吗？"森林藏好野兽/木头藏好火/粮食藏好力气"，种玉为月的诗人，藏好了老酒，喝就是了，醉就是了，还说什么？

是的，不说了，剩下的，让霜天的月去说吧……）

2004年10月

"这里的风不是那里的风"
——娜夜诗歌艺术散论①

20世纪80年代中期开始诗歌写作的女诗人娜夜,在跨入21世纪以来的当代中国诗歌界,以其持续上升的创作态势,和佳作名篇迭出的骄人成就,连续获得《人民文学》奖、第三届鲁迅文学奖、中国当代杰出民族诗人诗歌奖、新世纪十佳青年女诗人称号、第三届"天问诗人奖"等,越来越显示出其不可忽视的重要性和影响力,进而成为"六十年代"出生的诗人,或所谓"中生代"诗人群体中,一个日渐突出的标高所在。

其实上述奖项和称号,对娜夜来说,都只是社会学层面的指认,真正深入解读者自会发现,娜夜实在不是一个可以做简单归类和简单认知的诗人。至少,在当代中国"女性诗歌"和"西部

---

① 本文正题转借自娜夜同名诗作题目。行文中所引诗句,均摘自《娜夜诗选》(甘肃文化出版社2003年版)、《娜夜的诗》(敦煌文艺出版社2009年版)、《娜夜诗歌快递:睡前书》(《读诗》EMS周刊第142期,2012年2月版)三部诗集。

诗歌"这两个区域中，娜夜取得的艺术成就，无疑都占有相当突出的位置。而她独自深入的诗歌写作取向，和其清音独远的诗歌精神品格，在这个既非诗的时代，而又特别"闹诗"的时代里，更是具有特别的启示意义和诗学价值。

一

作为"女性诗人"，娜夜的诗歌写作，整体看去，其精神底背，还抱有一些源自骨子里的理想情怀与浪漫色彩，而一旦落视于具体的人和事，却总能一眼洞穿，看得很透，具有明锐而深入的勘察与"显微"能力。同时，又总是能以超乎女性立场的视野，去表现男女共有的人性世界——生与死、苦与乐、现象与本质，以及未知的意识荒原与裂隙等等。其从容、旷达、宽柔的诗歌精神，具有极大的包容性和穿透力。

我们知道，人类的心脏是没有性别的，但具体到生命意识和艺术感觉，女性与男性还是有所差别。差别的逻辑前提是：一般而言，女性似乎总是比男性要更"观念化"亦即更"他我化"（笔者生造的一个词，即以他者的存在为自我存在的前提）一些。这里的潜在原因，既有文化成因所由，也有女性自身的"基因编码"所由。由此逻辑悖反而言，真正优秀的女性，也便比同样优秀的男性更本质、更自我一些——尤其是在生命意识和艺术感觉方面。

比较之下，我们可以回首观察到：近 30 年来的当代中国诗歌进程中，无论是先锋性写作还是常态性写作，男性诗人还是女性诗人，以及已成大名的种种诗歌"人物们"，都太多运动性的投入和角色化的出演——而娜夜，这位自甘边缘、潜行修远的诗歌女性，则是那些少数难得的、将诗歌写作作为本真生命的自然呼吸而成为一种私人宗教的诗人之一。

女性的,而又超越女性的。

如此展开的"娜夜式"诗歌视角,广阔而又细密,陡峭而又深邃。

她写母性温润的情愫:"——吹过雪花的风啊/你要把天下的孩子都吹得漂亮些"(《幸福》);转过身,她又写女性命运的灰败感:"这些窗子里已经没有爱情/关了灯/也没有爱情"(《大悲咒》)。于是,"一个忧伤的肉体背过脸去"(《覆盖》),然后固执地探寻:"为什么上帝和神一律高过我们的头顶?"(《大悲咒》)。

落视于"日常",她写"——摇椅里倾斜向下的我/突然感到仰望点什么的美好"(《望天》);注目"神性",她写"牛的神/羊的神/藏红花的神/鹰的身体替它飞翔"。(《从西藏回来的朋友》)。

在娜夜的诗歌世界里,"是真实的存在还是瞬间的幻象又有什么关系"(《幻象》),她关注意义,也关注身体,所谓"道成肉身",并一视同仁地关注"灰尘"、"光"、"时间经过的痕迹",然后"用思想"也"用嘴",去"闻神的气息"(《自由女神像前》)。

——然后重返迷茫:

夕光中
那只突然远去的鹰放弃了谁的忧伤

人的还是神的?

——《青海》

可以看出,在娜夜的诗中,有一种天然的艺术化气质和虚无化格调。正是这种"趋于虚无化的生命本真"(萌萌语),视艺术与美为生命之所有的追求与归宿的精神取向，方使诗人所秉持的真实的个人，和真实的诗性生命意识，得以从与时俱进的公共话语语境，和浮躁功利的时代话语语境中脱身而出，始终葆有本原性的独立意识。

二

作为"西部诗人"，娜夜的诗歌写作，从一开始，便自觉摆脱了传统主流"西部诗歌"的浮泛模式，跨越"时代"语境和"地域"界限，以现代意识，透视真正意义上的西部精神与西部美学的底蕴所在，别有领悟而动人心魂。

何谓"西部"？何为"西部诗歌"？何谓真正的"西部精神"与"西部美学"？这些人云亦云，大家都常挂在嘴上说习惯了的词，其实就其学理性命名而言，实在太多混乱和歧义。这其中，尤其以长期占主导地位的所谓"主题性"和"采风式"，两个路数的创作理念与作品，所产生的负面影响最需要反思。

在这两路创作中，要么是虚假矫饰的"翻身道情"、"改天换地"、"新人新家园"等泛意识形态化了的"西部风情录"，所谓"现实主义"的"历史叙事"；要么是唢呐、腰鼓、黄土地，大漠、孤烟、胡杨林，以及高原、草地、雪峰、羊群、驼队、经幡等等早已被表面"风格化"了的、"泛文化明信片"式的空洞表现，且一再推为主潮，其实与真正的"西部"及"西部精神"根本不搭调。

仅就诗歌美学而言，我认为，真正的"西部精神"以及由此生发的"西部美学"之精义，可概括为三点：一是原生态的生存体验；二是原发性的生命体验；三是原创性的语言体验。

此"三原"体验，转换为诗歌话语表征，则应该是人与自然、人与存在、人与命运之纯时间性（非时代性，所谓"新风貌"）和纯生命性（非生活性，所谓"体验生活"）的一种更深层的对话，且是一种充满苦味、涩味和艰生味的对话，消解了主体虚妄和主流意识驯养，重返神性与诗性生命意识的对话。

细读娜夜有关西部的诗作，可以发现，"西部"在娜夜的"诗歌词典"中，既不是什么题材与内容的特别所在，更不是什么"文化明信片"或"地域风情"式的特别所在，而是有关生存意识、生命意识、自然意识、审美意识的特别所在——生命与自然的对质，向往与存在的纠结，生存的局限性与企求突破这种局限而不得的、亘古的渴望与怅惘，遂成为娜夜式"西部诗歌"的核心题旨。

由此形成的作品风格，境界舒放，诗意苍润，常以峭拔而疏朗的思绪，可奇可畏的生动意象，精准传神地透显出"在这遥远的地方"，人与自然、人与存在、人与命运，那一种不得不的认领与迷茫，以及由此而生发的，那一缕淡淡的清愁，那一声沉沉的叹咏。

正如其堪比《诗经》之"蒹葭"的经典之作《起风了》诗中所言："在这遥远的地方不需要／思想／只需要芦苇／顺着风"——这才是西部的真谛，也是西部的天籁。

再读这样的诗句：

    一朵云飘的时候是云
    不飘的时候是云
    羊一样暖和

    被偶尔的翅膀划开的辽阔

迅速合拢

　　　　　　　　　　——《鹰影掠过苍原》

　　直叙中自声色有余，尽见天地之心，透彻而高致，得西部诗魂的真性情、真境界。

三

　　无论是作为"女性诗歌"的写作，还是作为"西部诗歌"的写作，娜夜诗歌的内在艺术品质，始终是一致的。

　　具体而言。其诗的内涵，有深切的现代意识，又暗含古歌般的韵致；是现代的"直面人生"，也是古典的"怀柔万物"。"冷眼"与"热心"，"看"与"被看"，无不饱含善意的"窥视"、真诚的质疑、纯美的叹咏，和原始而细密的忧伤与悲悯。

　　由此生成娜夜诗歌的语感，疏朗中暗含张力，松弛中弥散韵致，尤其对长短句配置的节奏感，把握得颇为精妙。其诗思的展开常有大的跨跳，却不失内在意绪的逻辑联系，致使情感的韵致和语感的韵律，非常和谐地熔融化合而清通爽利。特别是她诗中惯有的语式和语态，时而直截了当，时而缠绵悱恻，集正襟危坐与散发乱服于一体，读来别有韵味。

　　试读其近作《睡前书》——

　　我舍不得睡去
　　我舍不得这音乐　这摇椅　这荡漾的天光
　　佛教的蓝

　　我舍不得一个理想主义者

为之倾身的：虚无

这一阵一阵的微风　并不切实的

吹拂　仿佛杭州

仿佛入夜的阿姆斯特丹　这一阵一阵的

恍惚

空

事实上

或者假设的：手——

第二个扣子解成需要　过来人

都懂

不懂的　解不开

　　全诗看似意绪飘忽，语感迷离，思路轨迹及其诗句建行跨跳很大，其实内在心理结构和精神结构非常严谨：基点是此一刻的现代夜色，夜色下的现代人之不眠心境，由此散点"荡漾"开去，以细节扫描为情节，以间或感慨为特写，"东拉西扯"中一咏三叹，看似毫无来由随意道出，却又暗含逻辑，虚中有实；所谓既是瞬间的幻象，又是真实的存在。结尾收视聚焦于"解扣子"的小把戏，以风情证虚无，可为神来之笔。而一句"佛教的蓝"，堪称现代汉语诗歌中难得一见的"诗眼"，令人惊艳不已！

　　关键是，此诗虽也以叙事性语式为体要，表面看似涣散，像一首分行的散文诗，但骨子里却别有"经营"：一方面在弥散性语感中，暗藏与心理和意绪相偕而生的现代节奏与独特韵律，一方面将意象有机"导演"为有戏剧性张力的"意象情节"，亦幻亦真，悬疑所指。如此看似不经意之喃喃自语中，反而更为深刻地揭示出存在之切与生命之惑，读来奇崛、诡异、深沉，不可作寻常泛泛解。

综上所述，可以说：在当代诗人中，娜夜是少有的几位，能有机地融会真实世界的主观视觉和叙事调式中的潜在抒情者，从而将她的诗歌写作，与整个时代的潮流走向区别了开来，风规自远而独备一格。

四

总之，这位水静流深于西部边缘的女性诗歌写作者，是一位真正独立而具有超越意识的优秀诗人。

我是说，她不是那种我们司空见惯的潮流式的诗人，她有源自自己生命本在的诗性智慧和诗性力量，支撑她在任何诗歌时代，或任何她自身的写作阶段，都能从容展开其不同凡响的个在写作，而不为"时势"所左右。换言之，娜夜是那种不因"时过"而"境迁"后，便失去其阅读效应的诗人，这不仅因为她有其不可忽视的代表作乃至绝唱式的作品，更是因为她诗中对语言与存在独到而深入的关切与表现，所达至的不可忘却的阅读记忆。

是的，她不容忽视，但也不在乎你何时提及。

显然，这不是一个什么"定力"的问题，而取决于气质所在。正如诗人自己所言："忠实于内心的真实感受和过分强调诗歌的社会功能，优秀的诗人更多出自于前者。""我的写作从来只遵从内心的需要，如果它正好契合了什么，那就是天意"。[1]

而我仍属于下一首诗——

---

[1] 娜夜：《随想十三》，《文艺报》2013年1月11日第5版。

和它的不可知

——《摇椅里》

这是娜夜：女性的，超越女性的；西部的，超越西部的；时代的，超越时代的。她的存在，让我们常想到"那些高贵的有着精神力量和光芒的人/向自己痛苦的影子鞠躬的人"（《风中的胡杨林》）。

而作为诗人的娜夜，说到底，只是依从她固有的宿命般的气质，"尝试着"，在生命历程的所有细节里，"说出自己"，并欣然回首，倾听：

——在那些危险而陡峭的分行里
他们说：这就是诗歌

2013 年 3 月

在"秋云"与"春水"之间
——李森诗歌艺术散论

李森是一位才情较为丰厚的诗人。当代中国诗歌界,包括许多成名诗人在内,大多缺乏足够的才情,仅凭一得之见和一得之技艺,或者一得之"时势造英雄"的际遇,在那里不断重复他者或重复自己,终至模糊不清。李森的诗路历程,"谱系"清晰,风格鲜明,加之学者背景的支撑,其修远而坚实的创作理路,已然自成格局而不容忽视。

由此,欣赏和研究李森的诗歌艺术,自会欣然于另一种语境和心境——没有"史"的影响和"潮"的干扰,只是如旧友会晤般地,面对一位自得而适的诗人和他的诗歌艺术,发出一些自得而洽的感想为是。

一

有20多年写作历程的李森,一直随遇而安地"寂寞"于自得，不太过心于所谓"诗坛"的存在。无疑，这是一位以艺术为生活方式、以诗歌为生命礼遇的诗人。正如诗人李亚伟在题为《他的诗中住着两位美人——读李森》一文中所指认的："他从容不迫，在诗中随手打开抒情的风景，随意打开抒情的岁月，率真，生动，自然，深沉"。①

然而毕竟，不屑为病态的当代"诗坛"写作的诗人，不等于就连荣誉的认领也同时放弃，何况还有诗友的瞩目殷殷切切——一向较为低调的李森，近年却连连高调出手，于2008年结集2009年出版《李森诗选》后，又接续于2012年出版近五年新作结集《屋宇》。厚重近五百页码的《李森诗选》，是诗人1988年至2006年近20年诗歌作品的精选集，带有总结与回顾性质；《屋宇》则是诗人近五年间横逸旁出而刻意探求的一脉走向之得，风格大体统一而取向别有所专——一条横轴线，一条纵轴线，"李森诗歌"由此"谱系化"，期待可能的知己与识者的重新评价。

读《李森诗选》，惊叹其早熟的心智与均衡的力道，似乎从一开始就出手不凡，而又始终不乏精彩，尤其是其诗思的澄明和语感的清通，以及对普泛事物的诗性"解读"，"解读"过程中知性的明澈与感性的幽敏，可谓与生俱来，让你分不清萌发与成熟的界限，一展开，就是秋云长天般的平远与清旷，潇潇洒洒，磊磊落落，而清朗有致。

为此，李森在"出道"伊始，就被苛刻的韩东"相中"，纳入"他们"诗派旗下，在《李森的诗》文中称其"有某种解构主义的色彩。但这种解构不同于对概念本身的结构，而是返回事物自身。李森有一种对具体事物的执着。有时他甚至走得更远，让自己位

---

① 李亚伟：《他的诗中住着两位美人——读李森》，转引自李森诗集《屋宇》，新星出版社2012年版第233页。

于事物成形之前的空虚之中。这使他的诗呈现了一种奇特的灵敏和类似于某种快感瞬间的真实"。①而另一位"他们"诗人小海,在《我读李森的诗歌》中,则不无激赏地指认:"李森的诗歌一直给我冲淡从容、张弛有度、讲究意蕴的印象,很有一点中国诗人的风度和气派。"②

这些大体出自20世纪90年代中后期的知己之见,至今看来仍不失精辟。吊诡的是,身为"他们"诗派的诗人李森,并未因这一已然被当代诗歌史和文学史,划归"先锋诗歌运动"代表流派的"门第"之"荣耀"所"塑身",而依然随遇而安地"寂寞"于秋云长天般的自得,乃至被诗人默默称为"隐士"。

其实李森的"寂寞"中从来不乏活跃,有如李森的自得中也从来不乏自信。

在《李森诗选》的"自序"文中,诗人从学理层面给出了一个夫子自道式的说法:"我的诗力求在隐喻的形而上和事物的形而下之间找到一种平衡关系,此可以说是一种隐喻的'形而中'。"

20年后的一语道破天机,让所有欣赏与研究李森诗歌者豁然开朗,获得一把解读李森诗歌美学的入门钥匙。

有意味的是,诗人为自己作完此一总结性的"正名"之后,却掉头他顾,跳脱"前先锋"的"历史虚位",做了一次"华丽的转身"——如一行在《气之感兴与光阴的悲智——读李森组诗〈春光〉》一文中所指出的"对生命之清晨的返回和颂赞",而"一种更浑朴的诗终于来到他的笔下",使"他的诗作一方面越来越具

---

① 韩东:《李森的诗》,转引自《李森诗选》,花城出版社2009年版,第398页。
② 小海:《我读李森的诗歌》,转引自《李森诗选》,花城出版社2009年版,第402页。

有古风，另一方面却并没有丧失当代性"。①

用"华丽"指称一向"清朗"的李森诗歌，实在有些悖谬，但若将"华丽"拆解为"高华"与"清丽"，复以"古风"与"当代性"之兼容，来看待他的新集《屋宇》，却也不违其大体风格取向。

于是，我们似乎有了两个"李森"，两种风骨如一而"风韵"不同的李森诗歌——欣赏者自可各取所好，研究者却不得不面对立论的困惑：在"才情丰厚"所致之外，"前先锋"何以要转身"后古典"？

而这，正是吸引笔者并为之此论的关键所在。

二

作为"他们"诗派的成员，作为横跨"第三代诗歌"、"九十年代诗歌"、"新世纪诗歌"三段历程的实力诗人，李森前20年的诗歌写作，虽不失沉着与淡定，却也难以完全跳脱大的时代语境之潜在影响，在"高原"个我的潜沉修远中，也时有对"平原"之与时俱进的心理互动与美学互文，却又因性情使然，不能亦步亦趋随之"标出"，便也难免"落单"而复归"自得"。

无论是心境还是美感，李森这一抹未经繁华便早早淡远的"高原"之"秋云"，不得不一再返身自我，寻求未尽而独属的新的境界——20年后，返身《屋宇》写作的李森，对"平原"的张望以及对"当代"的探视终于暂告了断：

诗人，一朵玫瑰曾可怜你会思想

---

① 一行：《气之感兴与光阴的悲智——读李森组诗〈春光〉》，转引自李森诗集《屋宇》，新星出版社2012年版，第240页。

现在，轮到一朵迎春花来可怜我的惶恐

——《春日篇·博尔赫斯》

再见吧，世界，我跟我家的燕子去了

——《春水篇·春分》

我有高原，让你们逆水而上

——《屋宇篇·游鱼》

这些并非刻意摘选的诗句，却足以见得返身《屋宇》的诗人之心迹所由——这一次，诗人将已经放低的身段，索性归真于卧姿：

躺下吧，像一个玉米在波浪里慢慢长出胡须
躺下吧，像一块马蹄铁梦见湖中明亮的月牙
躺下吧，像圣洁的雪峰在橘黄的呼噜中渐渐变矮
躺下吧，像树冠上的鹭鸶把头埋在胸前的天堂

——《中旬篇·黄昏》

埋头"胸前的天堂"而不再"与时俱进"，另一个李森，"隐士"李森，在独与"高原精神"相往来的回肠荡气中，为我们奉献出"我们时代的乐府绝唱"（一行语）！

欣赏或研究《屋宇》的读者，或许会注意到，整部诗集的扉页上特别标有一句题词："献给缪斯妹妹的颂歌"。

将西语的女神转换为汉语的妹妹，由追慕而行伴，由殿堂而乡野，"逆水而上"的"高原"之子，于唯"现代"是问的时潮之

中，选择适时的"回跃"（丹尼尔·贝尔语），而"礼失求诸野"——"野"的自然，"野"的人世；"野"的色调，"野"的乐音；"野"的本康、本喜、本欢、本乐；"野"的本愁、本苦、本哀、本悲；与物为春，与天地古今和歌，而创化另一种季节，另一脉李森诗歌美学的"形而中"——"我知道，世界等着我开门瞭望，门槛等着我回来闭户厮守"（《屋宇篇·屋宇》）。

当"秋云"回返大地，"春水"的横溢漫流，便成一发不可收拾之势。

三

现代文论与批评，面对文本，常常会在"谁在写"、"写什么"、"怎样写"这三个常规设问之外，还特别重视一个"为什么写"的命题。

这个命题的关键，是要考察文本后面的作者，其心理机制的取向，和语言机制的取向，以此来阐明此一文本与其他文本，在文化价值维度和美学价值维度的差异所由来，及其现实意义和历史意义的可信任度。

回头细读《屋宇》。先读其"诗心"所在。

李森的《屋宇》结集，在总题"屋宇"下，按写作年份分九辑倒序排列，分别为"春水"（2012）、"春光"（2011）、"春荒"（2009—2010）、"中旬"（2009）、"初春"（2009）、"春日"（2008—2009）、"屋宇"（2008）、"橘在野"（2008）、"庭院"（2007）。仅从各辑题名便可知晓，这是一部绵延六年唯"春"是问的颂歌专著，而非一般无"主打方向"之散诗集成，可见其用心之专、之切、之痴迷。

全集前有一诗人"自序"小文，其关键性的一段话，隐隐可见"诗心"所系何为:"时光纷纷断裂,在我与物之间、物与物之间,涂鸦古往今来的空白。我只是时光暂时抟住的一个表象。春创造的几个隐喻牵着我,从岁月中出来。在云之南,风之北,是春的浸润,生成了我的心灵。为了证明这个事实,我的诗,帮助我抵抗衰老。"

显然,满怀现代"解构"意识的那抹早熟的"秋云",此次"回跃"而生的,却是不无古典"结构"意味的、一脉"春"之隐喻——无论是"初春"还是"春日",那都是我们已然断裂无返的"童年"的瞩望和"田园"的信仰——"春光心慌,点燃夏火","开门瞭望"之后,我们上路漂泊;"秋云伤怀,抟成冬雪","浮动而淘空"后,"门槛等着我回来闭户厮守"(《屋宇篇·屋宇》)。

在此,"回家"的题旨不言自明。

需要特别指出的是,李森《屋宇》中的"春光"、"庭院"、"橘在野"等"田园"式回望,绝非这多年此起彼伏此伏彼起之"新乡土诗"或"黄土地诗派"等,那种基于二元对立思维模式的"回望",而是中和"古往今来",化入"恍兮惚兮",无确切时代背景和意识形态所指,只在"与尔同销万古愁"的"回望"。

读《屋宇》,有农事,有乡情,有野风,有古歌,也有现代物事,当下景致,还有"博尔赫斯"、"茨维塔耶娃"……混搭的语境中,寻寻觅觅之切切诗心,皆苦心孤诣于对古往今来变中不变,而维系我们生命、生存与生活最本质的那些情景、情怀、情韵的追怀,复化为不失现代意识观照的如歌之野风、如梦之古歌,居云抱石,换一种呼吸,达至真正物我合一、古今汇通的境界,并重新学会敬畏——敬畏自然,敬畏生命,敬畏一切卑微而单纯的事物,以及"天地有大美而不言"。

或许,对于已然在"后现代"语境前徘徊的当代中国诗歌,这样的"回望",可能已是汉语"天人合一"之诗性生命意识之最后的余绪,却也是最可挽留与珍视的余绪。这样的"余绪",既不提交他去的路径,也不提交复生的可能,只是在物我的"空白"与时光的"断裂"之间,略略有助于我们"抵抗"灵魂的衰老与精神的郁闷——而这,对于深陷物质主义与消费主义的当下时代,虽不免高蹈与奢侈,却也不失"曲意洗心"的潜在意义。

再读《屋宇》的"诗体"之美。

作为1960年代出生的现代诗人,在《屋宇》之前,李森大体是随着现代汉诗的主流方向,铺展开他的创作理路的:静观的,及物的,口语的,叙事的,知性的,形而上与形而下之"中和"的,并以幽微之视角和朗逸之语感,取得了一定的风格特征。

但与此同时,另一个李森,作为精神上的"高原之子"和气质上的"传统文人"款曲暗通的李森,其实一直隐隐约约且跃跃欲试于他的"主流面目"之后,加之其才情的绰绰有余而别具,终于在《屋宇》写作的另辟蹊径中,痛快淋漓地"挥霍"(李亚伟语)了一把。

由静而动,由玄言而歌咏,由知性之幽思而感兴之勃发……道成肉身,体随心用,"逆水而上"的诗人,这次干脆一直上溯到诗经的语感与体式之源头,再"中和"游刃有余的现代诗感,发挥得潇洒自如,不能自已。

试读这样的"现代诗经"——

> 鸡鸣呜呜,饮尽残阳。鸡鸣咕咕,饮尽韶光
> 鸡鸣连着鸡鸣,山峰连着山峰,云雨的千万褯褓挂在空天
> 石头靠着石头,树摩擦着树,山路如绸在风中起伏
> 鸡鸣空空,叫万物做成春色。鸡鸣慌慌,叫人养成心灵

> 鸡鸣崔崔，画着水墨长空。鸡鸣遥遥，与闲愁相约红透
> ——《春光篇·鸡鸣》

久违了的诗性汉语和汉语诗性——人世的风景与自然的风景中和为一，古典的感兴与现代的象征中和为一。一句"山路如绸在风中起伏"，尽得现代诗语之风采；一句"与闲愁相约红透"，又尽显古典诗语之韵致。若再吟之诵之，复不知何为古典何为现代，只一脉野风如歌、古歌如梦的情韵情致不绝如缕，似真似幻，令人每每感念不已。

与此相应的，更有完全"诗经"化了的《雷开门》《桃可知》《橘在野》等"戏仿"之作，读来莞尔会意。同时，也有《马蹄铁》《狼群》《白昼》等偏重现代诗感的佳作，及"群峰有雪，天下有棉"（《春水篇·银鼠》）、"云层锃亮的号角，盛满了酒浆"（《春荒篇·播种于山》）等亦古亦今的绝句令人叹赏！

诗是语言的艺术。诗之艺术的要旨不在于说了些什么，而在于其不同于其他艺术的说法。李森挥洒于《屋宇》写作中的"说法"，是诗的，更是汉语诗性的。在《屋宇》中，诗人将其"形而中"的诗学理念做了另一种发挥：以"古风"与"当代性"之"异质混成"的方式，探寻现代汉诗与古典汉诗之"同源基因"的所在，杂糅并举，兼得其美，形成独属于《屋宇》的话语场。

在这个场域里，汉语诗性的精魂被悄然激活，同时也激活了其多姿多彩的肉身——春日的肉身，"缪斯妹妹"的肉身，性感而清纯，以至"空气中充满了生长的音响"。[①]

[①] 龙晓滢：《一部作品是一部法则——说李森组诗〈屋宇〉》，转引自李森诗集《屋宇》，新星出版社2012年版，第258页。

四

深入细读《屋宇》，仅就个人诗学立场而言，感觉还是有些小小的遗憾——横溢漫流的"春水"，似乎难以避免亦清亦浊的流程，诗人在不期而遇的新鲜语感之裹挟中，或缺乏控制，或用力过度，以及对音韵等形式感的刻意经营等，造成部分诗作有意象稠密、张力互消之嫌。同时，作为一部意欲风格化别致的"专著"式诗集，其中一些作品的语感和调式，与整体取向也不尽统一，都有待在新的修订与新的创作中作以调整。

不过，在这点小小的遗憾之外，笔者还是十分看重《屋宇》的"诗心"所在和"诗体"取向。

这是一次不无怀旧与对话意味的"回家"，更是一次沟通现实与记忆的"逆水而上"；我是说古往今来，与我们血脉和基因有关的"文化记忆"——没有"遗产"的人只能"在路上"，而我们已经漂泊太久。走进李森《屋宇》之"诗意的栖居"，少了些现代"租屋"的纠结与浮荡，多了些传统"祖屋"的安适与眷顾。这样的"栖居"，或许难以抵挡现实的风雨，却总是能多少减少一点"疲于奔命"的"未老先衰"。

内化现代，外师古典，通合中西，重构传统。——这是笔者近年"布道"般反复强调的一个诗学理念，在李森的《屋宇》中，我欣然于这理念有了一个知己的"个案"。

由此，我特别认同青年学者王新所指认的："李森在当代诗坛确实形成了李森式的诗艺与诗境。"①

犹记20世纪80年代中期，笔者初涉新诗理论与批评，很快发现，由于中国特色的诗歌史及文学史的存在，许多重要的诗人并

---

① 王新：《背负苍茫歌未央——评李森的诗》，转引自李森诗集《屋宇》，新星出版社2012年版，第249页。

不怎么优秀，而许多优秀的诗人又常常难以"重要"（"史"的重要）。由此我一开始便重新构建了我自己的"价值坐标"，将其重新梳理为重要的诗人、优秀的诗人、重要而不优秀的诗人、优秀而不重要的诗人、既重要又优秀的诗人。现在看来，连这样的划分也过于功利，依然跳脱不了时代语境的局限。尤其对于像李森这样以艺术为生活方式、以诗歌为生命礼遇的诗人而言，重要不重要乃至优秀不优秀，怎样认定都未免隔靴挠痒而浅近不及。

是的，只要有足够的才情可以"挥霍"，只要季节的号角里，总是"盛满了酒浆"，且与闲愁"相约红透"，则"天下谁人不识君"？

> 云雨旧，心已酸，松已老。我在远山之间安慰雷霆
> ——《春光篇·松树》

只是，若能在"秋云"与"春水"之间，再有一道夺目的闪电照耀夏夜，让冬的回忆越发丰厚，李森和他的"缪斯妹妹"或可更感欣慰？

2013·冬

异质与本真
——李笠诗歌艺术简论

从北欧起雾的眼神,到故国发烫的呼吸,客态双栖,互证互济——跨越20世纪80年代、90年代及进入21世纪三个时代的诗人李笠,以其特殊的、东西方穿透性的生存体验、语言体验和时空体验,为现代汉语诗歌的现代性进程,提供了一份具有特别价值的诗歌履历。

身居欧洲、中国进而东西穿行等多元文化语境,行走汉语、英语、瑞典语等多种文化场域,"漂泊者诗人"李笠,以开放的心态和本质的行走,在华丽的物质世界之外,在溃疡的意识形态之外,在生硬的水泥世界之外,在空心喧哗的公共话语之外,兀自特立独行,以其沉郁的诗思和奇崛的意象,深入文化血缘与文化地缘之纠扭、冲突、盘诘与印证的多向度复杂体验中,敏感而富有张力地表现出一个国际性的"边缘人"和"漂泊者",对现代社会、现代文明及现代人性中，那最深刻、最细密处的忧伤、忏悔与悲悯，从而建构为一个极具代表性的诗性经验世界。

这个经验世界再次向我们表明：现代诗的自由，不仅是解放了的语言形态的自由，更是解放了的人的精神形态的自由。

母语与非母语；地缘与非地缘；"在家"与"在路上"；"异乡人""狂舞的孤影"，追梦人迷失的记忆；"度己"与"度世"；以及生命的真实与言说的真实……

——作为文本化的李笠式诗歌写作，一手伸向存在，一手伸向语言，听由"漂泊者"个在的生命波动与生存困惑之本源性驱动，以错位的语感折射文化的错位感，以复杂的语言形式打造复杂意绪的合理容器，以风的自由和铁的明锐，解析灵魂，拷问存在，为越来越平面化的当代中国汉语诗歌，重新找回尖锐而突兀的先锋品质。

这是另一种意义上的"先锋"：不是为了打捞虚构的荣誉，而是为了抵达生命的真义而安妥一颗漂泊的灵魂，并由此获得真正可称之为跨越性的、具有国际视野和人类意识的诗歌品质。

也许，我们从他的文本中，至今依然不难发现，因意象的迷离和观念的驳杂而导致风格的游离不定，但这都不足以影响到我们对他的作品中，那远离体制和时尚的驯化，出自原生性的发声方式和异质性的精神力量，而裸呈的心音心色之欣赏与感佩。

且，由衷地慨叹：在诗以及所有艺术性创造活动中，内心的真实与自由，确实比什么都重要。

脉行肉里，行寄影中；

别开一界，卓然高致！

——"它如此真切细微地属于一个人，又如此博大宽厚地属于每一个人"。（扬之水：《诗经别裁》语）

在现代汉诗的谱系坐标中，李笠的存在，无疑是一个不可忽略的亮点，而成为这个时代与未来历史之浓烈的记忆。

2008 年 5 月

【辑三】

雪线上的风景
——诗人沙陵散论

一

1940年代即投身现代诗运的诗人沙陵,迄今已持续走过半个世纪的创作历程。

我们知道,在这个艰难的半个多世纪里,作为渴求真实与自由的诗性生命之旅,是何等不易。许多人倒在这条路上,或者弃步退出。偶尔的收获,只似雪间春草,难得有丰盈的欢欣——对于沙陵这一代中国诗人来说,能坚持跋涉到世纪交替的广原,已是一部史诗的完成,而无愧于生命初期那绚烂的许诺了。

半个多世纪,沙陵始终以诗的情怀,守望在他所生活、工作的西北内陆,在这片远比其他诗歌板块更为板结与苦涩的区域里,扮演着探索者、实验者和提问者的中心角色之一,如苦行僧一般,义无反顾地一路泼洒着他的虔敬与爱心——走过"十七年",走过"文化大革命",走进风云际会的 80 年代现代汉诗大潮……最终,无论是作为诗人的存在还是诗歌艺术的存在,至少在西北这块诗歌版图上,沙陵的诗路历程,已成为一种精神的感召——当更多、更年轻的诗人、诗爱者走近他,走进诗人那个除了一尊儿子为他所塑的铜像,和一沓沓诗稿一堆堆书之外,几乎清贫到一无所有的蜗居时,没有不肃然起敬的!

以诗为生命的唯一呼吸,此外再无别的眷顾,如此的真诚、执着、纯粹,使所有认识沙陵的人,重新理解到何谓真正意义上的"生命写作"。

> 荒原上
> 羌笛七窍
> 通向生命希冀和苦涩的
> 吐纳,流韵为蹊
> 袅袅越过瀚海丛芜,漫过天际
> 一条路
> 一如溶冰为溪为瀑向着遥远

溶冰的过程,化苦难为歌吟的过程,一生在路上,化一肩风雨为卓越的诗情——长诗《远行者足迹》,正可视为诗人诗性生命之旅的自我写照。

二

由于特殊的历史境遇,岁月将沙陵分解为两种诗性角色:作为职业依附的诗歌工作者和作为生命归所的诗歌创作者。前者,真诚到永远;后者,探索到白头。二者合一,造就了一位对当代中国诗歌有着双重贡献的诗歌老人。

如果说作为诗歌创作者的沙陵，尚有着化蛹为蝶的嬗变过程，作为诗歌工作者或诗歌活动家的沙陵，则呈现为始终如一的热忱与敬业，以艺术的良心和永不设防的童心，恪尽诗歌园丁的职守。

五六十年代，作为西安《工人文艺》的编辑，沙陵便在十分板结的土地上，播撒过为当时的"耕作方式"所难以接受的思想种子，影响波及西北数省。而真正进入有胆有识有创造性的"园丁角色"，是在以"解冻的脚步""迎迓久违的春天"（《树的故事》）之80年代，复出于诗坛的沙陵，在步入午后斜阳之旅的征程上，一边敞开"归鸟"的歌喉，展示新的艺术生命，一边以资深诗歌编辑的心胸，为同行者和后来者，拓殖一片可信赖的园地。由他所主持的原《长安》文学月刊的诗歌栏目，一度曾成为新锐诗歌的重镇，影响之大，在80年代前期的同类文学期刊中，可以说无出其右者。经沙陵亲手编发的作品中，不仅有牛汉、绿原、曾卓、王尔碑、孔孚、孙静轩等老诗人的代表诗作，如《悼念一棵枫树》《一个幽灵在中国大地游荡》等，更有顾城、北岛、杨炼、舒婷等朦胧诗代表人物，在此频频亮相，聚合为新诗潮的浓重投影，为历史所铭记。

作为一位诗人编辑家，沙陵不但为新诗潮的发展竭尽鼓促之力，更将这一份源自主体人格的诗意情怀，化入日常生活之中。可以说，离开诗的创作，诗的交流，为诗而活着的沙陵便不知该如何"打发日子"。从80年代到90年代，从50初度到70高龄，朦胧诗人、第三代诗人，西北的、外地的，得到沙陵启蒙、影响、理解以及激励的中青年诗人，可以开列出一个长长的名单：早期的顾城、胡宽、沈奇、刁永泉、商子秦、渭水、杜爱民，后来的秦巴子、刘亚丽、伊沙等，至少就陕西青年诗坛而言，几乎无一没有登门拜访过这位永远乐于与先锋诗歌为伍的老诗人，在他那民间诗歌教堂般的蜗居里，或取得艺术的启悟，或感受精神的支撑。——可以想见，若能将绵延近20年中，交流于诗人沙陵案头房间所有关于诗的谈论记录下来，将会是怎样鲜活、真实而弥足珍贵的一部当代陕西诗歌发展史。

尤其应该指出的是，作为沙陵这一代诗人，几经历史风云的淘洗和主流意识形态的改造，以及生存的困扰与挤压，仍能矢志不改，恪守艺术的良知，在对真理的叩寻和对谬误的自省中，热忱拥抱并求证于新诗潮，实在极为难得！这不仅有对外在压力的承受，更有对来自自身裂变痛楚的化解。我们无从知道，诗人为此付出了怎样的代价，而只能欣慰地看到：正是这与生俱来的真诚与虔敬，造就了晚年沙陵那一份职业诗歌活动家的声誉，也同时成就了作为诗人的沙陵，在并非天才式的艺术创作道路上，那一份晚来的成熟与丰盈。

三

编诗，写诗，与诗一起经历并见证半个多世纪的历史沧桑，最终在对历史的揭示中，寻找并复归真实的诗性自我，以纯正的写作来校正多半生的寻寻觅觅——这是沙陵式的诗路历程，也是一代诗人的宿命。

由此，纵观沙陵的诗歌创作，可以说，是一个漫长的，不断破壳再生、除旧布新、排杂提纯的过程。完全由新诗潮潮头出发的年轻诗人们，恐怕很难全部理解这一代诗人的艺术成长史；包括这一代诗人中的大部分，也多已在经年日久的"驯化"中，成为异常岁月的遗民，再也难以成为纯正诗歌的发言人——历史曾经将他们逼至寸草不生的雪线，只有极少数"基因纯正"的诗人，没有沦为匍匐的苔藓，依然以可能不尽挺拔但却不失大树风姿的身影，投射一抹"雪线上的风景"（《抒怀》）。

考察这一"阵营"的分化是颇有意味的，它触及有关诗人精神质地的命题。

将写作视为一种对良知、爱心、理想亦即整个精神生命的拯救，还是视为因社会需求（订货）而又由此获取现实功利以改变人生际遇的工作（生产）方式，是区分真诗人与伪诗人、一时诗人与一世诗人的根本所在。

当历史解冻，新诗潮如春水漫过板结的大地时，多少以"过来人"自居的老诗人，站在已成定式的旧有立场上，对新生的力量横加阻遏，乃至至今还在那里做着社会学层面的卫道之事。实则作为诗人，他们从未能跨越社会人的局限，进入过审美人的范畴，作为诗的艺术创造，更从未能抵达专业写作的范畴。显然，精神质地的杂芜决定了其艺术质地的贫乏，最终只能作为旧时代的胎记，留在旧时代的阴影里。

沙陵，则无疑是这一"阵营"中的"异数"。

在非诗的岁月里，沙陵也经历了漫长的苦闷、彷徨和失落，乃至为了不致使为诗而存在的那支笔过于锈死，也做过一些附会性的写作。然而在精神的深处，他始终未曾改变出发时那份艺术的真诚与信念。我是说，沙陵是那种有艺术良知作最后支撑，而不失其纯正的诗人。由此我们方可深入理解到，他何以能在解冻的初期，便能毫无犹豫地投入最初的潮头，甘冒风险地为之鼓与呼。也正是这纯正的诗歌精神，保证了诗人在经由漫长的封闭和曲折的探求之后，一朝得以自由而真实的歌唱，便能很快回归艺术的本位，在自觉的反省和不断的提纯中，焕发崭新的艺术生命。

身老旧岸，心逐新潮。——这种"逐"，在沙陵绝非赶潮趋流，而是源自诗人与生俱来、从未泯灭的对真善美的信从：

> 世界呵，无情地丢弃我们
> 它带我们走得很远很远
> 又把我们毁于一旦
> 但是，我们仍然是在
> 敲打着那门窗
> 希冀得到世界的真实……
>
> ——《无标题的断思》

艺术的新生来自生命体验的新生，诗艺的提纯来自诗歌精神的提纯。自80年代以来，凡是走近沙陵、与之交流过的青年诗人，无不向我们证实：他们面对的是一位和他们一样年轻而富有探索精神的诗人——他不仅理解新一代的艺术追求，更时时诚恳地以他们为师为友，汲取新的营养，拓殖新的路向——"天老，路远/熄灭不了的/心上火，不倦的眼"（《题画》）。万里诗途归来，瘦骨雄心，厚蓄勃发：一部《归鸟集》，又一部《非非集》，以其浓郁的思辨色彩和纯净的抒情风格，最终确立了沙陵应有的诗歌地位。

四

所谓成熟诗人的成熟作品，或者说，所谓具有专业风度的诗歌写作，其基本标准无非两点：其一，经由诗人的言说，说出了一些为我们日常体验所忽略了的存在，以及其隐匿的秘密；其二，这种诗的言说，为诗歌艺术的发展，或多或少地有新的开启或补充。也就是说，为诗的言说方式，提供了一点或更多些不同的新的说法。

这样一种认知，对于在新诗潮中自由生长起来的诗人，似乎已成为一种常识；当然，对那些非专业写作者而言，依然总是一种"秘密"。但，对于沙陵这一代诗人们而言，却有一个破壳再生以重新获得这种认知的艰难过程。也正是这一过程，无情地淘汰了这代诗人中的大多数，同时再造了他们中的真正优秀者。

正是从这一角度，我们发现沙陵诗歌的特殊价值，及其诗歌艺术的特征所在。

细读诗人的两部代表诗集《归鸟集》与《非非集》，无论是长诗还是短诗，是咏物，还是抒怀，都始终贯穿着一种对生活与艺术的思考与理解的传达，使诗行中充满了特有的沧桑感和思辨色彩。是"传达"而非"传教"，这是沙陵有别于传统思辨性诗人的一大飞跃。我是说，在沙陵式的诗性思考与理解中，总是以一种叩寻的方式，一种作为悬疑未定的"过程"来提出，而非指向一个具有确定意义的论断，这无疑是一个质的跨越。

诗与哲学结缘已久，但凡真正深刻的诗作，无不包含着一些哲学性的关切眼光。然而对诗的哲学性之理解，在许多诗人那里，都将"关切"误读为"关联"，将"眼光"置换为"眼镜"，许多所谓"哲理诗"，只不过是对人们已知的世俗道理、社会观念及意识形态话语的一种诗型诠释，或叫作分行说教。强烈的历史感使沙陵这一代诗人们，有意无意间将诗的思考引向一个意识形态化的所指，从而减弱了诗的美学效应。

而沙陵，则最终走出了这种困扰，成为自己灵魂的真实发言人，并将这种"走出"亦即其转化的过程，也有机地融入了新的思考中。越接近晚近的作品，诗人对"硬性思考"的化解越趋近自然，越具有现代意味，着意于情怀与目光，而非观念："寻找风的来临/重新认识自己"（《生之形态》）。

同时我们也注意到了强于思辨的负面作用。跨越不等于完全抵达，乐于在事物中寻求因果关系的思维习惯，以及不断追随时代精神的激情，限制了诗人沙陵作更深广层面的拓殖。在不少作品中，思考依然只作为明确的动机而硬性存在，未能更有机融入现代审美情趣中，不免时有夹生之憾。

这使得人们更加喜欢诗人那些不太刻意思考的作品，那些"流水载着落花——/一队飞去的蝴蝶"（《意念》）般的精美短诗，如《失落》《山雨》《山野》《山中》《渴望》《山中古刹》《小城》等。"如果真有南天行云一朵/湿于明眸之睫/即使一句轻轻的耳语/也会绿透干涸的沙原"——在这样的诗句中，我们似乎更能触摸到诗人的本色，理解到那份独在的心魂。

五

其实就诗而言，尤其是，就完全以一个新的、发展中的语言系统来言说的现代汉诗而言，说什么尚是次要，怎样在说着，才是首要的问题。在这一点上，诗人沙陵倒真是倾尽了一生的心血。

作为沙陵的弟子，早在70年代初期接触中，我便知道，先生一直在苦心琢磨着，如何在现代汉语的诗性言说中，有机地嫁接古典诗质的语言功能（在那个年代，这无异于在雪线上做着绿化梦）。这一要害问题，在新诗潮的奔涌中，一再被悬置，仅只在部分所谓"新古典"诗人那里，被偶尔触及。直到90年代，方经由九叶集代表诗人、诗学家郑敏先生郑重提出，引起诗界重视。沙陵则一直默默地在自己的创作实践中，做着卓有成效的实验，并初步确立了他自己的语言风格。

当然，这同样是一个艰难而漫长的过程，靠的是坚定的信念和良好的修养。

现代汉语之新诗的先天性弊端，是翻译语感的侵扰，尤其是在缺乏起码的古典诗质认识的许多青年诗人那里,已完全成了对翻译诗歌的本土仿写,汉语诗质的审美特性几已荡然无存。沙陵经由他持之一生的探求,对此做出了有效的拓殖——如果"不可翻译性"可作为诗歌艺术的一个基本本质属性的话,沙陵的诗歌语言是具有这一品性的——它是现代的,又是中国的,融古典汉诗诗质于现代汉诗肌体,从而更真切地传达了现代中国人之现代意识与现代审美情趣。无疑,这一品性,无论在老一辈诗人中还是在年轻一代诗人中,都属稀有而需要发扬光大。

具体到文本。沙陵的诗,大都以精练的实词和短语为载体,语词简练,语序跨跳大,节奏感强烈,留下更多的想象空间与互动余地给读者。在意象的营造上,沙陵则很少避生就熟,重复他人或重复自己,如古往之苦吟诗人,辟幽径于独思,求奇崛于原创。

试读《舞风——看黑人健美舞的演出》一诗中的诗句:

> 白昼的一端
> 夜的边缘
> 阵阵奔突的漩涡诡谲莫辨
>
> 腾空而起的黑色风暴
> 占领了心灵的空间
> 动,动是梦幻的绚丽
> 静,静是大理石的成熟
>
> 快乐的笑,一出唇
> 绿了森林的季风

可以品出，这样的语感，有一种运动着的雕刻般的韵致，生辣硬朗，如风似电，有很强的张力感。再如《纤夫》中的佳句：

几度涨潮
几度春秋
只一群水花
湿了家乡荒芜的云

落潮的汐音，在
青山外，黄昏里
时逢三月怯寒
风怯怯，雨怯怯
挽住纤夫留纤声

这是典型的沙陵式语境：化古通今，典雅纯净，一步三折的顿挫中，确然更契合饱含沧桑感的底蕴。

这种语感经沙陵半生研磨，可以说已运用自如，独有风致：于短诗，能取微用宏；于长构，能知密守疏。即或因诗人一直未能完全摆脱二元对立及线性思维惯性的困扰，致使一些作品有架构单调之嫌，却也因了这份语感的别致，得以不少美感上的补充。

而最终，我们更感佩至深地看到：已逾70高龄的诗人沙陵，依然满怀不熄的热情，在临近生命雪线的边界上，铺展他新的风景线。——无须预测这片新的风景的价值，它存在着，并以如此持久而热烈的姿态延伸着，就已经是一种难能可贵的价值。

在结束这篇散论时，我的思考再次回到出发的地方，重复这样的论断：是的，对诗人沙陵来说，在经历了半个多世纪的风风雨雨之后，能坚持跋涉到世纪交替的广原，留下这片雪线上的诗之风景，已然是一部史诗的完成，而无愧于生命初期那绚烂的许诺——

  从静中走来的是
  林中……断断续续的回声
  这准是
  秋的迟到的通报

  我推开黄昏
  风寒，已把青枫点燃……

——《秋声赋》

1997 年 11 月

倾听：断裂与动荡
——阎月君论

以《月的中国》一诗成名的阎月君，多年来，一直为这片定位性的"月色"所遮蔽，使人们渐次疏忘了对这位女诗人更深层面的把握，包括其心路历程与诗路历程的全面而清晰的把握。即或在90年代里逐渐热起来的女性诗歌研究中，我们也很少见到对阎月君的重新审视，似乎已是一个远逝的星座，不再辉耀于当下的诗坛。

这显然是一个严重的缺失，尽管这种缺失在当代诗歌理论与批评中，已是屡见不鲜的现象：陷于运动情结，缺乏科学态度，使我们在匆忙的赶路中，留下了多少不足和遗憾——总是注目于新的、更新的，而疏于对"运动"的清理和对成就的收摄。世纪黄昏，当我们终于疲于赶路，可以冷静地坐下来，对所来之路进行一番整合性的回视与梳理时，我们方才发现，那些为我们疏远了的星座，其实依然闪亮如初，且放射着新的光彩。

由此，重涉阎月君的诗歌世界，我惊异地看到，她有着毫不逊色于任何耀眼星座的独在的光芒。批评界对她的疏淡，其一源自进入 90 年代后，诗人在做创作调整中很少发表作品而不再活跃；其二是对其成名作《月的中国》之后的作品，缺乏足够的研究和到位的认知，粗率而人云亦云地，将其归于所谓"比较传统"、不够新潮和缺乏先锋性的一路。

这里暂不论我们常拿来作价值判断的"传统"一说有多么含糊和混乱，仅就阎月君总体创作理路而言，也绝非一词"传统"所能定论。她以现代意识为底背，杂糅东西方诗质，且经由实验而整合传统与现代的精神立场和艺术风格，都是所谓的"传统诗人"所无法企及的。——世纪之交，尘埃落定，是否有整合意识，已成为判定一位优秀诗人的根本所在。今天，当我们看多了那些从"流"中取一瓢，随意"勾兑"出各种所谓"新潮"与"先锋"的芜杂之作后，再重新审视阎月君的存在，自会发现这是一位从"源头"出发、扎根甚深且不乏探索精神的诗人。尤其是她那种将个人与时代、女性与男性融合为一的宽阔视阈和超越性气质，更是当代女性诗歌中颇为难得的优秀品质，由此成就的作品，方经得起时空的磨洗和历史的汰选。

让我们重新认识这片迷离的"月色"。

一、走进月色

"寻找一只溺水的月亮"和"原始的飞翔之姿"

阎月君的诗歌创作，主要集中于 1984 年到 1988 年五年间，呈现出厚积薄发的高峰状态。这其中，以《月的中国》《山的随想》《春日的午后》等作品为代表，形成前期阶段，其诗歌视点主要是投向外部世界的,承接朦胧诗的余绪而着力于对传统的再造。随后两年,1987年到1988年间,其视点重心则转向内宇宙,以超现实主义的风格,把对时代的某种精神现象和思考融化到个在的生命体验中去,拓殖出新的精神和艺术空间,形成后期阶段。

对于《月的中国》等一批前期代表作,谢冕先生曾给予很高的评价,指出:"她以微带苦涩的清丽和不乏传统风情的现代意识造成了深邃的诗情。她在诗中糅进了复杂意绪的现实思考,但又与悠远的历史相交融。"并认为阎月君的这些作品"成功地写出了中国特有的充满忧患的传统心态";"拓展了新诗潮的审美空间。对于抒情式史诗那一路诗风,作了另一走向的补充"。①

可以看出,作为新诗潮的权威发言人,谢冕对阎月君的这一批诗作是极为推崇的,由此奠定了她在八十年代的诗人地位。此时的阎月君,我称之为"蓝色月光"时期:现代意识的底背,现实主义的诗思,新古典的韵致,诗风清丽而高远,有含蕴很深的流畅线条和韵律。其代表作《月的中国》,更是一首具有经典意味的抒情长诗。

一般而言,女性为诗,多从个人情感和私人生活场景出发,即或有外视的目光,也是以小我的视角去扫描,时间长了,沉溺其中,便很难拓展开更阔大的精神堂庑。阎月君的出发,则落实于脚下的这块土地和背负的那段历史,先看清了外在的世界,再回视内在的自我,其精神堂庑的深沉郁勃,在当代女性诗人群落中,是屈指可数而难能可贵的。

不同的出发导引不同的建构,无论是对历史与现实的言说还

---

① 谢冕:《新诗潮的另一种景观——序阎月君的诗集〈月的中国〉》,《月的中国》,春风文艺出版社1989年版,序文第2—5页。

是对族类与个我的拷问，月君都是站在超越性的立场上，去审视存在的荒谬、历史的泥泞和时代的困惑，去倾听断裂与破碎的生命波动，而从没有自怨自艾、自我抚摸的女性化演出。正是这种对包括女性意识在内的角色意识的自觉清除，方保证了阎月君较一般女性诗人更为纯正坚实的诗歌品质。这不仅表现在她比其他女诗人的创作，视野更为舒放扩展，即或在后期一些深潜于个我生命体验的诗作中，也总能触摸到一种精神的力度。

应该指出，阎月君在其前期创作中，对历史与现实的切入，绝非简单的"寻根"或"挽歌"之作，她带给我们的，是更深入的思考和更孤绝的情怀。

那是以"心上的秋"，去写"月的中国"、写"圆明园"、写"昭君出塞"、写"你已非你"的时代之"春日的午后"……在这里，"月"的意象别有深意：她既是传统的"月"，与渴望、期待、追思、怀恋以及理想的守望同构；又是现代的"月"，与失落、迷惘、孤寂、忧郁以及幻灭的伤痛同构。在这片诗的蓝色月光里，不乏对古典辉煌的追恋，"寻找一只溺水的月亮"，希求重新索回那"原始的飞翔之姿"（《老城》），但更多的是对五千年文化遗传的深刻质疑与拷问，以"拒绝你亘古的野心从内部侵占我"（《爱仇》）。历史的梦想与历史的异化和现代人的觉醒，交织为这片月光的基本题旨，而对伤痛的言说则成为撼动人心的诗句：

> 囚过千年无论如何不囚亦满是血迹斑斑
> 每见蓝天翅膀战栗　一阵破碎的呼喊
> 一种风湿就在体内就在血流之间
> 怕见雨天怕见阴天最怕说从前
>
> ——《春日的午后》

应该说，直到世纪之交的今天，尤其是在历史情怀和现实关切被过分消解之后，重读这样的诗句，越发感到一种深入骨髓的震撼力，为其当年所抵达的深度而叹服。作为在朦胧诗处于巅峰时期步入诗坛的阎月君，无疑受到这派诗风的影响（我们知道，她是那部最早结集且影响也最大的《朦胧诗选》的编选者之一），但月君在此主要承传了朦胧诗的精神立场，转而以自己的语言质素和审美感觉，"作了另一走向的补充"。

对于朦胧诗的精神立场，我一直认为，它是新诗潮以来，最为重要的一脉传统，新的传统。遗憾的是，第三代后的大多数诗人皆远离此道，或沉溺于个人私语，或陶醉于空心喧哗，似乎历史的断裂与生存的危机已不复存在。其实，无论是现代还是后现代，作为当代诗歌的精神底背，像朦胧诗这样新的精神元素与精神传统，都是不能缺失且需发扬光大的。

不可否认，在阎月君的前期作品中，还残留一些外在于诗人本真生命体验的成分，比如预设的主题、类型性的言说等。但一方面，诗人在此并未失去个在的风格，且写出了一批有分量的作品；另一方面，诗人也逐渐找到了自身的精神底背，并成为此后创作中坚实的支撑。我们进一步会看到，即使当诗人从外视转为内视，进入纯精神状态的言说中，那份批判的立场和质疑的目光也从未游移过。而这，正是保证一位诗人的创作，有方向感、有精神底蕴的根本所在。

同时还应该看到，处于这一时期的诗人阎月君，毕竟还有青春的激流提供富氧的诗情和宽展的视野，在幻灭与忧伤的"月色"里，去探求意义的旨归。此时的诗风，多游走于传统与现代、大我与小我之间，既有现代的锋芒，也有古歌的韵味。诗人还善于将心境化为风景，在所有的景物中闪亮着心的吟诵，在心的吟诵中展开自然的画卷，写来明美亮丽而又不乏深沉。加之意象语与口语的杂糅，素直与妍婉的有机切换，使之成为现实与梦想的凄美怆词，充满张弛有度的美感。

显然，这是一片渴望飞翔的"月色"，从历史的纵深和现实的根部出发，在诗之思中承载诗人的痛苦："在现实的帷幕和超现实之间/用龙卷风卷来铺天盖地整整五千年的中国问题"，然后"像风中的旗帜/因找不到方向而疯狂地将自己摇晃"——抬头看月，"月亮是故乡的月亮/是照了唐照了宋照了你莫名的根系/使你的皮肤/不由分说地成了黄色的月亮"，且"使你透过落日嗅出了血缘的腥味"（《忧伤季节》）——这是颇为现代性的历史指认，也只有"打捞"过那"溺水的月亮"的人，才能经由传统而更深地抵达现代，使其"全部的飞翔的努力/都与陨落有着千丝万缕的联系"（《看夕阳的感觉》），于是诗人沉下头来，收回幽怨绵长的目光，返回自身，探寻个在生命之内心，这片更为深沉繁复的海域：

> 仅仅用一个年代的苦闷
> 作为海水的背景
> 我在船只下沉的时候　注视你们
>
> ——《海水背景》

二、走出月色
"看我涉水而来谛听　蚕在茧里边血迹斑斑"

早在创作《月的中国》的同时，阎月君便已在对历史的回声和岁月的断裂之倾听中，开始注意由个在生命的体验，实现对外部世界之历史/社会/族类的审视："我们顽强坚守的记忆之门/如何经得起岁月的点射/更何况此生已倦/我纤弱的足载不动许多东西"（《你已非你》）；找不到开启未来的门，更失落了开门的钥匙，而"世界善于隐藏/世界不愿被发现"，诗人便"在一种离心的销蚀里"、"在上帝的废品堆里"（《背走灰烬》），燃起一片自焚式的大火——至1987年、1988年两年中，诗人则完全为这片大火所燃烧，进入创作的巅峰状态，写出了一批个性鲜明而颇有分量的作品。应该说，这些作品更能代表诗人的本源质素，真正独属于阎月君的诗歌世界——我将之命名为"红色月光"时期。

首先要提及的，是那首写于1985年的《战争的声音》。在对岁月的倾听中，诗人随意的惊鸿一瞥，便发现内在之"陷落的渊源"更是"不可言传"（《真实的布景》），"我永远有和自己格格不入的东西/有对我自身的恐惧"。而"你张开的怀抱救不了我/救不了这纯粹的动荡来自岩石的深处/我永不安宁的目光"，诗人进而惊悸地发现："在我里面永远有不可收拾的东西"！

在这里，"纯粹的动荡"这一意象之喻示十分重要：它是女性的，也是男性的，是一个人自我的争战，是人生如影随形的灵魂的纠缠，一切清醒地活着的人的不可回避也无法解构的灵与肉、梦与真、岩石与海浪、现实与幻想的冲突与矛盾，是"永不熄灭的战火"——即使是爱情以及家园，"你张开的怀抱"也"救不了我"！而所谓现代诗人的使命，不正在于成为这种"战争"的体验者和指认者，让人类在这样的倾听中，认清其真实的存在？

阎月君的这次"陷落"是超前的，直到十年之后，我们才在小说家林白的长篇《一个人的战争》中，得以另一种文本的复述，这也再次成为中国当代诗歌之前倾态势和先锋意识的一个典型例证。

那轮出发时期的、蓝调的圆月，在这样的"陷落"中，碎裂为一堆无序而尖锐的、燃烧的瓷片，一堆使灵魂发热又使躯体发冷的物事，有如冰原上的荒火，使我们为之战栗而死、而重新复活——"写作，便是以某种方式打碎世界和重组世界"（罗兰·巴特语）。

诗人由此开始执着于在一瞬间去"点燃"些什么，而不再有目的地去"生成"什么，只是指认而不再确认。——就此，历史与现实由主题退化为背景，内外打开的世界里，突出的是物之下、欲望之中的人的灵魂之"动荡的血/忧伤的红"（《残局》），"诞生的血和自渎的血"（《杏花三月》）。诗人由此尖锐地指认："那有史以来曾经燃烧和炙烤过我们的天堂的圣火/如今是另外一种火/另有强迫在不经意的时候/将重重伤害我们"（《白色火焰》）——这样的提示可谓直抵现代性的根本：人是自身的伤害者，也是自身的异化者，人用自己的手，将世界推向深渊！

在这片燃烧的"月光"中，出现了一系列带血带痛的关键词：创伤、忧伤、恐怖、血迹、挣扎、呻吟、疼痛以及灰烬……此时的写作，正是"旋风般地跨越一切，短暂而热狂地在他、她和他们之间逗留"。而语言也"不是囊括，而是运载；不是克制，而是实现。当本我模棱两可地表露出来时，她并不保护自己抵御那些她惊奇地发现变成了自己的陌生女人。"① 诗人完全潜沉于自身，投入她个在的诗性记忆与诗性言说之中，成为一种语言与意绪不期而遇、轰然共鸣的产物，以突然降临且意想不到的深度，来展现情感经验的特殊性，抵达一种对真实存在的洞察和揭示。

由此生成的语境，也变得格外迷离和驳杂，充满空白、间隙和阴影，又充满突兀、弹性和光亮，时时在丰满的意象语之中，插入散文化、口语化、叙事性的段落，以此将现实与超现实、上

---

① ［法］埃莱娜·西苏：《美杜莎的笑声》，《当代女性主义文学批评》，北京大学出版社1992年版，第205页。

意识与下意识、灵视与物视以及事件与梦幻，收摄杂糅为一，给人一种诡异奇崛、悬疑迷幻的现代美感。

细读这样的诗句——

> 有时候你的缄默是泛着蓝光的苹果
> 需要一把锋利的刀子
> 需要在淋漓的血中和伤中　接近深处的谜
>
> 敕勒川　阴山下　风吹不吹的问题
> 青草满地　牛羊肯不肯吃的问题
> 一个上午钥匙在锁眼里转动
> 李清照的门帘会不会卷起的问题
>
> 问题的问题
> 埃及式的使你困惑的司芬克斯之谜
>
> 你无须躲避风暴　在你之外无风暴
> 风暴只能是你自己
> 五腑的山林和波浪　震中和震级
> 自己的石头和自己的脚的问题
>
> ——《我以我残存的水》

这里甚至出现了反讽的语境——这在整个新诗潮中，都是作为"稀有金属"而缺失的，而在《月的中国》中，作为意欲唤回的那些闪着历史光芒和神性的东西，在此成了被解构的对象，这样的诗思向度，在此一阶段的女性诗歌中，少有人如此深入。

也许，真正优秀的女性，天生就比其他人更能抵达幻灭与怀疑的深处，而且能坚持守望在那里，不愿在现实的进逼中，在老去的岁月里，从那里再撤退出来。她们总是同时用两双眼睛注视着这世界：现实中的、梦想中的；男性的、女性的——悬疑和悖谬就此如藤蔓一样，缠裹了她们的一生，也便使她们比一切人都更深刻地触摸到存在的本质。

在这种"用全部的生命作为人质/强盗般向自己勒索"（《残局》）的"纯粹的动荡"中，阎月君早期持有的那份历史情怀与现实关切，有如被吸收的钙质，融化在新的骨血中，使其审视的目光，更加明澈和深沉："而你将是世界之外睁开的眼/是永远的日和月/是锐利的眸子看穿这一切。"由此，诗人告诉人们："你们作为我的同类/将逃不出一种遗传从树林到流水/我使你们完整和破碎/使你们头发潮湿猛然感悟到/冰冷的星际的心事"——在这首题为《背走灰烬——纪念一位为艺术而死的女诗人》的长诗力作的结尾，诗人更这样写道："你们去生我去死/并在风中/我背走沉沉灰烬。"

显然，此时的诗人，对历史与现实的承载，已由《月的中国》时的正面承载，转而为负面承载，同时也不再背靠什么东西，而成为真正个在的深入绝境，在坍塌与破碎的异己之生存体验中，对遗传的毒素和生存现实后积的毒素，进行"清场"式的审视，以启明在沉沦中吟痛的心灵，进而叩问个体的有限生命如何寻得自身的价值和意义。

与这首长诗相并重的，是写于同期的组诗长卷《兰花四月》。

全诗以"城"（与"围困"、"迫抑"、"焦灼"、"梦魇"、"战地"、"败坏"等同构）为核心意象，以超现实的手法，对现代人的生存困境，进行散点式的扫描，在几近绝望的心灵视野里，燃爆苦涩的、怀疑的、充满智性又充满至深的悸动的诗之思："让思想看见回声，让生活中／无端的病兆看见这座城／让南风沿着四月的边缘走／看浪漫主义地壳起伏人生无家可归的梦"——由此触及一个世纪的命题：在一个一切都走向不归路的时代里，人何以找回"家"、找回浪漫主义的"梦"？即或有"道路在远方呼啸着"，而"何人不在／自我的泥泞之中"（《时与空的变奏》）？

  在这里，个人的真实性及其限度，世界的真实性及其无常，再次成为诗思的焦点。当"城"以及"茧"欲以它"类"的力量，将个在的生命化为它的平均数时，诗人对个人精神的独立与自由的追索，便越发尖锐了："笼子里攥紧双拳困守着／一种安全感／一种不用舒展不用生下根去的家畜的安全"（《老城》）。可以看出，在一种精神内质深度之光的探照下，诗人对存在的拷问，已上升为对现代人整体生存状态和集体深层心理的关注，诗行间充满着庄严、热烈的苦味，无论在精神的内涵和艺术的表现上，都达到了相当的深度。

  然而，当诗人真的将这一切都看透了时，她无疑正将自己逼临一个精神的悬崖——

    这份孤独　在夕阳中是悬崖上母猿的孤独
    妈妈　最深重的绝望莫过于此
    你要我以怎样的无奈坚持这种族？

  从这段写于1988年题为《爱仇》一诗的结尾句里，从那个凄绝的"？"中，我们似乎触摸到了那经由"自焚"式的燃烧而后"陷落"的月光背后，真正潜在的心声！

  其实一切的陷落都与重建有关，有如一切的恨都因爱而生；

没有大爱就没有大痛，没有大关切就没有大悲悯，没有大渴望也就没有大失望。就此而言，一切的诗人，在骨子里原本都是理想主义者；是光的存在、梦的存在，使他们洞见到黑暗之黑和现实之荒谬，只是在不同的诗人那里其承载的方式不同而已——正面承载者，是呼唤、是吁请、是祈愿而建构；负面承载者，是呕吐、是质疑、是批判而解构。一切历史（包括人生）进程，都包含正负价值的双重在性，诗人有责任将两面都予以诗性的思与言说。

由此，我想到"九叶派"老诗人郑敏先生语重心长的一句话："我一直希望女性诗人的内心视野，要有一些历史的成分。"①

在研读阎月君的作品中，我看到了这种希望的所在。我是说，在当代女性诗歌进程中，在女性角色意识由觉醒而张扬，进而成为女性诗歌之"主流话语"以致泛滥的语境下，是阎月君，以一种孤绝的态势，于历史与现实的广原和作为人类共性的意识深处，上下求索，正负拓展，将对自身命运的审视与整体生存状态的审视、个人记忆与集体记忆收摄融会于一，达到一种外部世界与内心世界的融合、现实和梦幻的融合、智性与感性的融合以及传统与现代的融合，在存在的昏暗中开启生命的亮眼——纵观比较之下，其拓殖的精神空间之深广，在整个当代中国女诗人的群落中，都是不多见的。

由此，即使写爱情，也落于一种复合视野，并置于生存的大背景中——譬如那首凝重凄美的《无标题》：

　　爱你的身体在暮色中俯向我
　　感觉背上很沉　无形的

---

① 郑敏先生在1995年5月20日北京"中国当代女性诗歌研讨会"上的发言，沈奇记录。

> 伤口很深
> 像村间的屋顶　堆满秋天
> 并渐渐有微冬的寒意
> 这情调　自古就适合于我
> 在你的土地上流连　且不时有
> 被种植成什么的感觉
> ……
> 而镌刻在你胸膛里面的那些
> 残星　或者残月的故事
> 将构成我们的雪　无论如何
> 都是要落下的吗？

诗中透显的爱不仅是两性间的情爱，更有许多潜在于爱恋之后的什么，浸漫、弥散于诗行之中——人、土地、历史，都在瞬间融合于这复杂的情感之中，反而更加透显出爱的艰辛、深沉和厚重，有一种复合的光晕。

对此，或许有人会怀疑：一个女诗人完全放弃女性意识的言说，是否也是矫情？虽然实际并非如此——而我只能说，在这个太多"自我抚摸"与"空心喧哗"的过渡时代里，阎月君所持有的诗歌立场，是一种超迈而高贵的选择！

三、化身月色
"而我是一个在刀锋上从事缝纫的女人"

从"蓝色月光"到"红色月光"，从"呼唤"到"呕吐"，在经由五年高峰状态的创作之后，那支"自焚的烛"，似乎真的"在风中背走沉沉灰烬"而寂然了；季节"露出败坏的眼神/如同蓄谋"（《兰花四月》），沉默与间歇成为无奈的选择……

只是从后来复出的作品中，我们才透视到，在诗人的心路历程中，那"一只失血的手"依然一直默默地"将苍茫执拗地敲着"（《时与空的变奏》），且最终敲出了"虚无"，发现"人并没有真知，人不过只是前行"。[①] 而作为诗人，便只有这"执拗地敲着""苍茫"的"失血的手"，以及这"敲"的过程，方是真实存在的；诗人不再仅仅是"溺水的月亮"的"打捞者"，更可以化身为月，悬置此在，在语言的清晖里，点燃自我救赎的诗性生命之光：

> 生根有生根的烦恼漂泊有漂泊的寂寞
> 你仅仅代表不肯连贯的一些句子
> ——《我以我残存的水》

于是，写作成了诗人唯一的"拯救之路"："我的职业是面对一座辉煌的大厦/设法使语言开门"（《忧伤与造句之一：写满字迹的纸》）。

在这一意识的开启下，一向惯于在燃烧的激情与想象中放任自我、驱使语言的阎月君，开始同语言共呼吸，以使纯粹的生命状态与纯粹的语言状态达到统一。情感意绪的静静积蓄和沉潜，使得一部分作品的语境也开始变得澄明起来，且不乏超逸空濛而清隽旷达——我将其称之为未展开的"银色月光"时期。

说"未展开"，是因为对阎月君而言，步入这片"银色月光"

[①] ［法］埃莱娜·西苏（Hélène Cixous）：《从潜意识场景到历史场景》，《当代女性主义文学批评》，北京大学出版社1992年版，第212页。

是颇有些惶惑的:"要知道火焰一直是我的伴侣/穿在我身上是这件火红的风衣"(《面容》)。——作为时代的良心、理想幻灭的指证者,月君一直执着于直面人生的近距离燃烧——写于1988年以后的许多作品,大都仍保持了这种风格,有些甚至是前期作品的复制,显得困乏和破碎。诗在本源上,是生命郁积的宣泄,但其生成的过程,却又是控制的艺术。其实在月君前期(包括早期)创作中,这种控制感曾得以很好的把握,后来却有些流失和缺乏再造。

因此,在阎月君这一时期的创作中,我特别看重那些渐趋收摄力与沉凝感的篇章,组诗长卷《忧伤与造句》便是其主要代表作。

在这首分十节长达二百行的组诗中,语言被重新分配了。诗人显示出一种智性的而非纯激情与想象的写作能力,在一贯持有的人·土地/生存·历史的融合视阈中,又加入了语言的视点,自我诘问,自我清理,别生一派气象。

在这里,诗人的诗思在质疑过历史与现实、肉体与灵魂之后,追索到对语言的质疑:"没有一个词是靠得住的/实词呆头呆脑/虚词近于无赖/介词小心翼翼/形容词奇奇怪怪。"语言是文化的载体,而我们又是语言的载体,作为生命与存在的本质联系,语言是"不知道家在何处"的漂泊者最后可依傍的一片基地,可如果连语言都出了问题而不再可靠,我们又该如何?

诗人进而追问:"什么能充当这座大厦的依傍/支撑到天老地荒/有没有确信无疑/值得一锤子钉下去的东西"?可以看出,无论是何种质疑,诗人都从未放弃对断裂之后的弥合、陨落之后的复生,那一份痴心不改的追寻。然而诗人最终依然失望地醒悟到,这份追寻是遥遥无期的,是一个永远在途中、几近空落而又不能舍弃的期许。

于是诗人感叹："人从事物的蒙昧中独自醒来/人朝前走没带上原因和理由/人行走孤独而伤心/人是被理由和原因抛弃了的人"，而"我的诗只剩下疑问"（《忧伤与造句之四：没有一个词是靠得住的》）。

《忧伤与造句》的出现，标志着阎月君对新的诗歌意识的开启，尽管还未形成大的局面，却有着潜在的前景。同时，它还标志着诗人在对世界的真实、历史与现实的真实和人的真实这三个向度的探寻之后，又步入到对语言的真实这一向度的探寻——还是那片月色，那片对人/土地/历史的大关切、大悲悯，只是因了语言向度的加入，显得更为清越和沉着，一种深度弥漫的智性之光，照亮了新的诗性生命之旅。

三个阶段，三个向度，三重复合的光晕，我们最终听到的，是诗人四句断章式的告白：

  我一生都在寻找美的痕迹
  却只找到了被摧残的痕迹
  在美的事物上我都看到了伴随的眼泪
  我一生的坚信被不安代替
      ——《我一生都在寻找美的痕迹》

这便是阎月君，一位一直为诗与真而痛苦燃烧的女诗人。

在阎月君的诗歌世界里，有清丽的浪漫主义的余韵，有浓烈的现代主义的情怀，有斑斓的新古典的色彩，有深沉的现实主义的质地，"有太多的属于这世纪的忧伤"（《低调》）。她以低调的、充满批判与怀疑的目光审视这世界，却又从未放弃对理想的持有；

支撑她的写作的,是一种坦诚、一种追寻、一种为追寻和坦诚所燃烧的痛苦,以及一些不安于沉沦的动荡的情绪……总之,是一种精神,一种圣徒般为诗与真而"自焚"的精神——而,正如萧伯纳所说的:"所有值得一读的书都是由精神写成的!"

1996 年 10 月

静水流深
——评杨于军和她的诗

一

当代诗坛,已拥有不少写诗的高手能手,却一直缺乏那种天造自成式的、特殊的诗人。前者大都是从诗中发现了自己的灵魂进入创作,后者则是从自己的灵魂中发现了诗。——这是能手与天才之间最根本也是最让人沮丧的分野。

当我们大都在苦苦寻求适合表达我们各个不同的感知世界之方式的时候,她却似乎从具有自己的精神世界时候起,就同时具有了契合这精神世界的表达方式——这方式中纯净透明的诗意,几乎是与她的躯体和感觉同时降临这个世界的——对她,你无从寻找其学习和借鉴的轨迹,从而也就不可被模仿;她一开始就来自她本身,以她似乎先天就具有了的、成熟了的,就再也不可干扰、不可侵蚀、不可更改的敏锐的感知,看透了这整个理性和感性的世界的结构,以及这结构中的缺陷、隐秘和未知,并固执地用她特有的风格，自言自语地、不事张扬地走上了我们的诗坛。

她，就是刚刚步入当代诗坛的青年女诗人杨于军。

先是《陕西青年报》试着发了她的诗作，接着是《星星》率先辟专栏推出她的组诗"白色的栅栏"，并附评论惊呼"很难相信这是她的处女作"。近水楼台的《当代青年》在西安交通大学找到这位身边的"新星"，一下子发了她九首整整两大版的诗。然后是《飞天》《诗刊》《人民文学》《作家》《诗歌报》等一系列无一例外的惊异而盛情的"接待"……仅仅一年，年仅22岁的校园女诗人杨于军，竟连续发表近百首作品，入选数种诗集——1987年，在新星纷呈、群雄割据、庞杂纷乱的当代诗坛，杨于军悄然而至，创造了谜一般的奇迹！

优秀的诗人深刻地解说世界；平庸的诗人生动地模仿世界；天才的诗人则轻松自如地创造世界。

当然，她没有造成什么"轰动效应"——如那些历史性的、重要的诗人；

她只是"随风潜入夜"的"润物细无声"——如那些纯粹的、优秀的诗人。

静水流深。在杨于军的诗中，始终闪烁着一种有深度光源的目光——她存在着，并且不可能被忽视；她首先需要的是凝视而非简单的评价……

二

那是1986年一个深秋的早晨，尚在西安交通大学上大三的杨于军，找到我工作的学校办公室，拿来了她的诗。确切地说，那是写在两个小小的日记本上的、许多还没分行的日记性的"作品"。我以为这个早晨又将为一种礼节性的文学拜访所耽搁，然而当我随便顺着读下去几页，便发现我被一种完全陌生的诗情与诗性所打动，并一时感到了窘迫、惶惑而不知所措——面对一个我所不熟悉的、来自另一个深澈而又细切的感觉世界，我"虚弱"得不敢当面评价——天才常常就在我们身边，我们却习惯了抬头去在远方寻找偶像，"是人们自己的呼吸，模糊了他们自己"。①

那天晚上，当我独自面对这些日记般平易单纯的句子，将它们以诗的形式排列起来，并试图以做"老师"的习惯予以"斧正"时，我不得不面临又一次挑战和窘迫。

这些简单朴素的句子，一经她的组合，就仿佛获得了另一种生命，取得了自己的意义，达到了一种奇异的效果。"人们不知道它来自何处，更不知道它将去向哪里"。在那小小的日记本上，它们看起来只是一些新奇的片断，但此刻却都成为一件件完整的艺术品：像丝一样柔韧，又像铠甲一样坚实，拒绝了所有的影响，更谈不上更改。

我猝然间"老"去——我们这些被历史称作"老三届"的过渡性人物，面临的是怎样一种挑战！

我甚至怀疑她来自另一个世界，属于另一个族类的诗人。她似乎从未涉足过我们的世界，而只是与自然界的事物一样单纯、适度、不惊人也不刺目。她几乎不受任何创作规律的限制和束缚，亦不致力于任何特殊的局部美感或主题取向以及结构经营，只是那样平易而自然地随意天成，如朝露之生成，如暮霭之浸漫，如一棵小树的发枝散叶，又没有一句可移动、可删除的部分：

实在的生活

---

① 文中所有引用文字，均摘自杨于军致本文作者书信。

仿佛一次就是一千次
我已厌倦
可我不会离去
街上的人已经很多了
连同秋天无可挽回的叶子
落在每一个方向都成为一种象征

植物被带走后
泥土就坚硬起来
等待雪
等待雪还要好多天
每一天都是好多天
没有人清楚过
我知道

每一次用力都拉下一层帷幕
在年代之间
你不想属于什么
你只要生命作为一种纪念

天就要亮了
我走得足够完整
就像忘了还有家
还有许多不会转动的眼睛
我静静地听着
以往的日子纷纷落在眼前

也许这就是那种

　　孩子般的

　　要把一切都记一辈子的任性

　　而悲剧

　　也不会总是又古老又简单

　　　　　　　　　　　　——《尝试》

　　这就是杨于军的诗，是她的处女作，也是她的代表作，又是她的习作——因为她的诗很难按常规的标准去划分好坏优劣，你只能说你喜欢或不喜欢。

　　按诗人自己的话说："单纯得让人沉默，孤独得使人迷惑，自由得让人绝望；相信喜剧，需要悲剧，一支挺悲的歌无数次地标明灵魂的节日——有谁明白这快乐的方式呢？"

三

　　真正的创作其实不过三年，可正如她自己说的，在她很小很小的时候就感到了诗，感到了她自己和万物一起生长的生命，那时，她的诗是写在她和自然之间的。

　　22个春秋，她的人生几乎没有什么情节，但却整个渗透了一种情绪，一种内在的诗的精神进程。

　　籍贯四川、在哈尔滨生活成长的杨于军，血液里潜流着南方热情的阳光，记忆里却满是冰天雪地的北国。她从小在北方的冰雪中长大，在半年都沉浸在冰雪中的世界中长大。严寒是一种力量，也是一种孕育；那空漠、那寂寥、那冷静、那孤独、那沉郁，那纯净到单调的空间，那黑与白的鲜明色调，那关于北极、西伯利亚和白夜的传说与想象，使她的感觉世界充满了纯净而尖锐、准确到极点又敏感到极点的情绪。这情绪引导她深入到自己的内心，拒绝受别人的侵扰，除了间或同自己的哥哥说几句话外，她总是喜欢独自守在窗前，用她稚嫩的手指，一边在布满霜花和冰凌的玻璃窗上，画一些无规则的图案，一边自己和自己争论着这个太老太老的世界何以如此……

时间长了，她便接近了"上帝"，进入一种明净、清纯、超然的情感世界，再也无法容忍那些已经成熟了的、规范化了的、钙化了的、陈腐了的东西，进入这用孤独和天性围造起来的"白色的栅栏"之心地，并在这样的体味和审视中，自然而然地产生了诗——"我感觉，只要稍微一疏忽，心就沿着一个奇怪的轨道运行，它自己在写诗，在夜里写那些到早晨我就记不起来的东西。"

——严寒给她以深刻，孤独给她以敏感，上帝带着诗，在北方，完成了又一个杰作：

过去的我
总在我要去的地方等待我
让情绪成为我身上
最真实的部分

——《自述》

即使没有用心也会感觉
很冷的时候
我逃开一切温暖的触摸

或许手已经被吻得很热
心却继续着硬而冰凉

> 你太不像一首诗
> 可你是抒情而真实的
> 真实得不留想象的余地
>
> 你说你已不是个孩子了
> 那么你看见的月亮一定和我的不一样
>
> ——《感觉》

四

因此，我们在杨于军的诗歌世界里，首先感受到的，便是那种宁静而又深澈的孤独感。但这种孤独绝非那种无精打采的情绪，无病呻吟的做作，而是充满了一种内在的张力，一种青涩而接近成熟并提前预感到坠落的果子的孤独。"我用整个生命凝视一幅画——从前画着太阳的地方，现在已成为一个空洞"——

> 每一座房子都可能是我的家
> 而这时我感到我已习惯了行走
> 习惯了听自己的脚步声
> 于是我望着更远的地方
> 把手插进空空的口袋
>
> ——《自由之四》

> 我是秋天最后一片叶子
> 也是冬天第一片雪
> 从不可知的远方落到这里
> 等待风离开

把我的心抚平

靠在地上

宁静地呼吸

——《宁静的日子》

这是生命原初而本真的呼吸。在这样的呼吸中，人们虚妄浮躁的血液会神秘地退潮，清静而又透明地僵直在她的诗中——于是你重新面对着自己，发现自己的灵魂，早已在躯体之外，长成了另一片落叶林，以另一种方式，期待着雪，期待着洁白的回忆和述说：

在远方

在灵魂靠近的那边

土地很宽容

并不急于要我们成为什么

……不安的是我们自己

准备睡去的时候

还会为每一阵脚步

睁开眼睛

——《大孩子》

在这些透明直白的诗句中，似乎都有一个不见得总看得见却又分明触及到你生命内涵的"核"——它发散出某种特殊的摸不清的东西，黏附在你被触动和引发的感觉上，使你随着她固执的黑色的舞步，进入一个雪白的、原始的情感世界；在这个世界里你获得了一种解脱，一种说出心底秘密的快感，一种宣泄了在现实世界无法宣泄的心迹的轻松，一种无我的宁静，一种可爱的平和——而所有那些给任何人都无法解说得清的情绪，在这一刻，在这素色的空间里，在这素色的诗的栅栏所围成的空间里，得到了实在而亲切的呼应与交响。

我终于明白了她何以特别喜欢黑与白这两种尖锐、硬朗而原始的对比色，并成为她诗句中主要的色谱。这使我洞悉到诗人隐秘的内心——一种在黑夜中作狂热之冥思奇想而在白昼里作冷眼观照的心态；一种实际上是固执到极点的理想主义者，对人类本质意识作不倦探求和苛刻参悟的心态。

而这一切，均来自她那天性中宁静的孤独和细切的敏感："我想与其夹杂在人们中间不知所以然，还不如独自在什么地方呆上一会儿。成熟起来是很难的事，深刻也是痛苦的，可我还是希望纯洁而不是单纯；我用'理解'对待一切，我固执得从没有后悔过。""诗是生命的幻象，是对生命神秘的内在执着而又无可奈何的追寻；并且创作是在翻译自己的生命。诗给我提供了另一种生活方式，在这里，我感知——我存在着"。

是的，她存在着——在她的诗里，她成为一个孩子，同时又接近于一个"先知"。

五

深入研究这位 22 岁的青年女诗人和她的作品，我发现，她的诗写的根，似乎扎在一个我们不熟悉的地方——我不得不相信，当她从小一个人那么长久、那么孤寂地凝望冰雪中的城市和原野时，她的眼睛里一定渐渐生长出了一种特异的视角，她的心底里一定渐渐生发出一种特异的感觉。

由此，她的诗格外是本能的，表现了她天性深处的东西，保持了她自己对生命、对自然和对世界独特的感悟，及由此产生的独立的诗情。她的日记式的、毫无目的性的创作，给她的诗带来一种特有的宁静和淡漠；她似乎太不推敲，任凭自己的兴致和随意，只是自然地展开而从不制作。她甚至拒绝了创造，只是来自那偶然的风、偶然的雨、偶然发生的灵感，从而产生一种异常的诗美，一种祈祷式的平衡、纯净和静穆，没有半点令人不安和浮躁的成分，而在骨子里，却有一种原始的、未被侵蚀的生命力在悄然涌动。

由此，她常常借助一些不合理的细节，巧妙而自然地，把内心的争论与合适的景物融合为一，把奇异的冥思与真实的世界吻合为一，以纯净、客观和略为冷僻的描述，造成一种特定的语境和氛围，沉浸其中，自有一种独到的感怀弥散而浸漫——

> 宁静的时候
> 总会想起点什么
>
> 生命很奇怪
> 沙漠里
> 一个少年把最后一些树叶喂了羊
> 为了今天他只能这样做
> 谁知道明天会怎么样呢
>
> 从来都是人抛弃那些房子
> 被抛弃一次
> 里面就多一个故事

> 而生命
>
> 在冬天里奇怪地成熟
>
> 为春天准备了另一条假设
>
> ——《沙漠上的生命》

同时，她的诗又是格外"被动性"的——对她来说，创作中的"自我"，已不再是一个为历史所困扰、为自身的情感所困扰的主观实体，而是一种游离于现实与灵肉之外的"内心太空"；我们是什么并且是谁？我们为什么存在并且将会变成什么？我们和自然是怎样的关系应该是怎样的关系？这些永恒的生命之谜，诱使她凝视着这世界，完全空虚、完全孤独、完全被动而又微微有点警觉地凝视着，前后上下一片空白，她存在于这一时刻的中央，只为了偶然间把一些事物弄清楚，甚而只是仅仅为了享受那一刻的空明澄澈。

在这种被动的状态下，她自身的节奏、自身的梦境、自身精神的原型体验，连同以往生活中积蓄下来的冥思奇想，都鲜明活泼地进入她的感觉世界。记忆和想象与诗神达成了默契，成为自觉的、毫不思虑的诗的意识，而创作成了为生命的音乐填词——"我的感觉，有时甚至不能叫作诗的感觉，在它漫游的时候，与诗这种形式邂逅；它本身可以自己永远游荡下去，但我知道我毕竟在这里，毕竟得让我自己附着在某种形式上"。

这样，她的诗便具有了某种直觉的成分——无须像纪念碑一样在年代中坚持不朽，只是在片刻间不可侵犯不可腐蚀地存在。

如此流水般生成的诗行中，充溢着一些永知又永不可知的矛盾而又和谐的象征与暗涵，却又好像若有若无；没有注定的应验，在某一时刻里悄然而至，因过于淡漠而又显得特别凝重；情绪平行渐进，存有心灵深处的维系，触及我们情感中最深切的部位，和日常生活中最细微之处，使我们重新回到那古老、原始、含糊而明澈的感觉世界。

于是，在她的诗里，一切都是可感的了，在实在与切近中又隐约着虚幻和遥远，仿佛一种祈愿与生俱来，带有一种宗教冥思的意味。

并且，因了希望的适度而保持了透明的纯粹性和全然的感悟性。我们原来忽略了的潜藏在皮肤下面、血液深处的一些什么，经由她超然宁静的述说而音乐般地显现了，而且比别样的显现更亲切、更质朴、更新奇诱人。在她的诗中，她不仅仅是表现出一些精神空间，而且创造出一些精神空间，使生命的神秘与无常，在这扩展了的精神空间中，产生更清晰的纹理和更丰富的光晕。

正如诗人如此的告白："诗，应该是这样一扇窗子，通过它，在同一片土地上你可以望见不同的风景；诗，应该是这样一条路，从另一个方面把你导向生活，导向世界。只是这扇窗户隐在墙壁中，要你长久注视才能发现；同样，这条路很深，深在皮肤之下，只有用感觉才能找到"。

仔细品读一下她的《夜雨》：

> 你一直一直在敲门
> 等我醒来
> 你就走开了
> 你一定站了很久
> 影子陷进门板
> 我用阳光涂了好一阵都没涂掉
> 我只好坐在房子里
> 把邮票贴满墙

就什么也听不见了
可我感觉天在下雨
随便望出去
你就是走在雨中的人

奇特的想象，微妙的表达，浅浅的忧郁，浅浅的激动与宁静，带你回到敏感单纯的多梦季节——"它是生命本身，在一种强意志主宰的情绪下行走，有些倦怠，有些不甘，有些荒诞——她是这样的一个人，心很沉的时候，样子很轻松"。

我想，于军的这段话，已经是对她自己和她的诗，预先做了最恰当而形象的注释了。

六

作为一个诗人，尤其是青年诗人，其创作大都要经历三种过程之超越，或许才能真正进入自由王国——

其一，要及时地从"自慰式"的、"初恋"性的创作意识中超脱出来，进入自在、自重、客观的层次；

其二，要及时地从对前人、他人的"临摹"到"否定"中超脱出来，寻找到容纳自己提高了的意识和提高了的个性化的新诗美；

其三，在进入成熟期后，能及时地从创作意识中超脱出来，重返生命意识，让诗的创作成为一种血液的流动、生命的呼吸而不是其他。

令人惊异的是，在杨于军的诗歌创作中，这一惯常存在的艰难过程，竟然被她早早地且轻松自如地超越了！

或者说，对于诗人杨于军来说，似乎根本就不存在这种过程？

是的，在她的诗中，我们既无法去挑选什么代表作，也无法弄清哪是她早期的处女作，哪又是她后来的成熟之作；她似乎一开始就成熟了，就不再受任何影响地、顽强地维持了她自己。在她的诗中，我们得到的，总是作为第一次的，更接近自然、接近生命本源的新鲜而原始的诗之为诗——一种自觉的官能与自然的呼吸：

  在你的画室里
  每个季节都只是过客
  你把印象画成背影
  省略了表情
  这样你把悲剧演得格外成功

——《预言》

  我们最终发现，无论是作为诗歌人本的存在，还是作为诗歌文本的存在，杨于军的秘密，都来自于她对诗的爱是永远作为第一次的——对于她，诗是一种生命的开始，也是一种生命的归宿。

  由是："一辈子，搭好多房子，最后，不是睡在其中的某一间，而是在一个明朗宁静的上午，在黄亮亮的阳光下离去……"

  而，"我总是在很远的地方站着、看着、感觉着，人们把我落得很远，而我自信我始终在人们前面，没有什么目标，但我希望着；希望该是模糊的，该是因模糊而永恒的"。

1986 年 12 月

守望、挽留与常态写作
——李汉荣论

一、常态写作：清茶与老酒

在一个刻意求变、求新而与时俱进的时代里，李汉荣的诗歌写作，无疑有些不合时宜。

显然，这是一位固执且有点守旧的诗人。这位诗人要说的话，以及他说话的方式，来自另一个源头；这个源头是这位诗人之诗歌初恋时的认领，而且一旦认领便再也不改初衷——有时，我们不得不蓦然了悟，原来固执也是一种美德，而"守旧"，也并非就不可以守出一片新天地。

由此牵扯出另一个让人肃然起敬的词：忠实。忠实于一种初恋的认领，不管她是否不合时宜，只管倾尽热忱地去追求；有如香客，路就是庙堂，固执就是结果，收获的只是一片真诚的燃烧。而这，不正是诗的真谛、诗的精神之所在吗？

在这样的"所在"中，"佛"和"基督"、今人和古人、天才与凡夫，都是可以"殊路同归"的。

这是生命的托付，而非角色的出演。

是以"常态"：非实验、非先锋、非前卫、非一切非本真的角色，回到写作的本质、本源、本色、本根，由平常中见出不凡，由限制中争得自由，由守望中获取飞跃——关键既不在于怎么写，也不在于写什么，而在于写什么怎么写之中，是否有自我的真心性，是否抵达生命形态与语言形态的和谐统一——有此和谐统一，有此真心性，写作就脱身于功利的迫抑，化为常态，化为自由，化为从容，无论走在怎样的路向上，向上，向下，传统，现代，都可以走出一种风度、一种境界。

读李汉荣，首先感念的，正是这样一种归于常态写作的诗歌精神。

从 80 年代到 90 年代，从世纪初到世纪末，中国新诗的发展中，有太多的"创新族"、"伐木者"、"实验员"，而一直缺少守住已有的诗美元素来精耕细作的"老实园丁"。总是断裂中的革命，失于守护中的演进；只见风帆的招摇，没有坚实的船体的构筑，难免飘摇不定，导致大多数路向都有浅尝而止的遗憾。

正是在这里，守旧、固执和由此生发的常态写作，方有了新的价值。——而李汉荣的写作，正是这方面比较典型的个案。

浪漫、古典、抒情、山峰、海洋、星空，以及乡土中国、文化传统、为母亲的歌吟、与古人的对话等等，所写的和其写法，都与这时代的诗歌主潮不太搭界，你甚至难以找到朦胧诗的影响，更别说第三代、后现代、叙事策略、口语风尚等等……显然，诗人的根扎在更远的源头，且非刻意的选择，而是自发的倾慕，遂成为初恋的心仪，在持久的守护中与时潮对话，并由此填补了某种缺失。

在秦巴山间汉江上游的陕西汉中那块"小地方",李汉荣就这样笃笃定定地守护着他的古典、他的浪漫、他的古典与浪漫的现代性重构,在咖啡、啤酒和可口可乐管领风骚的时代里,执意向人们奉送清茶的雅逸和老酒的醇厚,奉送汉语诗歌的文化根性和精神本质,引领我们从时间的背面进入另一种时间,从生命的内部获得另一种生命,复归沉静、清明与本真,免于成为时尚通约下的平均数。

从20世纪90年代初的抒情长诗结集《驶向星空》(陕西人民教育出版社1993年版),到新世纪伊始的短诗集《李汉荣诗文选诗歌卷——母亲》(华艺出版社2001年版)、《李汉荣诗文选诗歌卷——想象李白》(同上)的问世,一个路向、一种风骨而成百千气象,李汉荣只在告诉或证明:只要有"天地眼",只要有"万古心",只要是真诚投入和虔敬守护,今天的诗歌,抒情依然并不过时,古典依然是鲜活的源流,而浪漫依然是永远的诱惑!

同样,只要酒是好酒,茶是珍品,无论是哪种牌子,何方出产,终归会得到承认与青睐。李汉荣人在边缘,作品却能入选《百年文学经典》(北京大学出版社)和台湾尔雅版《新诗三百首》,且一直不乏热爱他的读者,都在在证明他的固执与守旧,照样在多变的时代里,占有不可或缺的一席之地。

二、挽留:浪漫的余晖

当代中国诗歌,所谓浪漫,似已成世纪的余晖。

新诗起步时,曾借浪漫的翅膀由爬行而飞升,此后浪漫主义一直成为新诗创作的主流,进而被时代弄变了味,逐渐走向背弃初衷的反面:浪漫成了虚妄,抒情成了矫情,龙种成了跳蚤,无怪乎今天的大多数诗人们,都像躲避跳蚤一般,将其放逐而不顾。

从西方转借的"叙事",由民间生发的"口语",遂取代"抒情"而成为现代汉诗的新潮。人们不再做"浪漫"的"高梦",只活在当下,活在现实的平面当中。

然而在这块土地上,浪漫本是汉语诗歌乃至整个中国文化的根性所在呀!

屈子的浪漫、李白的浪漫、苏东坡的浪漫,《诗经》的浪漫、唐诗的浪漫、宋词的浪漫……连"搞哲学"的庄子,也把哲学写成浪漫的诗篇,连汉字的创生和构成,也无不充满着浪漫的诗意,何以今天的现代汉诗,独视"浪漫"为瘟疫?!

矫枉必须过正。我也曾在一篇随笔文章中说过:"对我们这样充满虚伪和矫饰亦即'瞒'和'骗'的高阁文化而言,它一向缺少的都不是夜莺,而是牛虻!"问题是我们常常顾此失彼,变手段为目的,有如今天的先锋诗歌找回了真实,却又远离了诗。

实际上,冷静想去,我们一直以来,既缺少真正的"牛虻",也缺少真正的夜莺;假夜莺败坏了夜莺的名声,但不能由此否定夜莺的存在价值。诗人既是真实世界的客观叙述者,又是想象世界的主观抒情者;前者让我们在思之诗中见证现实、指认存在,后者如海德格尔所讲的那样:唤出与可见的喧嚣的现实相对立的非现实的梦境的世界,在这世界里我们确信自己到了家——现代人的精神之家、灵魂之家、神性生命意识之家。

这个家的门上写着两个大词:"浪漫"与"梦想"。

无疑,这个家曾是无数诗人的初恋,却又因一味的虚浮高蹈和伪贵族气而致"黄钟毁弃",只有少数当代诗人执意留在了"初恋"的诺言里,以其真正纯正明净的夜莺之声和大吕之音,挽留那一抹世纪的余晖——李汉荣便是这其中的一位。

让我们看看这位忠实于"初恋"的诗人,是怎样在抒发另一

种浪漫之情的:

> 以辞别的姿态
> 站在平原和群山之外
> 站在语言和时间之外
>
> 没有哪一座山
> 能够比你更为深刻地进入了土地
> 进入了泪水、血液的本源
>
> 当落日将你道路般漫长的身影
> 投向祈祷的河流
> 你谦卑的匍匐,使万物深信
> 你是站起来并且站得最高的土地
> 你是一个神圣的手势
> 永不收回的手势

这是李汉荣写于 90 年代初的抒情长诗《献给珠穆朗玛峰》中的诗句,从中不难看出其音色的纯正和意境的高远。同时,经由这部长诗,诗人还表达了对真正的"浪漫"与"梦想"之追求的"圣化诗歌"的理念:

> 走向你,是一种朝圣
> 你固守的蔚蓝和莹洁
> 渐渐注入了浑浊的血脉
> 从一个神圣的角度俯瞰

>才发现往日低洼的远方
>
>那是沉沦得多么可怕的远方

显然，诗人将神性生命意识的高扬视为诗的终极归所，因此把所有诗的眼神"都种进了那最高的山顶"。（李汉荣诗句）

为此，汉荣在致笔者的信中，明确表达了他的诗观："必须与实用化的世界拉开距离，艺术才能成为人的星辰和参照，才能进入人的精神生命。诗是一种创造，而不是表现，不是对现实的解释和反应。诗是超时空又烙满时空胎记的一种形而上的存在。因此，只有超越世俗，超越通用价值体系，诗才会重返自身。"

在这一理念导引下，李汉荣连续创作了几十首系列抒情长诗，以星空、大海、长河、雪峰为核心意象，构筑起一个超现实、超时空、幻美而又逼近真实的象征世界。在这个由诗人巨大的想象力和精神能源创造出来的象征世界里，一切诗歌心象都披上了一层莹洁神圣的光芒和英雄主义、理想主义的色彩，加之激光般的诗性激情，闪电似的诗性思辨，以及诗人主体形象天马行空式的热狂投入，形成了独具魅力的"圣诗效应"，使我们仿佛进入了一种新的灵魂和新的世界的创生状态，而感到神圣的惊惧和令人战栗的力量——其幻美而高远的境界，恰如诗人诗句中所说的那样："如蓝天卧躺下来的一部分/如梦境未被经历的一部分。"

这"一部分"，在整个 90 年代的现代汉诗创作中，都是一个特别的存在。

我是说，当人们在这个时代毫无保留地放逐了浪漫与抒情的时候，李汉荣却坚持并发展了这一路向的写作，并有效地恢复了抒情的力量和浪漫的荣誉。

这里的关键是，诗人并未一味沉溺于"高梦世界"而听任

"思想旷工"。对现实的拷问，对现代性的思考，始终如筋骨般支撑着其精神的汹涌，使之高蹈而不虚浮，宏阔而不空洞，浪漫而不矫情，优雅而不酸腐，从而使浪漫主义诗风在当代诗歌中，有了别样的风骨。

看来，即或是在我们这里最容易变味的诗美品质，在真诚与执着的信仰照耀下，依然能焕发光彩，而人格的独立和不可替代的精神个性，依然是诗人在这个时代占有一席之地的根本保证。

且，不管他选择了怎样的路向，是保守还是前卫，是传统还是现代。

三、守望：古典的投影与田园的倾诉

而毕竟，"高处不胜寒"。

历来的诗人们，总是同时既是天空的飞鸟，又是大地的常青树。有如"辞别"是为了更清醒的归来，向上之路也是为了开启向下之路的另一出口。

高视阔步式的系列抒情长诗之后，李汉荣重返短诗的创作，并逐渐将目光收摄于两个核心意象：其一是古典/李白意象；其二是田园/母亲意象。前者，是阅读中的诗之思，经由对李白的重读，追慕"狂"与"真"的古典精神；后者，是回忆中的诗之情，经由对母亲的"重读"，倾诉"善"与"美"的田园情怀。二者共同构成一种诗意栖息的精神家园，以反衬只活在当下、活在物欲和实利中的现代社会之虚假与恶俗。

应该说，这样的诗歌立场，在李汉荣而言是一以贯之的，所谓不改初衷。但在具体的写作中，诗人则创造性地将两个主题发展成两部"诗歌专著"：《想象李白》和《母亲》，各自围绕一个总题和一个主体意象，繁衍成一部诗集。集中的每首诗都是独立的，有分别不同的品相，但总起来又具有家族谱系的特征，形成总体的旨归，别有意趣和分量。在我有限的阅读中，这尚是个特例，也应该是当代诗歌一份特别的收获。

诗集《想象李白》，主要由62首短诗和几篇诗性散文组成。一首诗一个角度，有自况式的还原，也有对话式的辨析，现代诗人与古代诗仙的跨时空交流，化合为古典精神现代重构的诗性世界，似幻似真，亦古亦今，构思新奇，立意不凡，别有蕴藉。

显然，诗人作别当代，独与李白对话，绝非一时心血来潮。这既是"读五车书"后的抉择，也是"行万里路"后的认领。正如诗人在附录中的散文里所指出的："李白诗给我最强烈的印象就是狂与真。""狂是狂放"，"是一种删除了心理障碍、文化尘埃等等人为的羁绊而达到的自由、奔放、通达的生命状态"，"真"就是"率性地做人，率性地说话，率性地写诗"，[1] "世上有很多的诗人，也有很多诗，但只有少数诗人能说出万物投影于人的内心时的感觉，只有少数诗既传达了诗人自己的感受又传达了人类共同的感受。李白正是这样的诗人，他化身于万物，他成为万物的替身；他沉浸于月光，他成为月光本身"。[2]

可以看出，李汉荣的这份认领，正是要从对李白的"万古心"与"天地眼"之"狂"与"真"的追慕中，重新找回我们缺失已久的精神元素和审美风范。

李白既是古典的，又是现代的；李白既是中国诗歌精神的真正代表，也是中国人自古而今最为自由、旷达而独立的生命亮点。选择李白，就是选择古典精神之父，在追索与领略中重新认领这

---

[1] 李汉荣：《古中国的醉意》，《李汉荣诗文选诗歌卷——想象李白》，华艺出版社2001年版，第143页。
[2] 李汉荣：《在月光里漫游》，同上书第144页。

份遗产,实际上,也就重新开启了新的、不可重复也不可替代的生命意识,而不再生活于他者的思想模式和时代总体话语的陷阱之中。

经由这样的转换,古典的投影便不再是镜中花、水中月,而凝聚成现代主体的基质和底蕴。"刚刚被鸟们翻阅过的天空/仍是/盘古的表情",而"月光,就是他/一生的行李"。古典的李白,就此复活于现代的解读,我们和诗人一起,生出一份异样的目光,去重新审视这世界,重新审视我们自己。

这部诗集的语言,也有了不少新成色,不再是单一的倾诉,而有机地引入了叙述、口语、戏剧性、小说意味以及书信体等元素,使想象中的李白,不单单是精神性的揣摩,更有具体的行为与性情,让李白多角度地活起来,让唐朝多方位地活起来,活在现代语境中诗意的描绘与歌吟里。集中的《李白醉酒》《霜晨:李白早行》《李白的天真》等诗,都属不可多得的佳作,诗思独到且时有现代禅机的透射以及谐趣的横生,由此也弥补了由于主题单一而间或出现的重复感、片段感和篇构不足的缺憾。

诗集《母亲》,看上去是一个极为普泛的选题,李汉荣却赋予她不少新的内涵。现代社会的所谓进步与发展,无非是急剧都市化、工业化、商业化、时尚化的过程。在这个过程中,我们获取的是物质的丰富和形象的文明,以及话语的繁复与欲望的直接,却渐渐丢失或至少部分地丢失了纯真、自然、诚朴的情感方式,成了失去香味的塑料花,成了新潮而空洞的"新人类"。这是无可挽回的历史进程,但诗人正是在这里有了他存在的价值:守望与提示。

在李汉荣笔下,"母亲"不单单是一个"亲情"或"乡情"的概念(这两个概念已被无数肤浅的诗人写得乏味不堪),而是一个涵纳了至真至善至美的情感方式、生命根性和文化"乡愁"的精神母体——她既是具体的、形象的,人人都可以从中寻找到自己母亲的记忆；又是诗性的、意象的，超乎一般怀旧意绪而渗透了现代意识。

有如诗人追慕李白，是为了追怀中国文化的精神之父，诗人追忆母亲，也是为了追怀现代人日益丧失的情感之母。古典的李白，现实中的母亲，在诗人这里组合成一个新的"家"，在这个"家"里，诗人借父亲（李白）的酒意，发出感叹的声音："这是菊花、艾草、粮食、月光混合的声音，是时间被充分发酵又仔细过滤后发出的声音，是民间和土地最真挚的声音。这是真正（生活的）酒的声音"。在这样的声音里，我们会重新回到母亲的记忆里，亲近"那些生动的脸，辛苦的手，朴素的语言"（《想象李白》附录散文《梦李白》），并确信，我们真的回到了该回到的那个"家"。

由此可见，两部诗集，构成了一种复调关系：李白是月光，母亲是月光下的田园；认领这万古明澈皎洁的月光，和一生难忘难舍的田园，便是认领任何时代都不可轻易舍弃的"诗意的栖息"。

由此，在《母亲》的诗行里，诗人的情感变得格外纤细、敏锐而又深沉，意象的经营也显得十分亲近和自然。

这里有童话式的浪漫，也有苦涩的咏叹。

写"我家的炊烟"，"在竹林里转了个弯儿/对着我点了一下头/便无语地溶进了天心/我闭起眼睛倾听/那炊烟变成了母亲的一句悄悄话/黄昏也伏在我的身边/静静地偷听"（《炊烟》）；写母亲编的"草帽"，"整个原野浓缩成这朴素的一轮/大自然单纯得/就像这一圈一圈的波纹/在烈日下述说宁静的绿荫/只要走在母亲的呢喃里/苦夏也是可以忍受的一段路程"（《草帽》）。

而当现代化进程中的国人，沉迷于各种俗滥的节日庆典中时，诗人却凄婉地提醒我们，我们的母亲——文化的母亲、人性的母亲、自然与诗的母亲，却"没有自己的生日"，而失去根性记忆的现代人，也便失去了真正"神圣的节日"（《生日》）。

读《母亲》诗集，是一种情感的"森林浴"，在现代汉诗的阅读中，这种感受已缺失很久了。不过遗憾的是，李汉荣在这部诗集的写作中，基本上只是依赖于倾诉式的语调、语式、语态，显得略微有些单一。加之整部诗集之作，大体上都重在求意而不甚求工，缺少更精细一些的形式打磨，使不少篇章稍显单调或松散，影响及整体的艺术效果。

结　语

读李汉荣读了十多年，一直叹服于他在告别浪漫的时代里守望浪漫，在消解深度的时代承载深度，在想象力贫乏的时代显示他超人的想象。但所有这一切，都似乎一直还没有能有机地解决其整体创作，在语言形式和诗体创建上始终未能至臻完美或别开一界的遗憾。

那么，这是否隐含着其精神资源中，仍有一些未至化境的可能？还是所有浪漫主义的诗写，都难免如同朝霞一般，伴清晨而绚烂、至午后而渐次隐退呢？

我想，这不仅是李汉荣的问题，也是这一路向的诗人们，大都需要思考的问题。当然，这暂时只是一点推想，而所有的推想，大概总是不怎么确切的。

——或者，在那"高处不胜寒"的语境中，自有其语感生成的另一套规律，为我们所未完全理解？

2001 年 12 月

风清骨奇心香远
——评吕刚的诗

1

读吕刚的诗,有特别清爽的快感:形式简约,蕴藉幽远,风韵泠然;不虚张,不扭曲,不沾世俗病;风清骨奇,情真怀澄,清逸之气袭人。

尤其是,吕刚诗中那份透明的语境,在重蹈语言贵族化、繁复化或转而口水化、粗鄙化的当下诗坛,已成为稀有品性。——至少就我个人的诗美倾向而言,认识吕刚,大有闹市逢旧知的惬意。

按说,做诗歌评论的人,不应该以个人的审美好恶去影响批评立场,但其实所有的评论家,在履行批评职责的同时,自己心底里,多多少少都还是持有一些个人的倾向性的。客观归客观,真要遇到对自己口味的作品,难免就多出些主观行的投入,而不仅是研究型的观照,更有欣赏性的契合。

笔者研究现代汉诗这么多年，理论上过了几个来回，加上自己也一直写诗，故而阅读作品时，客观理解之外，也难免持有一份个在的挑剔，寻觅着符合自己诗美取向的品质。——尤其在"语境"方面。

2

现代汉诗在语境取向上，一直存在着两种主要类型：一是繁复/朦胧的美，一是单纯/透明的美。

前者，常因所谓"晦涩"、"怪异"、"看不明白"，为非专业性的读者所诟病；后者，常因被误导为所谓"明朗"、"平实"、"浅显易懂"，为非专业性写作者弄变了味。

从专业的角度看，繁复/朦胧之美，来自对"意象化语言"的营造，注重经由密植意象及其附带的表现手法，增强语言的歧义性和张力感，运用得当，很有阅读冲击力与震撼性。同时，也就容易造成阅读的滞重感，局部张力的饱和与不间断地刺激，反而带来整体阅读效应的空乏，所谓"张力互消"，非不懂，而是"难以消化"；作为研究，是一回事，作为欣赏，就难免有些"隔膜"了。

而且，在一些非专业性写作者那里，更演化成一种矫揉造作和伪贵族气，造成意象"肿胀"或散漫无羁，看似"繁复"，实则是混乱，一些碎片似的流泻和簇拥，自己心里没整明白，却端起架势蒙人。读者诟病，多因这些流弊所生，反而影响了对真正到位的繁复/朦胧美的理解。

单纯/透明之美，来自对"叙述性语言"的再造，注重日常事象与普泛意绪的诗性转化，简缩意象，引进口语，以"高僧说家常话"的手法，追求文本内语境透明而文本外意味悠长，有弥散性的后张力。读者很轻松地完成了阅读，却为阅读后所开启的顿悟或感怀久久抓住，欲罢不能，有绵长的回味和互动的参与感，所谓读者的"二度创作"。

这种语境，看似好进入，其实很难把握。"高僧说家常话"，首先得是"高僧"而非"家常人"；"家常"的是"说法"，"说什么"，"怎样说"，骨子里却有极独到的选择。持有这类语境的诗风，又可以"寓言性"、"戏剧性"、"禅意"等分脉，是熔铸了中西诗质后，发挥汉语特性，在现代汉诗中的拓殖，也是笔者多年来最为倾心和尽力鼓吹的一脉走向。

至于一些非专业写作者，将"语境透明"误导为所谓"健康明朗"、"贴近大众"，鼓噪出一些浅情近理的"流行诗"，轻消费，软着陆，小情调，伪哲理，虽红火一时，乃至畅销，其实什么也不是，更与上述诗脉风马牛不相及。

3

吕刚的诗，显然属于追求"语境透明"这一路向的，且有独到的深入。

其诗，大都很轻小，有的竟精短到数行十多个字，有现代绝句的风采，但轻得有价值，有大的蕴藉，如瓦雷里所言"像鸟儿一样的轻，而不是像一根羽毛"。这大概与诗人潜隐内倾的气质有关，诚实观睹，幽微勾勒，不事铺排张扬。在一个浮躁虚妄的时代里，这是难得的品性，保证了诗人纯正的个在立场和有方向性的个在写作。

同时从作品中可以看出，诗人的精神底背是颇具现代性的，对存在有深刻的质疑和敏锐的思考，虽含而不露，却不失潜在立场。而其艺术根底，却源自古典，传统的滋养很深，不是那种从

"流"上投入、缺乏根性的艺术浪子或"高级票友"。

由此决定了吕刚的诗歌创作，是一种源自心性和修养的本色写作，无涉功利，却有个在的追求。

吕刚多年"潜伏"于诗坛的边缘，自甘冷寂，大概自己也知道，单是他那份冷峭的语感，那种将语言逼回到最单纯的深处，再重新发掘其可能的诗性品质的探求，恐怕也难有多少知己者。有如让喝惯了咖啡、可口可乐的人学会品尝清茶，且是那种采自明前、雨前的雪间春芽，非行家不可理喻，反误以为"寡淡"。

4

就语境的单纯性和透明性而言，吕刚确然已走到极致，稍一失手，也确实就容易陷入"寡淡"之境，这也是他一部分未到位的作品诗质稀薄的原因所在。

但，在诗人那些成功的作品中，却有不同凡响的陌生化审美效应："如空中之音，虽有所用，不可仿佛；如象外之色，虽有所见，不可描摹；如水中之珠玉，虽有所知，不可求索。"（黄子肃·《诗法》）

试读其小诗《感应》：

> 一只乌鸦
> 重重的立在
> 新开的玉兰上
>
> 我的心
> 上下晃动了
> 好些日子……

全诗仅此 6 行 27 字，起于"感应"，止于"感应"，求悟性于直观，求真意于平淡，只透消息，无涉其余，但"其余"却在，在读者对此"感应"的种种感应之中。

另一首《玉兰花开》与《感应》异曲同工：

> 静静的
> 看一树玉兰花开
>
> 起初你欲说什么
> 没有说
> 后来你想做什么
> 没有做
>
> 再细细看了
> 玉兰如玉
> 心如兰

全诗一人一树，相对而已，说在欲说未说，做在想做没做，澄怀观照，留虚白于物我之间，剪影似的一道小风景，立得久了，却有隐约的况味渗浸出来，亦如诗人一样，看兰如玉，观心如兰了。诗的结尾句，活用汉语特质，收意外之功，也是这种语感的精妙所在。

这样的语感到了《在秦俑馆里》一诗中，则更收奇效：

> 一个单跪的兵俑

站
起
来

向我耳语……

走
过
去
又跪成一个兵俑

  诗仅20字，通过特殊的汉字排列，形成玄妙的形式感，一词"耳语"，一个省略号，一段虚拟的戏剧性情节："跪"而"站"之，"站"而"跪"之，"跪"而不复"站"之，古今之间，人俑之间，不无荒诞而又充满诡奇地点化出现代人的历史感，重意轻象，简妙通幽，令人叫绝。

  可以看出，诗人善于从寻常光景的一瞥之中，洞察生活沧桑和人性底里。落于笔墨，则讲究如国画似的知黑守白，只道其仿佛，勾勒轮廓，从具体的情境切入，由清空的蕴藉化出，意渺理曲，颇似传统禅诗一路。但细察之下，又有不同，关键是诗人所持有的精神向度不一样，有深切的现代意识托底。

  是以，同样的语感，换做用来处理一些大的题材，也能举重若轻，于简约中见深蕴，有生疏的艺术感染力。如写海湾战争的《海湾》，肃穆冷凝，道他人之未所道；写文化反思的《文字之苦痛》，玄诡迷离，颇具寓言性与反讽意味；写人生变故的《女兵》《妈妈》等，速写般的几笔，便将生存的本质及其变迁，于隐约之间，道尽苍凉，有渗入骨头的冷澈。

同样，这种语感用于有抒情意味的作品，也见功用，成为冷抒情的典型语境。如《太白印象》中的前半部分：

当目光落在那片雪上
我的指尖也渐渐冰凉了
冰凉的手指
顺着一株冷杉滑下
山岚也就歇在一块石头上

人景融溶，亦真亦幻，无一字形容，清通道来，本色中见异样蕴致。

另一首写太白山的诗《太白的雪》，则使这一语感发挥得极为出色，成为吕刚代表性的佳作：

覆盖在最底层的不易看见的
那一片那一粒白色精灵
最初摄取了谁的魂魄
养育自己

肥起来大起来的
是天宝年间的某一天
唐代最好的诗人经过这里
用上好的诗歌
拯救大片的草木
成群的兽禽

连同六月的阳光

后来
人们就很难靠近雪
只是在寒气没有杀来的时候
携着愈来愈老的
传说退下山去

一问，一答，一分延，短短 16 行，语言无一字生涩，结体也只是线性跨跳，纯然叙述，不着意象，却有深沉隽永的意味，浸漫于诗行内外，且不乏力度，有一种骨感的美。

由此可见，对吕刚的诗风，尚不能简单归于"禅诗"一路，尽管这路诗风在现代汉诗中已颇具影响，且越来越为人们所看重。仅就"语境"而言，吕刚的追求与"禅诗"有相通之处，但其精神取向要更宽展、更现代些，见古典悟性，也见现代感性和现代理性，读来通达无碍，亲近自然。

5

总结上述，概而言之：吕刚不是那种具有拓荒性和原创力的诗人，而属于善于吸取经典之光来照亮自己道路，于继承中找到契合自己心性的领域，然后埋头精耕细作而发扬光大一类的诗人。

其实，经由两个十年的新诗潮激荡，现代汉诗很显然已由拓殖期转而为收摄期，每一个创新的艺术空间，都需要凝定之后的深入，需要真正沉下心来"把活做细"的诗人。

换言之，不仅要有才华，更要有对才华的控制感与纯正持久的艺术品质。

在吕刚其人其作品中，我看到了这种控制感的存在，这种品质的闪光。虽然就目前而言，吕刚尚未形成什么大的气象，但他所深入的境地和他的写作态度，是让人可信任的；有如在他的诗中，你挑不出什么特别的"警句"，却有一种整体的诗美效应，让你放心，并深信这位年轻而冷僻的诗人，会一次比一次，写得更好。

1997 年 6 月

收复命运
——评中岛和他的诗集《一路货色》

一

据说，西方形式主义美学早就验证过，人的感官是很容易疲劳的。

作为一个长年读诗的人，无论是专业性的阅读，还是欣赏性的阅读，这些年，疲劳的发生是日益频繁了——为叙事的泛滥（絮叨、啰唆、雾化、无戏剧性和寓言性绾束）的疲劳，为口语的恶化（粗鄙、单调、重复、无约束亦诗美元素可言）的疲劳，为纯属纸上的诗歌运动及技巧性演练的疲劳，以及如此等等，阅读真的成了一种功课而非快事。

正是在这种疲劳中，完全随意地，从搁置案头的《零点地铁诗丛》中，抽出中岛的《一路货色》翻读起来……我不得不永远清楚地记得：那是 2000 年 7 月 22 日的深夜 11 点多，166 个页码的《一路货色》诗集，我欲罢不能地一口气读完至午夜两点，在激动而又愧疚乃至责骂自己何以多年疏忘了这位年轻的诗友的复杂心情中，结束了这次遭遇性的阅读体验，准备休息。这时我才感觉到，双眼酸疼难受得厉害，尤其是左眼，硬得像一块石头，不时掠过尖锐的疼痛，下意识地闭了右眼，才发现眼前一片漆黑，左眼竟然失明了！第二天到医院检查，诊断为"中心视网膜炎"，视力尽管不久就恢复了，但严重的损伤和难以消解的炎症至今困扰着我，无法恢复正常的阅读和写作……跨世纪的诗意之旅，一下子戏剧性地搁置于"零点地铁"中的"一路货色"，且整整搁置了一年！

又一个夏日降临，终于能勉强恢复一点状态，拿起笔梳理这一多年不遇的阅读体验时，首先便想到诗人张小波为这部诗集写的序言中的最后那句话："也许中岛终身都在力求连接这样的事实：'上帝说，要有光，于是有了光；但是，人瞎了……'"[①]

这句"妙言"竟在我这里预言了一个不得不发生的阅读事件，同时它是否还在暗示：阅读中岛，实际上还是一个特别的诗学事件呢。

在为"历史货轮"起运的当代诗歌"集装箱码头"上，即或是亲近的文朋诗友们，也大多只是注目于作为当代著名民间诗刊《诗参考》创办人和主编的中岛，而一再忽略了作为诗人的中岛和他的诗。这想起来有些荒唐，却或许是中岛的宿命——这个"在俗世中奔波"的"行吟诗人"，这个满心的善良和忧伤而又一脸"无所谓"的"老资格"单身汉诗人，这个一直想融入"日常生活"而又总是留守于"实用时代"的"某个背面"，并"在想象中折磨自己"的"背时"的诗人，这个天下谁人不识君而又"让自

---

① 张小波：《中岛的存在·〈一路货色〉序》，《一路货色》，青海人民出版社1999年版，第6页。

己在交往中累死"的诗歌浪子，几乎经历了这个时代做穷人又做穷诗人的所有尴尬和磨难，却依然捂着伤口坚持"让我把生命中的刺再一次拔出/再一次为善良做一次深刻的呼吸"，并想着"去更高处摘下/每盏灯的思想/在漆黑的时候/把所去的道路照亮"。（此处及下文中所有引用之诗句，均摘引自中岛诗集《一路货色》）

宿命般地漂泊，宿命般地守望，宿命般地写下这漂泊与守望的证词，然后又宿命般地孤寂与忧伤——"但愿上帝知道我是真心地活着"（《我的呼吸就是拒绝死亡》），但"上帝"从来不言语……

重读中岛，我从疲劳走向疼痛，感受直击人心的力量和人诗合一的生命的呼吸！

二

假如有人同我一样如此深入而反复地研读中岛的诗，肯定会同我一样首先发出痛心的惋惜乃至责骂：这家伙怎么能这样草率地处理那些难得的体验和独到的诗感？怎么能如此漫不经心，哪黑哪歇，乃至中途而废——太多的流失与残缺，使许多作品心到话没到，入境而未入味；有时写得太实而突然卡住，或者顺岔道分延出去再也收不回来；有时意绪飘然而至，又常去向不明，有时则含糊不清地悬置在那里……"一个闪电击在天上/另一个闪电击在水中/此时我分不清/是花朵开在病句里/还是病句开在花朵中"——借用诗人《花朵和病句》中的诗句来形容中岛诗歌的"美学问题"，或许再合适不过了。

这似乎是一位肆意浪费自己诗才的诗人，以至在他真诚的言说中，总是不免夹带着许多杂音。但真的是在"浪费"吗？我们知道，世上没有一位诗人不想把每一首诗都写好，何况在中岛的杂音干扰中，我们又总是能找到一些天成自然的精彩表现，有的则已成为当代诗歌中难得的佳作，像《无所谓》《在想象里折磨自己》《放弃从前》《有时候》《我显得无力》《生命不能拿到超级市场出售》《他坐在上午的某个背面》《场景与等候》《花朵和病句》等等。——其实无所谓"等等"，这些年一部诗集能有七八首诗能让人明目惊心忘不了，已是一件近于奢侈的"诗学事件"了。可中岛式的诗歌"美学问题"依然让人尴尬，我甚至怀疑正是这些大量的杂音和缺陷，掩盖了中岛诗歌中优秀的品质，使人们一再将他搁置于一边，"从来就缺少对话的声音"。

实际生活中的中岛，是一个"一不小心"就"可能会掉进生活的陷阱"里的人；诗歌中的中岛，更是一个"一不小心"就随时会掉进"初恋"的陷阱里的人。——是的，是"初恋"，这是打开中岛式诗歌"美学问题"之门的唯一可能的钥匙。

我是说，尽管中岛已有十多年的写诗经历，但奇怪的是，诗人至今仍是处子般赤裸地进入写作状态，从不考虑所谓"经验"的问题，而总是"情不自禁"、"多愁善感"和"半死不活"，老病常犯，也从来不改。这个写诗与做人从来不设防、没经验、随性情的小个子男人，总是在诗歌女神面前欲说还休、欲哭无泪，因为想"迎接得太多"而手足无措、泥沙俱下、扎手扯心——"扎手"的是那一种粗粝而坚实的语感，"扯心"的是那一种掏心掏肝的情感。诗人由此而"无奈"。但正是这"初恋"的"无奈"，在任由"美学缺陷"存在的同时，却又"在这个实用的年代里"，"保存"了一己的"真实的经历"，而没有"去随意浪费掉我们的个性"（《在实用的年代》）。

因此，正如张小波所指认的："他的诗歌看不出师承，也没有明确的美学指向——我这样说绝无贬损之意；他为我们提供的，只是心灵投射向虚无的碎片,无所皈依,却根据某种规律不时地飘过我们眼前"。①

同样,"初恋"的说法也绝无贬损之意。既非"青春期写作"的矫情,也非"中年写作"的矜持。在这个讲求经营或唯技艺是问的实利时代里,这"初恋"代表着真诚、代表着纯正也代表着率情率意;由此生成的诗歌写作,不是技艺的出演,而是生命的内呼吸——"尽管呼吸有点紧张/但却充满了生命的本性"(《我想去大街找点爱情》),且从不"附加保鲜剂"(《保存至今》)。

三

诗人沈浩波在题为《他砍疼了自己写诗的心脏》一文中,指称中岛为"在俗世中奔波的行吟诗人",且"是那么的与众不同",实在是知己者的中肯定论。沈文进而认为:"中岛与他的诗是一种紧密的合二为一,不存在谁驾驭谁,不存在控制、克服、处理等技术过程,完全就是他自身的性情、经历、境遇、梦想、谵妄、自卑……完全就是中岛的身与心。"②

正是这样:中岛的诗歌写作,是一种铭记而非表现;是诗人本真生命的分泌物,在特殊的呼吸中,揭发自我的面目,见证周遭的事物,为寻求沟通与理解,或仅为自慰而吟唱。

熟悉中岛的朋友们都知道,这个活跃于整个 90 年代的中国民间诗歌界的"风云人物",在现实生活中,却一直是个背运者、失意者,尝尽了这个繁华时代背面的各种苦味,"辛酸成纠缠不清的

---

① 张小波:《中岛的存在·〈一路货色〉序》,《一路货色》,青海人民出版社 1999 年版,第 5 页。
② 沈浩波:《他砍疼了自己写诗的心脏》,《一路货色》,青海人民出版社 1999 年版,第 167—168 页。

账目"(《心情不好我们都一样》)。对于这个至今仍是单身一人且天生有些自卑感的城市漂流者来说，诗就是他的自信，写作就是他的家，而他创办和主编的《诗参考》，就是他唯一的行李、唯一的伴侣。诗人由此常常不免自卑而敏感，失落而真诚，匆促而率性——可以说，就诗这门手艺而言，中岛似乎一直处于临界状态，但就诗的精神而言，少有人如中岛这样深入到这个时代的最幽暗处："在人群中穿透年代的隔层／在悲剧里打磨如初的欲望"，"这些年／我积满了阴影"(《这些年》)——中岛的诗，正是这时代的阴影最深刻的证词。至少，他代表了一个可称之为"漂泊族群"的精神指向，而这个精神指向，又正无可挽回地在扩展为整个时代的趋势。——由此我甚至相信，中岛的诗必将拥有一个更广大深远的影响，让更多的人感到那为致命的忧伤所击中的畅快的一痛！

是的，是致命的忧伤，以及总是失意的欲望，还有那一种混合着欲望与忧伤的打量或叫作窥视，构成了中岛诗歌的精神底色——透过别人的欲望看自己，透过自己的欲望看世界；透过"人模狗样"的欲望看失魂落魄的欲望，透过忧伤的欲望看欲望的忧伤，以致对忧郁的欲望、对欲望的绝望——这个骨子里仍存有善良美好的理想人格和浪漫情怀、为寻求爱与幸福满世界奔波的诗人，最终在那些太多太多的"纠缠不清的""辛酸账目"中，看清了生存真实的面目和这时代最深层的心理机制，从而发出无非都是"一路货色"的指认，和"我说：要有爱／于是就再也没见到爱"(《我显得无力》)的叹息！

在笔者有限的阅读中，当代诗歌中，少有人像中岛这样，把普通人在世俗生活中的失意和忧伤，写到如此揪心蚀骨的地步：

> 我们没钱也快乐
>
> 内心保存着一种纯洁
>
> 但谁会在你失落的时候
>
> 伸过一双温暖的手
>
> 有太多的传说
>
> 让你死了又活
>
> 有太多的不幸
>
> 让你无法相信这个世界
>
> 谁在怀疑
>
> 满是泪水的盲人
>
> 在看着蔚蓝的天空
>
> ——《我把死亡变得更清晰》

而"时光如逝/我们依然是我们/城市依然是一脸/无所谓的样子"(《无所谓》)。

"城市"在这里成了"现代社会"的代码,成了欲望实现或失落的竞技场,由此形成存在与生存的紧张状态,以及为调适这种紧张状态所生发的新的紧张,这构成中岛诗歌的另一基调。

"我们的日常生活/排得井井有条/就是一不小心/可能会掉进生活的陷阱"(《日常生活》),而"我们绽放的时候/身体没有张开/我们弯腰的时候/心却总想直起来"(《使自己达到最亮》)。由此分延出荒诞的色调:对着想象中的女人自渎(《在想象中折磨自己》),或"想去大街上找点爱情/就可以享受一点伤痕的感觉"(《我想去大街上找点爱情》)。这是何等凄凉的"感觉"——因欲望而生的忧伤最终竟演化为对忧伤的欲望,而自渎竟成了救赎的代码——陷落于都市化/现代化/欲望化的现代人生之真实处境,在中岛的诗中，得到了极为深刻而独到的诗性诠释。

有意味的是，在这种诠释中，诗人一直同时身兼两种角色：既是在场者，又是旁观者；既是窥视者，又是被窥视者。身心分离，灵肉互证，体现出至深的现代意识，且时时渗透出看透了一切而终归于"无所谓"的荒诞情调——一边提示周遭，大家都是"一路货色"，谁也别充大爷！一边提醒自己："生活就是这样/你无法看得太清"（《生活就是这样》），而"创伤掠过我的安静"后，自会"飞向另一处"（《花朵和病句》），轻描淡写之下，一缕超然的意绪透露出诗人精神质地的另一侧面。

这是中岛，诗人中岛！上帝给了他也许是一切不幸之根源的小个子的同时，也给了他审视与超越这不幸的敏锐的目光；上帝给了他漂泊者的命运的同时，也给了他见证与言说这命运的诗性的智慧——清醒的目击者，忧伤的见证人，勇敢的守望者——他自认是这时代的"杂音"，却以这"'杂音'里的内涵"（《有时候》），为这时代的阴影部分，也是其最真实脉动的部分，做出了精彩的命名：

> 精神病院就是英雄们的所在地
> 他们不至于虚伪成木偶
> 出彩的语言
> 无从考证的信仰
> 梦幻一样的快乐
> 它们都是烟云中的圣者
> 从来也不把自己看成是真的
>   ——《别把自己当真》

四

读中岛的诗,有一种特别的诗情诗意的痛快淋漓感。——你会随着他的诗去哭、去疼、去揪心,去感同身受地忧伤与悲悯,间或也会生发一阵会意的微笑,但唯独不会乏味或不知所云——假如你尚未为了美学而忘了人学,因为诗意而忘了诗心,因为技艺而忘了风骨,因为功业而忘了善良。

是的,是中岛,经由他特殊的生命形态所生就的特殊的语言形态,为陷入叙事迷障和口沫泥淖的当代先锋诗歌,保留了一份直击人心而不乏蕴藉的艺术力量。他的诗是个人的,也是时代的,由日常进入,由荒诞化出,不仅是一个漂泊族群的写照,更深入到普泛的人性:本能、欲望、虚无,华丽下的溃疡以及善良的期待与叹息……生命的真实,语言的真实,由命运内在的压力所生育,远离了时尚的投影和潮流的诱惑,遂拥有了不可复制也不可替代的独在品质。

俗话常说"人活一口气",其实诗也是活一口气的。有人气的诗会从诗人的手稿走向另一位诗人,以及更多诗歌热爱者的心里,从身体到灵魂,触动以至震撼读到他的人们;没人气的诗或缺少人气的诗则只能活在纸上,最后只剩下一点"纸气"。

以此看去,貌似繁荣的90年代诗歌写作,其实大多数已变成了一种不痛不痒的纯粹的纸上运动,真正成了"余裕之事",一些高贵的呓语或粗劣的话语狂欢的堆积物。我们依然感佩于那些"为诗的构成而写诗"(韩东语)的诗人,他们为这门古老而又现代的手艺的承传与发展,做出了不少杰出的贡献,但同时也派生出不少纸上的"里尔克"、"洛尔伽"、"艾略特"或什么"斯基",导致生命性言说的萎缩和技术化言说的膨胀。——我在这里似乎在犯一个常识性的错误,将生命与语言割裂开来谈问题,其实谁也知道这是一体两面的存在。诗的实现首先是语言的实现，但语言的实现亦即诗的构成的实现的同时，总须有那么一口气、那一脉生命的搏动在其背后作支撑，你不可能毫无生命体验或情感冲动地去触动语言，好比去做一门功课。"文以气为主"，没有人气的灌注、生命搏动的灌注，技艺有何用？感佩不是感动，令人敬而远之的"人物们"如今已太多太多，而技艺的操练已令人生厌——回首处，中岛的存在令人蓦然惊心！

我一向将诗人分为三类：一般写诗的人、诗人和诗歌艺术家，中岛显然属于诗人一类，且由于他的天生敏锐和特殊遭遇，使他成了这一类的优秀分子。

中岛写诗没有野心，只是随缘就遇任性而为，却又从未从根本上偏离诗的基本审美规律。他的问题主要在于"用力不均"（沈浩波语），敏于句构而失于篇构，在窥视、打量和自言自语的节律中一挥而就。这种本真、自然、甚至有些原始亦即总是停留在初级阶段的写作，限制了他在诗学层面的更高发挥，但奇怪的是，却似乎并未影响到他富有个性的感染力。

一方面，中岛的诗歌触角，总是跃动在存在的最敏感处，总是处在第一现场和第一时间，充满真实、直接的感性力量。另一方面，那种"够用为止"的语感，恰好合乎了诗人自由洒脱的心性，尽弃矫饰，不着经营，更无涉互文仿写，一派仗气爱奇的淋漓畅快，平生许多亲近感。而一旦在葆有这些基本品质的同时，再稍稍用心用意控制到位一点，他就会"蹦"出一些十分完整而精彩的篇章。

譬如，《我坐在上午的某个背面》一诗，冷僻的角度，诡异的氛围，明净自然的语感，如一缕清风的滑过，却留下余韵久长的弥散性暗涵，将一个现代人的落寞写到了极致而又不动声色，颇为老到。再如《场景与等候》一诗，纯属对一次"约会"的客观描述，写得像一篇现场记录，无半点刻意处，却由于剪辑的得当，和浸漫于语气中的那种冷漠无奈的情调，遂使全诗在看似一览无余的陈述后，生发出耐人寻味的戏剧性兴味。这两首诗，都属于叙事风格的都市生活流一路作品，这类作品这几年很盛行，但大多都写得太实、太水、太简单化，反而是中岛在处理这类题材时，能将实的写虚，写出言外之意和意外之思来。你得说，在貌似随意中，中岛其实还是有不少鬼才的。

见证、铭记与自白，这种写作姿态决定了中岛的基本语言体式是叙述性的、口语化的，但他没有走极端，依然持够用和合心性的态度。有节制的口语，有内含的叙事，甚至还有机地保留了意象的杂糅，这使他的诗像他的人一样短小精干，精神头十足而又不时灵光一现。虚与实，明言与含蓄，在大多数情况下，都得到了和谐的融会，有时则会产生惊人的绝句和警言，这是纯粹玩口语和玩叙事的诗人无法获取的。像前文中所摘取的许多诗句，以及"朋友们人模狗样地进出／我在泡沫的背后打量着日子"（《章》）；"我们一如既往地打别人／就是为了收复／我们自己的命运"（《收复命运》）；"我并没有把问题的声音提得更合理／麻木的呼吸／使生锈的季节没有了风度"（《无题》）；"我无法超越的都在我的过程中淡化／仿佛越来越多的鸟儿都要起飞／但是降落的地址却再也不容易找到"（《生存的尽头，我遇见了鲜花的贩子》）等等。

正是这些精彩的诗句，冲淡了许多篇构不足的缺憾，使我们相信：诗人在深刻地表现了当代中国"漂流族群"的另类处境的同时，也构筑了别具一格的另类诗美——简约、爽利、自由、合心性，它是传统的，也是现代的，更是真诚而独立的。

五

在即将结束这篇散论文章的时候，我不能不回到对中岛另一诗歌角色的注目中来——这个以诗为生命依托和归所的小个子男人，在创作的同时，还主办着一份当代中国最具影响力的民间诗刊《诗参考》。没人清楚他为这份横贯整个90年代而持续壮大的诗刊付出了怎样的牺牲，只知道他因此至今没有一分钱的积蓄，没有成家，没有固定的职业，甚至时常过着民工一样的生活，只有友情和诗情是他唯一的报酬和慰藉。——可以说，无论是民间还是庙堂，中岛和他的《诗参考》都是这时代最感人的一首诗，没有人能再与之相比！

于是我有幸见到并深深记下了这样一个场景：1999年11月12日，当资深诗歌评论家孙绍振先生在出席北京"龙脉诗会"中，翻阅刚出刊（14、15期合刊）的《诗参考》后，在发言中感慨地称许褒奖这份民间诗刊，认为它一期顶过十期公开诗歌刊物，予以高度评价时，在场的中岛一时竟愣怔在那里，涨红了瘦削的面孔，激动得不知所措！

那一瞬间的印刻让我为之深度震惊，一种面对彻底的虔诚，而肃然升起的敬重与感佩！据说后来的两天里，中岛一直为此欣喜若狂，像成家立业生了孩子一样，我则于震惊之余在心里悄悄地流泪……

诗是什么？何谓诗人？在一个非诗的年代里，我们为何如此痴迷而坚忍地守望着诗性人生的存在，不惜付出一切？最终，我还是想到了中岛的诗作，那是诗人最贴切的回答，并有理由相信，当历史重新检视这个时代时，会特别珍重这些深沉的诗句：

我获得了什么

这并不重要
诗歌是我多年居住的场所
我从来就缺少对话的声音
除了我
还会有谁绽放
我终生都会守候一个人的到来
一个未知的人
我不会茫然地接受任何人
尽管你们一直把我拒之度外
尽管我自己也拒绝自己
日子慢慢地过去我慢慢地老了
但我的心永远在等

——《除了我还会有谁绽放》

2001 年 6 月

真实与自由
——侯马《他手记》散论

一

新世纪当代中国诗歌，着实热闹了十年。一边是"制服诗人"们虚浮造作的历史叙事，一边是"游戏诗人"们自得其乐的活在当下，和其所处的时代语境无一不合拍，以至成了这十年主流话语的合理组成部分。即或是此前一直艰难成长的先锋诗歌，也在无所不及的写作与空前便捷的传播通道豁然降临后，堕入了表面形式的话语狂欢之中。"世界是平的"，连"先锋"也正在被纳入"消费"的"时尚"，乃至整个文化体系都在加速地时尚化。

表面看起来，"时尚"好像是市场经济和商业文化的发展必然产生的文化形态，与意识形态的主导无关，其实正是主流意识形态的有意合谋与有效利用和用心鼓促，才使"时尚"如此普泛而十分强势地攻掠了几乎所有的"消费空间"（假如把诗的创作与传播及欣赏，也纳入这个"消费"概念的话）。而时尚的结果必然是趋于一致化、平面化、平庸化，引诱的是欲望，追求的是流行，操作的是游戏，满足的是娱乐，刺激的是感官，造就的是"娱乐至死"而灵魂无着的人。这是比意识形态更具有控制力的一种东西。而我们知道：无论是意识形态，还是意象形态，都是对人的"意识"的一种异在的控制。只不过，前者是公开的、硬性的、暴力性的一种控制，后者是隐性的、软性的、迷幻性的一种控制。

而，无论在任何时代，诗的存在，都应该是一种尖锐而突兀的存在，一种在时代的主流意识背面发光，在文明与文化的模糊地带作业的特殊事物。尤其是先锋诗歌，在中国式的现实经验里，在现代性的文化语境下，质疑存在，追问真实，一直以来，都是它得以发生与发展的本质属性，也是其赖以高标独树的不二利器。

堪可告慰的是，尽管近十年来的先锋诗歌，正越来越沦落为一种姿态和标记，钝化、细琐化、宣泄化、游戏化，失去了它应有的锐气和力量，但总有那些真正为自己负责也同时为历史负责的诗人和他们的作品，适时填补时代的缺憾，让其重新拥有新的自信，和稳得住的重心。——在此，诗人侯马和他的"特种诗歌文本"《他手记》的问世、获奖，和随之引发的持续性关注与反响，无疑是新世纪十年来，先锋诗歌一个颇有意味的收获。

仅就这部作品而言，其内容之驳杂、思想之深刻、诗感之明锐、内涵之丰厚，尤其是对历史记忆与现实担当的跨时空整合，以及横行无忌的形式探求，都是这十年诗歌中难得一见的：在对包括"散文诗"在内所有现存汉语诗歌形式进行了空前彻底的"冒犯"后，却依然不失诗的意味和意义，乃至隐隐透出一些史诗般的灵魂和风骨，实在是令人不可思议的一种挑战。尤其是它所抵达的自由与尖锐的写作境地——既是文本的自由挥洒，又是人本的自由表达；既是思想的尖锐认证，又是艺术的尖锐探求，并由此在与时俱进的主流诗歌之外,在即时消费的流行诗歌之外,重新恢复了当代中国先锋诗歌的责任和荣誉。

"作为一件极具探索意义和文本价值的成熟力作,《他手记》是对诗歌形式主义的反对,却又从本质意义上捍卫了诗歌的尊严。它是思想之诗,命运之诗,信仰之诗,人之诗"。首发《他手记》并授予其"十月诗歌奖"的《十月》文学杂志,在其授奖词中所下的如此判语,可谓高度概括且分量不轻。

不妨就此展开更深一步的讨论。

二

诗以及一切艺术,无论是传统还是现代,总是灵魂不死而形式多变,亦即是对世界的说法的不断改变,而改变着世界的存在与发展,这似乎已成公认的定律。新诗的诞生并滥觞百年,更是从语言形式上翻转千古而反常合道,继而成为百年中国人,尤其是知识分子与年轻灵魂,言说自由心声和生命真实的优先选择。

这种选择的关键,在于对自由言说的倾心和对认领真实的追寻。

也正是在这里,新诗遭遇到它宿命般的悖论所在:一方面一直为移步换形居无定所的无标准乃至形式不明所尴尬,一方面又不断为无边界无穷尽的探索创新所牵引,而得以发展壮大。加之,百年中国风云激荡,对存在之真实的探求,和对生命之真实的认证,成为几代中国人经由文学艺术,所要获取的第一义的要旨,从而将灵魂的解渴推为至高的审美。新诗更是首当其冲,并最终从形式上归结为"无限可能的分行"(叶橹先生语)而任运不拘。由此,对语言形式的试验,和对生存真实与生命真实的追寻,便成为先锋诗歌的标志性特征。

既是"任运不拘"而"形式不明",又何来"形式主义"?"十月诗歌奖"的判语中显然有虚拟"反对"对象的嫌疑。但侯马的《他手记》又确实"反"了几乎所有的诗歌形式,以至于对尚且持有一定形式与标准认定的笔者而言,只有将这一作品指认为"特种诗歌文本"。

具体来看:一部《他手记》(依据江苏文艺出版社2008年9月版)共分四辑480则(或段、或首)结集,每则依序编号。其中53则分行并有独立的诗题,可算为53首现代诗;另有29则标有独立的诗题却不分行,可算为29首散文诗;其余近400则,既无标题也不分行,只以序号区分编排。同时,全部480则,无论是排序还是分辑,除少数临近之间有大体相近的内容关联外,整体上基本无从找寻何以如此排序或分辑的逻辑关系或内在联系,只是就这么散乱而无由地"播撒"在那儿,有如我们这个时代同样散乱而无由地"播撒"着那些什么一样,透着一股子既无序又合理的"邪劲"。

从各则文字的长短来看,最短的一则只有6字(第270则"诗歌就是停顿"),最长的两则都超过500字(第90则"别针……"和第385则"哦,雨加雪"),可谓随心所欲,毫无理由地自在生发而不管不顾。

再从结构样式上去看:有的像诗,有的真就是诗模诗样;有的不失为格言箴语,有的就只是随感断想;有的是精妙的小散文,有的则逼近超微型小说;有的假扮"传统"之面相,有的极尽"现代"之能事。更有意味的是,有几则只要稍加分行处理,就是很精到的现代诗,如008则"鸟儿……"、013则"水仙……"、014则"醉酒……"、096则"花儿……"等,诗人偏就散文式地摊放在那儿,还特意将同一则(首)"诗",分别用分行和不分行两种形式排列（第211则和第212则），似乎在有意无意或特意提示读者：我不是不能"诗"，我就是要这样"诗"给你看——如此试错、倒错、杂糅、杂呈、混搭、混用，整个一个从"前现代"到"后现代"的拼贴，盛大而混乱的集合，而愈发形肖于我们的时代了。

实际上，仅就《他手记》中许多单个作品而言，处处可见诗人侯马不同凡响且具有综合性的写作能力和写作经验，有的则令人扼腕击节：如第279则"当酒与醋跪在粮食的灵柩前……"，就是一首寓言性散文诗的上佳之作，用语精确，安排妥贴，寓庄于谐，不动声色里机锋如芒，且将所谓的"哲理诗"，由普泛的社会哲理层面，提升到生命哲理层面，寓意精深，余味悠长。再如上述第90则"别针……"，简直就是一篇十分精到而富有诗意的超微型短篇小说：两个青涩男女，一段中国往事，浓缩于一个别针的意象，和一段公交车程的路途。心理，事理，画面，气息，以及时代背景，仅仅五百余字，却已将年少的一瞥扩展为成长的记忆，并将这记忆带入历史的景深而交相印证。其整篇细节的捕捉，情节的拿捏，意绪的掌控，氛围的渲染，无不精致得当，读来凄美深永而难以释怀。

但问题是，作为如此"全能"的诗人侯马，又何以非得将这些似诗又非诗的篇什，统统纳入他统称之为"手记"的集合之中呢？

我们只能再次强行切入准学理性的推测：作为试验性的文本，诗人或许正是想借由这种杂糅并举的文本样式，来表现这同样杂糅并举的时代语境（如前文所一再暗示的那样），以求以复杂的语言形式，作为复杂意绪的合理容器；同时，诗人似乎还想借此向我们显示：正是"他"所代表的一代人的那种个人化的心灵形式，决定了《他手记》的语言形式，并以此试图重新恢复先锋性的"本质意义"，和先锋性的"诗歌的尊严"。

而我们也知道，仅就新诗发展历程来看，文本样式和文本品质，亦即诗型和诗性的存在，在具体创作与作品中常有背离之处；许多徒有诗形的分行文字，其实并不具备起码的诗性要求，而成为非诗；许多具有实验性、探索性的文本，却又在深具诗性的同时，违背或超越常规的诗形样式。更重要的是，身处我们的时代，可以说，只要你还在用体制化的语言或某种"范式语言"和宣传性或"布道式"的心理机制在言说，哪怕是言说非体制性的生存感受，就依然可能只是失真的言说和失重的言说，难以真正说出存在之真实。而侯马式的"他"的出场，显然是另类的，不同凡响的。

是的，这真是一次空前的"冒犯"，一次空前的"反形式"而至"破坏的总和"，以及由此而生的一种跨文体写作的超级文本。我无从知道或不能全部理解，侯马何以要选择这样的方式，来创造这样的文本（熟悉当代中国诗歌的人们都知道，这位诗人为我们贡献过不少精到的"合乎规范"的现代诗），只能直面它就是如此这般地存在着。

而直面的另一个逻辑理由是：假如一位诗人经由这样的方式，已经代我们说出了我们所处时代的某些生命与生存的真实乃至真理，同时又表达得那样自由无羁，精妙而智慧，且不乏诗性的情趣、理趣、意趣及谐趣，并深含现实感、历史感和悲悯情怀，我们还有必要追问他是怎样说出来的吗？

当然，绕过这个弯，还得再深入探勘，诗人侯马是如何以这种看似非诗的形式，诗着或说是实现着诗的意义，并成就为"思想之诗，命运之诗，信仰之诗，人之诗"的。

三

将侯马的《他手记》，归于新世纪十年先锋诗歌的重要文本来看待，不仅在于其特别的语言形式试验，和极其自由的表达方式，更在于经由这种表达，为我们所曾经历和正在经历的时代，做出了尖锐而深刻的真实认证，及其历史的纵深感，和现实的丰富性。

作为这一复杂文本的叙述主体，《他手记》中的"他"，是以单数第三人称的"旁观者"立场，和个人化的独特视角，来展开其广披博及而又不失焦点所在的诗性叙事的——转换话语，落于日常，散点式的扫描，碎片式的剪辑，见树不见林式的速写记录，看似散漫无羁，缺乏重心，却始终有个在的明锐与深刻，以及各自鲜活的律动，与丰富的肌理感，既不失长诗巨制的总体架构，又避免了传统宏大叙事的空泛与生硬。

按照福柯的说法，只有"踪迹"是可信的历史真实；借以偷换一个说法，只有"肌理"隐藏着存在的真，并真正能为我们看到和体验到。只是因了长期大历史叙事的后设"脉络"式（所谓"规律"等等）知识驯化，我们对日常"肌理"的存在，从审美到审智，都渐已退化乃至寂灭，只剩下假大空的视角与言说。转而进入"他手记"的世界里，没有所谓的"道理"，只有所以然的"肌理"——存在的过程，过程中的细节，细节里的体味与叹谓，然后成诗，成文，成灵魂中不可忽略而坚持存在的记忆。

在此需要特别指出的是，坚持持有这种"记忆"的"他"，是从上世纪60年代出发，并横贯70年代、80年代、90年代，直至新世纪十年的历史进程的"他"。从文化学的角度而言，这是真正所谓承前启后，而彻底回返生命真实与生存真实，从而也彻底改变了当代中国文化形态的一代人。由此，当这个单数的"他"，代表一个无限复数的"他们"，来述说有关成长的记忆、现实的关切、良知的呼唤、历史的反思、思想的痛苦以及真理的求索时，实际上已构成了一部1960年代人的心灵史，并从时代主流意识的背面，为只活在当下而"娱乐至死"的人们，提交了一份足可警世洗心的"浮世绘"。

不妨具体领略一下这部"心灵史"与"浮世绘"的要点：

这里有对老一辈人生的重新认证："母亲的一生怎样展开。有十几年，她每晚出门，为街坊四邻、乡民村女看病，打针或针灸。这无私助人的品质言传身教给儿子，无人窥知她作为富农儿媳、军阀女儿笼络群众、救己救家的用意"（第039则）——历史场景中个人命运的隐在真相，在此昭然若揭；

这里有对集体无意识之奴性人格的冷静观察："做被迫的事情也保持积极的态度：他体会到了一个囚犯的体面"（第004则），而"他已生活在思想的监狱里了，竟然还是畏惧肉体的监狱"（第155则）——这是自我的检测，也是群体的存照；

这里有对女性生命意识的深刻揭示："一个女人的心灵史，竟是把自己头发留长剪短、烫弯拉直、镉黄染黑的历史"（第086则），而另一个"她站在河滩洗衣。河水有些混浊，看来，她在意的是去掉衣物上的人味，而不是衣物沾上沙土"（第154则）——不动声色中的直击本质，让人不寒而栗；

这里有对当下时代语境的精妙讽喻："当代的神女峰，不是千年的伫立，是千百次地拨打手机"（第227则），而"小市民是小市民的捍卫者，英雄却是英雄的反对者"（第267则）——社会转型中的文化病灶，为冷眼旁观的"他"一语中的；

这里有宏观视野中的慨叹："没有历史的城市，克制不住往高空生长的欲望"（第231则），是以"他需要生育四个孩子，来统治荒原的四面八方"，"来表达对世界的一声叹息"（第236则、

237则）；

这里有微观窥探中的低语："他在祖国的道路上散步，为没感到幸福而羞愧"（第343则），进而发现"一颗无比圣洁的心，渴望着非常世俗的生活"（第369则），并且，"他所有的努力不是为了前进，而是为了回到零"（第476则）；

这里有对历史真实之黑色幽默式的反证："一支铿亮的枪，保持适度的威严，它参加过缔造历史的若干重大战役，因为品相完好，被陈列在博物馆里。事实上，它不曾射杀过一个人，甚至都没有射中过"（第360则）；

这里有对生命真实之美好意绪的悄然认领："遗落在皮座上的黑丝巾，一握之盈，她的柔软，她的芳香，从指尖到心尖。这朴素的思念，像深埋大地中古老的根系，悄然纤细而又坚韧地生长"（第328则）。

——如此这般，真是一个无所不在的"窥视者"和思考者：

在"新近回国的流亡诗人""专心吃饭"的镜头中，"他"品味出了信仰的悖论（第365则"信仰"）；

在伟人逝世哀乐响起的历史关头，"他"在"大师傅一边问：是谁？一边眯着眼睛，用勺子把苍蝇准确地捞出"的动作中，品味出常态人生的真谛（第350则"历史"）；

在"格瓦拉的孝"（第345则）中，"他"对中国特色的文化语境的调侃入木三分；在打工者的"被褥"（第315则）中，"他"对底层民众艰难境遇的理解催人泪下……

亲情，乡情，爱情，友情；家庭，社会，自然，俗世；乡村，都市，国内，海外；个人，族群，当下，往事——由生灵观照到心灵观照，由现实观照到超现实观照；大至历史反思、人性考证，小至惊鸿一瞥、自我盘诘，可谓"全息摄像"（心象、事象、物象以及意象），无所不及，目击而道存，存于细节，发为认证，并在处处闪烁诗的蕴藉和思的锋芒的同时，辅以悲悯情怀的润化，和对真实之信仰的光晕，只在指认，不着论断，以看似情感之低调的"灰"，呈现存在之底色的"杂"，而渐次逼近诗人所心仪的"大灵魂的大手笔"（第 220 则）。

总之，一部《他手记》，仅就其内容之庞杂和思想之深刻来说，确已不负"思想之诗，命运之诗，信仰之诗，人之诗"的称誉，并以其近于"现代启示录"性质的坚实品质，为当代中国先锋诗歌的深入发展，提供并开启了新的可能。

正如侯马在其《后记：关于"他手记"》中所言："《他手记》首先是对诗的反动，又是对诗的本质意义上的捍卫。他尝试这样一种可能，就是用最不像诗的手段呈现最具有诗歌意义的诗。"

这里的"诗歌意义"，在我的理解，至少于当代中国诗歌，尤其是先锋诗歌而言，在依然深陷"瞒"与"骗"以及伪理想、伪现实的文化语境下，作为诗的存在之第一义的价值，恐怕还得立足于对自由表达的追求，和对认证真实的信仰——由此，如侯马《他手记》这样的"对诗的反动"，和"对诗的本质意义上的捍卫"之先锋道路，我们或许还要走很长一段时间。

至于这样的"可能"是否最终能成为"经典"，大概只有交付未来的历史书写者去认定了。

2010 年 7 月

"在自己身上克服这个时代"
——读陈陟云诗集《月光下海浪的火焰》

1

为一位当代诗人的新结集诗集写评，硬拿来尼采的名言作题目，不免有些矫情，尤其是当这一名句正成为当下"时尚"之说时。

然而，一者我自己近年来，确实每每想起一百多年前尼采的这句话，而耿耿于心，深感提了个大醒，总想与同道说说；二者面对这部诗集的文本与人本，读进读出，读前读后，待到要找一个心得体会的聚焦点时，也是油然而生地想到了这句话。两厢自然生发，也就无所谓矫情不矫情了。

关键是，一个时代总得有人在它的背面发光才是，尤其是诗人。海德格尔说"还乡是诗人的天职"，或许也含有这个意思。

于是在我自己，便有了一年前的夏天，出席在南开大学召开的两岸四地当代诗学研讨会发言中，顺口说出"退出研究，重新思考；退出批评，重新感受"的四句感言。

这是一次自甘认领的"撤退"——退出潮流，退出角色，退出与时俱进的狂欢，退出造势争锋的繁嚣，重返初恋的真诚，重返诺言的郑重，重返清晨出发时的清纯气息，以及那一种未有名目而只存爱意与诗意的志气满满、兴致勃勃，并重新了悟：诗以及一切艺术的存在，都并非用于如何才能更好地"擢拔"自我，而在于如何才能更好地"礼遇"自我，由此或许方能"脱势"而"就道"，"在自己身上克服这个时代"。

2

如此的心境中，一年后的盛夏，有幸读到来自南国的诗人陈陟云，这首题为《撤退》的清凉之作：

> 从所有的道路上撤退，退回内心
> 一棵沉默的树等待着
> 清辉四溢。每片叶子都透着光的纯然
> 吐出疼的芬芳
> 语词的景观，是一片原生的开阔地
> 有如忘川之畔的留白
> 在蝴蝶纷飞中敞开
> 风吹澄明，桃瓣褪色
> 只有气息的轻盈，轻如飘絮
> 自在，忘然，无己
>
> 从所有的道路上撤退，退回内心
> 蜕下的肉身
> 在流光逝去的尽头耸立

坚实，优雅，而清辉四溢

诗后的落款日期为2012年3月，可谓陟云诗歌生涯中一个别有意义的春天。

这个春天前后，诗人总在反思，本属于自由而超迈的诗性生命，何以总是一再重蹈覆辙于"角色的天空"，"沦陷于太多无法辨析的信号／在频道的变换中／以镜状的异形／装卸生命的异质"（《角色的天空》）？诗人由此决意"撤退"，重新"入定"，听"水纹的走向／与心纹的异同"《午后入定》，在"一扇门已被关上，另一扇还未打开"的间歇时空（《岁末》），瞻望"雪域"，"把纯净的蔚蓝作为唯一的背景"（《雪域》），于中年午后的诗性生命之旅中，认领一份坚实、优雅而"清辉四溢"的独守，也便有了这部同样坚实、优雅而清辉四溢的新的结集。

为遥远甚至有些陌生的信任所感动，更为同样的"撤退"后那一份心领神会的共鸣所感染，当我收到陟云这部题为《月光下海浪的火焰》的诗稿，并潜心细读后，我想，我该为这位"隐者诗人"说点什么了。

3

指认陟云为"隐者诗人"，似乎有点"离谱"。

至少在新世纪以来的当代诗坛"谱系"中，作为诗人的陈陟云并不寂寞。不足十年间，已出版诗集《燕园三叶集》（合集，2005年）、《在河流消逝的地方》（2007年）、《陈陟云诗三十三首及两种解读》（合著，2011年）、《梦呓：难以言达之岸》（2011年）。作品散见于《花城》《大家》《诗歌月刊》《上海文学》《人民文学》《十月》《星星》《诗刊》等刊，入选《中国诗歌年选》《中国诗歌精选》《中国新诗年鉴》《中国最佳诗歌》《中国文学大系·诗歌卷》等。同时，诗评界的关注也不失热切，按照诗评家向卫国的说法，评论陈陟云诗歌的文章至少在数量上已相当可观，并召开过两次高规格的作品研讨会。

然而有意味的是，如此的"靠谱"而"显豁"之后，陟云之诗之诗人的存在，客观上，好像并没有成为聚光灯下的时代之星，而体现在新的文本中的主体精神与心境，依然是"独守一份孤独"的冲谦自牧：

> 今夜，躲进一个词里
> 在那里孤独，失眠，无端地想一些心事
> 在那里观照事物，获取过程
> 把鞋子穿在月亮上，让路途澄澈、透明
> 对应体内深切的黑暗
> 把发音变成鸟语，牙齿便长出翅膀
> 咬一溪流水，嗑两畔花香
> 如若意犹未尽，把眼睛守望成露珠
> 映照草尖上的另一颗
> 这苦痛的附加之物，瞬间被纯净照亮
> 光晕拖曳生命的本质
> 抵达无人可及的混沌深处
> 或者，干脆把皮囊脱成一袭黑衣
> 脱去一生的长吁短叹
> 骨骼也是一个词，从语言遮蔽的背面
> 进入另一个词
> 在那里打坐，面壁，坚守

这是写于2013年3月的《躲进一个词》，是"撤退"之后的另一番"隐者"自况——看来，从文本到人本，陟云的存在，无论被动或主动的"显豁"，置于当下语境，都难免不合时宜——"我一直拒绝参与公众题材写作和集体写作"！明确说出这一写作立场的陈陟云，无疑已将自己归属于另一类诗人：疏离于主潮的远岸，在时代背面发光的诗人。

这样的诗人在这样的时代，只能是出而入之或入而出之的"隐逸性"存在：非实验，非先锋，非前卫，非一切非本真的角色，而回归本质、本源、本色、本根，由平实中见出不凡，由限制中争得自由，由守望中获取飞跃——由此生成的写作，遂脱身于功利的迫抑，化为常态，化为自若，化为从容，所谓不落凡近，潜沉修远，无论走在怎样的路向上，都可以走出一种风度、一种境界。

4

而"隐者"郁。——时间之伤、生命之伤、爱情之伤，忧郁之质、勃郁之气、沉郁之韵，遂成为陟云诗歌之不可更改的主题取向与内在气质。

这取向不免有些高蹈，却源自诗人生就的理想情怀与浪漫性格；这气质不免有些孤高，却发自诗人"前世今生"割舍不了的上下求索。如此成就的作品，或有品质的差异，确然无涉艺术的真伪，在陟云这里，更多了些"哲思倾向"与"幻象书写的特点"（向卫国语），以及"高远的人生理想和独特的价值观"（张德明语），并总是"具有痛楚的、诚恳的力量"。（唐晓渡语）

试读诗人长篇组诗《前世今生》中的片段：

薇，今夜我体内音韵枯槁

白骨丛生之处荡出朵朵异香

　　　　　　　　　　——第一章之（1）

薇，再过千年，你我的剧情依然是
一个男人立在性情里，一个女人活在美丽中

　　　　　　　　　　——第一章之（2）

我们起身，脱去光影
把面容隐进壶中的图案
一生终究始于一滴泪，止于一杯酒

　　　　　　　　　　——第一章之（5）

　　古典情致，现代意识；植风月于虚无，索存在于幻象；传统抒情调式中，不失独在语感的别开生面；庄骚意象密林里，不乏思想坚果的真知灼见。

　　尤其是意象的经营：繁复中见冷峭，馥郁里生清冽，加之惊鸿一瞥之格言警句的顺遂点化，读来颇为"过瘾"——在"口语"与"叙事"滥觞的当下，邂逅这样的"诗美乡愁"，不免有些微醺的感念。尽管读多品久之后，也略有语境稍显粘滞、情志较为单一的遗憾，但其气格高迈、体会深切的基本品质，总是在在感人至深。

　　再试读《南橘北枳》中这样的"感知"与"表意"：

当你吃完一只橘子，光线也会变得湿润
秋色开始丰满，如高贵的身段
在红与黄之间袅娜，起舞
一只橘子，是一方水土幽深的火焰

还是比火焰更为炽热的梦想?

一只来自俗世人间的"橘子",也被"幻化"到如此的意境,难免有"高蹈"之嫌?

实则,过去的一个时期里,我们过于强调了当代诗歌的"求真"、"载道"与"社会价值"功能,与另一种"载道"与"济时"(时势、时代之"时")之官方主流诗歌形成二元对立而实际一体两面的逻辑结构,忽略了诗歌作为语言艺术和精神家园之"净化心灵"与"捡拾梦想"或"复生理想"的美学功能。

这便是"隐者诗人"的意义之所在了。

5

细读结集于《月光下海浪的火焰》中的所有作品,确如作者自言,全然与"公众题材写作和集体写作"无涉,甚至很难勾连到一点当下现实的投影。这看起来是个大问题,说清楚得引进另一番学理。

当代诗人于坚给诗下过一个别有意味的定义,说诗是"为世界文身"。在汉语世界里,"文"同"纹","文,画也"(《说文解字》)。"集众彩以成锦绣,集众字以成辞意,如文绣然"(《释名》)。可见"为世界文身"的功能不在改造世界,而在美化、雅化世界。

单就精神层面来看,新诗以"启蒙"为己任,其整体视角长期以来,是以代言人之主体向外看的,可谓一个单向度的小传统。其实人(个人以及族群)不论在任何时代任何地缘,都存在不以外在为转移的本苦本乐、本忧本喜、本空本惑,这是诗歌及一切艺术的发生学之本根,一个向内看的大传统——所谓"与尔同销万古愁"。古诗中有千古,方能传千古。新诗百年,基本走的是舍大传统而热衷其小传统的路径,是以只活在所谓的"时代精神"之当下现实中,一旦"时过境迁",包括"心境"和"语境"之迁,大多数作品即黯然失色。

反观新世纪以来的当下诗歌写作,其主潮性流向的关键问题,正在于与现实生活的关系实在是过于紧密了,是以"闹",是以"泛",是以"轻",乃至成为本该跳脱而生的现实语境的一部分,所谓"枉道而从势"(孟子语),唯势昌焉!

上述学理,设若还勉强成立——当下语境下谈这样的学理难得不勉强,回头再来看待并理解被我称为"隐者诗人"陈陟云的诗歌立场和美学价值,以及指认其"在自己身上克服这个时代"的"矫情",我想,是不必再啰唆的了。

好在不管别人、他人包括学人们怎么说,看陟云的架势,是个一条道走到黑而得大光明相的主。这时代,做人,要有点"古意",做诗人,要少点"顾盼"多点"自若"才是。诗里诗外,读陟云读懂后,知道他是存有古意也不失自若之辈,其潜沉修远的未来,似乎也无须再另作揣摩。

最后的结语自然也就留给诗人的诗句为证而自洽了——

> 活着,永远是一滴泪
> 死亡,无非是一滩血
> 这样的时代还有什么骨头
> 可以雕刻自己的塑像?

——《深度失眠》

2014 年 7 月

"天籁没有所指"
——之道长诗《咖啡园》简论

记得是去年秋日的一个黄昏,之道来家中小叙,谈到诗,忽而就蹦出一句"天籁没有所指"。我为之一震,盯着他看,却再没了下文。只是发现,一向认认真真的之道,脸上表情,却难得一见地散漫迷离着,好像揣着满腹成熟的软柿子,温润在自己的喜气里。

当时就猜想,这爱诗爱到命里去的之道,一定是新近得了好作品,揣在怀里等着熟透了再示人呢。果然,半年后的诗人之道,正式向诗界推出了他的《咖啡园》——一首"天籁没有所指"的长诗佳作。

1

认识之道近十年,在我的诗歌生涯中,算是浅近之新,却每每感念他虔敬、诚恳而低调的诗人气质;与之道交往,尽在善意诚心中，水流花开，自然风致，不操心哪一天他就变了个人而不知如何对待。

仅就写诗而言，之道的天赋"段位"不算最高，属于那种主要靠修为和历练，按季节生长成熟的诗人。但之道比之这一诗人族群中的不同，还在于他既随"时节"，又不随"时节"，对诗坛季候，对身处季候中的他自己，常葆有客态的审视与自省。

是以这多年里，之道有点像诗歌界的"游牧民族"，在风格的寻求和方向的定位之间，不断"转场"，悠游自在。唯身边知己者时而操心着，资历匪浅的诗人之道，何时能拥有独属于自己的"界面"？

《咖啡园》的问世，至少，为这个期待中的"界面"，开了一扇确切而有景深的窗口。

2

近年读书问道中，于当代诗学，得出两点体会：其一，就语言层面和文体层面而言，新诗说到底，只能算是一种"弱诗歌"；其二，因袭现代汉语语境下的当代诗歌写作，怎么创新，都脱不了创新性的模仿或模仿性的创新之大局限。

如果认同这一理论前提，而需求解于具体写作的话，我给出的临时答案是：其一，独得之秘的生存体验、生活体验与生命体验；其二，独得之秘的语言与形式探求。二者居其一，即可别开生面；二者兼而得之，或可别开一界而独领风骚。

按时下时尚说法，即：一则拼"走心"、"接地气"，二则拼"语感"、"接底气"。"地气"者，当下时代脉动之在场；"底气"者，古今学养修为之在心。

或可再换一句口号式的说法——

一手伸向存在，存在之真；一手伸向语言，语言之魅。

3

回头说之道和他的长诗《咖啡园》。

之道"转场"写诗，实在心底里时时揣着个诚恳，要求个切实的自我诗性之所在的。转来转去，一时得工作机缘，转到了千岛之岛的印度尼西亚，在一所咖啡园里做了半年多的临时"移民"。在这个只问天气而不知"场气"为何的海外"伊甸"，诗人一时被彻底清空而后"发呆"——所有复制、粘贴之类的"编程"，所有郁闷、纠结之类的"脉冲"，渐次被消解到"爪哇国"里，重新净澈的心与眼，有了另一种通透，也便复生另一种脉动和视线：

> 园子里万物精准
> 唯独粗粝的时间码堆在一起
> ——第四季第 6 节

在这个时间粗粝而万物精准的"伊甸"般的咖啡园里，或者说，在这部无主题、无指向、也无确切寓意，只是散漫摊开在四季一百八十节一千零八十行的"天籁之作"里，连我们曾经赋予无数热切理念和宏深隐喻的太阳和月亮，也只是"两只宠物"（第一季第 29 节），而"风，趴在罗尼的肩上酣睡"，唯"记忆盘腿一坐，指指点点"（第四季第 45 节）。

由此，这位也曾"与时俱进"过的中国诗人恍然大悟："果园没有这类文明的进程"（第一季第 21 节），而"爱，从来就不限于人与人之间"（第四季第 2 节）——

木屋后的空地
白天用来晾晒鲜果

夜晚晾晒心情
月光下，不分好坏

——第三季第39节

4

天籁之作源自天籁之遇。

当然，这样的"天籁之遇"，是为了然"天籁没有所指"而心有戚戚的诗人所准备的。

由文本推想人本，每每或被动或主动随季候"转场"的诗人之道，或许内心里，一直郁结着那份"天籁"般的"乡愁"，等待可能的释解与开放。不然，我们就无法理解，也曾经"超现实"、"后现代"、"新古典"过的之道，何以能如此轻松自如地转呈天籁之音，写出这部无涉时风而人静怀永的长诗来。

心领方能神会——天籁无从刻意而求，只是原本就在那里的转身即就：

小木屋前
种着几株讲道理的菜蔬

浅显、直白
像日常用语

比如谢谢、不客气
　　比如白椒、芦荟

——第一季第 23 节

　　由所谓时代精神，回返久违了的自然时空，以一镜之像，呈现人世风情，吟咏田园风华，一向老成持重的诗人之道，随天籁之遇而净空生辉：由"天然去雕饰"的心境，导引"清水出芙蓉"的语境，入幽出朗，浑成不觉，而骨脉相适，本色自然，令人击节称奇——现代诗人写田园诗，原来也可以写得如此轻直透脱，而又涵深思远。

　　细读全诗，章节形制看似整饬工稳，内里意绪情思却任由散漫，以纯净成其迂回，疏密杂沓，幽然有致，一种随缘就遇式的捡拾或采摘，机心尽弃，烂漫而就。如此语境里，人物、天物、植物、动物，皆风情自在，随意而出，而闲旷和怡。所谓"自然的人性化"与"人性的自然化"（李泽厚语），在此得其所然。

　　尤其是那份独得之秘的语感——

　　　　摘下可可
　　　　剪掉全部新枝

　　　　剃光头的树
　　　　忽然觉得日子原来如此轻松

　　　　就像可可豆卖掉之后
　　　　一沓钞票塞进老罗尼的手中

——第一季第 45 节

> 果园里没有传说,也没有典故
> 老罗尼望着空中的鹰

——第二季第 3 节

如此干净、清通、朴率又有意味的诗句,读起来真好,真喜欢!

关键是,整部长诗的修辞技艺,其实大体不出二三:叙述语式、白描手法、夹叙(事)夹意(象),却能每每于素直间生俏色,素宁中得朗逸,素净里见底蕴……如此一路水流花开般地"素"下来,由不得让人叹赏——写诗原来也可以如此轻松而又如此可意!

却又未全然"世外桃源",骨子里的现代感,现代汉语式的现代感,即或在"爪哇国"里,也会"偶尔露峥嵘"——

> 刚刚学会撒谎的螳螂
> 给身边的小螳螂炫耀
>
> "我的老师来自中国
> 他们说:前方有蝉,后方必有黄雀"
>
> 蝉与黄雀听到时
> 万分惊愕

——第一季第 43 节

其实此中关键,在于《咖啡园》的诗性叙事,通篇看似没有方向,只是散点扫描,实则却处处留意细节,得神于物,复由这些实实在在而有意味的景物事体之感人细节，内化出诗意的天籁来，令人感同身受而生色有余。

5

记得读木心时，感念其说：植物是上帝的语言。后来我曾将这句话改用为一句诗学理念：诗是植物的语言。

如今，至少在之道的长诗《咖啡园》里，我欣然于这一理念的合理与美妙。机械复制时代，读厌了各种"流水线"作业，产出的时潮诗人流行诗作后，一时与之道的《咖啡园》不期而遇，确然有一种"他乡逢知己"的惬意。

天籁之作！

而之道的"天籁"没有所指：既不是什么挽歌，也不是什么颂歌，更不属于什么代什么派，而只是一曲独得之遇进而独得之秘的"天籁"——遇到了，动心了，写了，如此而已。

当然，一般而言，凡"天籁之作"，似乎总会因"质有余而不受饰"以致多有失于精致之处，《咖啡园》也在所难免。质地与风采，率意与考究，如何两全其美，实在既是悖论所在，也是张力所在。其中得失，端赖个人忖度。

只是，有了这样一次"天籁没有所指"的淘洗，想来此后的诗人之道，无疑会更诚恳、更虔敬，也更自信、更淡定得了……复想起长诗中那位可爱可亲的咖啡园主，那位念天地之悠悠、独孤然而会心的"老罗尼"——诗里诗外，似乎总能见得作者惺惺相惜的寄寓之所在：

安静的时候
老罗尼给我指指天，指指地

琢磨很久
方才明白：

天堂万般美丽
你必须独守一份孤寂

——第三季第 35 节

2015 年 3 月

诗城独门
——评陆健诗集《名城与门》

一

走近陆健,走进陆健的《名城与门》(文化艺术出版社 1992 年版),在诗友之间,或许是一种必然而至的缘分,而在作者与批评者之间,则是一次意外的开启与激活。

走近陆健,首先是走进了一种特殊的诗歌现象,一个迥异于潮流之外的创作族类。

从朦胧诗的十年(从 1976 年算起)到朦胧后的十年,从北岛到于坚,两度大潮,风云际会,对于主要注目于先锋诗人和实验作品的批评家们来说,"陆健"可能是一个较为生疏的诗人名号。包括我自己在内,也是在一种半生半熟的印象中,步入他的诗歌文本,然后得以感动与惊喜。他使我一下子想到我于 1992 年的春天(正是陆健完成这部诗集之时),在一篇题为《终结与起点——关于第三代后的诗学断想》的诗论中提出的那个观点:"我们还一再疏忽了冷静而沉着地游离于朦胧派诗人和第三代诗人之外的，对整个现代主义新诗潮做深层参与，且保持独立诗性和超越目光的，可称为边缘性诗人的从作品到人格的关注和研究。他们是另一族类的诗人，也许历史从他们肩头跨过去时，不会断裂和陷落。"对于先锋批评家们而言，当历史大踏步前进时，这种对"边缘性"的疏忽，似乎是无可指责的，但当尘埃落定，在反思、梳理与整合之际，对这一疏忽的补偿便成为必需。

实际上，近年为诗歌理论与批评界所关注的许多热点话题，诸如"新理想主义"、"新历史感和时代精神"、"个人写作"、"本土气质"以及"母语写作"与"语言问题"等等，在上述边缘性诗人那里，反而能找到更切实的指认与验证。潮流造就的是不断探索和创新的历史，与其推举而出的重要的诗人；边缘造就的是个在的诗歌品质和由此产生的优秀的诗人，是对新疆域的精耕细作，对新艺术空间的收摄、凝定与整合。当然，这里所说的"边缘性"，必须排除那些对新诗潮完全持排斥、拒绝与不理解、仍囿于传统新诗观念和与主流话语藕断丝连的诗人群落，他们是另一种存在，也从不甘自认是边缘。

正是在这样的思考之下，走近陆健，走进当代诗人中"不可复制的一个人"（《门之二》），走进我期待已久的那种指认——我是说，至少就陆健的这部《名城与门》诗集而言，他为我们开启了一扇特异不凡的独在之门，一扇有许多理论话题可言说的诗性之窗——"在深不可测的透明中/有一只鸟正攀缘"（《门》）。

二

以古今中外文化名人为题的诗作，在当代诗坛不乏所见，有一段时间还成为大小诗人必应之题，记忆中仅写梵高的作品就不下百首，可见已成为当代诗人们有意着力之题旨。但最终将其成就为一部诗集，并由此拓殖出一片独立的精神空间和艺术空间者，陆健和他的《名城与门》似是唯一。从诗歌史的角度而言，说陆健独辟蹊径，填补了当代诗歌的一页空白，也不算过分。这不仅体现在诗人如此着力于一个题材而予以集约性的展现，成就了一派大气象，且体现在诗人卓然独到的观点、角度和言说方式。

作为历史的聚焦点，一个时代的文化名人，便是那个时代之文化的精魂和眸子，自然会牵动诗人们的目光和灵感。只是在大多数以文化名人为题的诗作中，这些"精魂"和"眸子"常常仅止于一种引发、启悟或感召，亦即，仅是一个话题的支点而非话题本身，诗人们大都自说自话，很少就那个"支点"本身做更深的探究。或者说，这些以文化名人为题的诗作，依然只是诗人自身生命体验和人生体悟的另一种样式的表白而已，真正对文化名人本身的切入，则多以泛泛而难得细切深入。由此带来的缺憾是显见的。名人们仅成了一些脆薄的投影，而由他们所凝聚的深厚的历史背景和文化蕴含，则大多已流失殆尽。

《名城与门》则不同。诗人以一整部诗集的规模，来展现一个世纪以来，中国文化名人的代表人物，其本身就构成了一个宏大而深远的历史空间。

在这里，诗人既是名人/文化/历史的造访者、对话者和重新塑造者，又是对这一造访、对话和塑造行为本身的叩问者、思考者和独语者。名人是历史的碑石，构成一个时代的文化景观和精神殿堂。陆健对他们的造访，既非单纯借先行者的精魂浇后来者的心中块垒，又非被动地仅止于对先行者的写照而示后人。诗人起于造访而落于对话，在以新人类的眼光赋予名人们新的认知之后，便着力于代表新人类与先行者进行心灵的交流与撞击。

由此构成的精神张力场中,诗人既与历史交谈,又和自己争辩;既深入对名人/先行者心路历程的追寻,又执着于对造访者/新人类心路历程的叩问。两种角色,交叉换位,多重视点,全息造影,最终,不仅为我们再造了一座诗化的文化"名城",同时为我们开启了步入这座"名城"之别具深意的诗性之门——让我们知道:"一种怎样的形式完成囿限/精神于何等范围里舒展/巨石之轻,青春之古老/大师站在麦穗的光芒上面"(《门之二》)。

三

以名人为题,做文学写照,应该说,仅就诗歌而言,是一条很难再拓殖出什么新意的老路子了。对此,先锋诗人们多已弃之不顾,或仅偶尔为之,而在一些传统诗人手里,又少见有什么新的突破。这是一种挑战,选择这种挑战,得有超越性的形式能力和独自前行的精神力量。

陆健知道:"艺术以'不择地而出',以自由为最高宗旨,诗歌尤甚。划定一个范围,无异画地为牢;面对一个个具体人物,几近陷自身于孤立无援的境地,艰难且危险……"然而诗人还是选择了它,并获得了成功——在如此传统而日显局促的领地上,拓殖出如此鲜活而灵动的意蕴和境界,《名城与门》的意义价值是显而易见的。实际上,自这部诗集问世以来,确已影响日盛,深获包括台湾诗界在内的广泛好评。

而,需要批评界更进一步研究的是,诗人陆健是如何在这片旧领地上,说出了许多新的东西的同时,所展示的那些不同一般的新的说法。按诗人自道,即如何"在限制中迸出灵魂的欢呼"。[①]

[①] 陆健:《名城与门·自序》,《名城与门》,文化艺术出版社1992年版,序第1页。

在限制中创新,以寻觅最恰切妥当的表现形式——对于经由两个十年的探索与实验浪潮而逼临世纪之交的现代汉诗而言,这是一个有意味的重大命题。"保守主义过于经常地保留错误的东西;自由主义则过于经常地放任自流,置约束于不顾;而革命者则过于经常地对永恒事物加以否定。"当年 T.S. 艾略特的这段名言,在今天看来,似乎正好切中我们的诗坛时弊。细研陆健的《名城与门》,不难发现作者对这一时弊的超越意识,显示出一些我们期待中的新的形式能力,这正是这部诗集特别吸引论者的关键所在。

先说结构。这是《名城与门》首先让人刮目相看的一大艺术特色。

整部诗集由 61 首作品组成,其中 48 首分别写了 48 位现当代中国文学艺术大师和文化名人,中间穿插进 13 首(实际是 12 首,其中一首重复出现于序诗和尾诗)同以《门》为题的诗,有机地将 48 首"名城之咏"串联在一起,形成类似音乐套曲及协奏曲的效果,且有一种建筑美的艺术效应。

说起来,这些似乎都是传统的结构手法,但经由陆健的再造,且运用于这样一种诗歌样式中去,便顿生新意。48 首书写名人的作品,如同 48 种不同音质的乐器,在同一时代场景和文化语境中众音齐鸣,交相辉映。穿插于其中的,则是那 12 首如小提琴般的独白式演奏,相辅相成,相融相衬。由此,本是分散的单首作品,合成为一部交响诗,且又不失每首作品单个的风采和意蕴,兼有组诗的韵致与气势——就笔者所见,在当代诗歌中,这种构成尚属独创。

新的结构,不仅带来的是一种新的审美感受,更重要的是,它为拓展诗作所要开启的精神空间,提供了一种新的张力机制。

我们随诗人/造访者步入"名城",与大师们对话,在历史的投影中检视自己的来路,再随诗人走出"名城",倾听造访者心灵之门的洞开与回响。如此回旋跌宕,我们方能和诗人一样,感受到"体验的快感像煨熟的炊烟/在一个精细的盒子内充分"(《张贤亮看见》)。

应该指出的是:好的、新的诗歌结构,不单是一门技艺,更是一个诗人心智成熟的标志。

诗,就其生命含义而言,确实不是一门技艺,而是一种生命存在下去的方式。但就其艺术意义而言,又确实是一门技艺,一门可以使诗成其为诗而非其他什么东西的艺术。当诸如"生命写作"等有关诗歌精神向度的"启蒙话语",已普及到任谁都会喊几句的时候,对技艺的关注便上升到新的高度。在大量完全无视技艺、不知结构为何物的诗歌作品中,我们得到的只是些日常生命之破碎的记忆片断,或者只是些肤浅而无节制的日常生活流泻物,是没有孕育与生长过程的"水果沙拉"或"罐装食品",是供一次性消费的诗歌快餐,经不起历史的汰选与时空的打磨。

由此反观陆健,显然是对此有自觉认识的成熟的诗人,通过他的《名城与门》,他向我们显示了在有价值的传统之约束中,锤打出自己的道路的能力和风度——这是一种技艺的风度,更是一种生命的风度。

四

诗是语言的艺术,"诗人是语言借以生存的手段"(奥登语),语言问题,已成为近年来当代诗学注目的焦点。这里的关键,是如何重新认识现代汉语与古典汉语以及汉语与西语的通合问题。

诗人必须回到"语言之源里饮水"(瓦雷里语)。对当代中国诗人而言，这"语言之源"有两个方面：其一是古典汉语之源，其二是现代汉语之源；前者纯然是本土之源，后者则系移洋开新之源。

由于文化境遇之故，古典汉语在20世纪发生了巨大的断裂而成末势，我们的新诗基本上是由现代汉语之源浇灌拓殖的。这一语言态势，一方面促使我们对现代意识和现代审美情趣的进入，一方面，也造成了某些有价值的传统文化根性的丧失。古典诗歌的辉煌，在其思、其言、其道之三位一体的圆融贯通且通达无碍。现代汉诗的问题，恰在于其思、其言、其道常有相悖之病，说出来的和想要说出来的之间，常存有相当大的落差，难得抵达对经典的企及。实际上，经由70余年的流程，现代汉诗也已形成了一些利弊相间的传统，只是由于频繁的诗运浪潮，使人们少有心境去认真反思和梳理这些传统。这其中，如何将古典诗歌中尽管有限而却不可完全抛弃的某些功能机制，有机地移植于现代汉诗中来，以再造与重铸新诗语言传统，当是一切有志之诗人必须面对的重要命题。

在陆健的《名城与门》中，我看到了对这一命题的企及，并有其独到的深入。

细读《名城与门》，我们会发现，陆健的诗歌语感，是无法作简单归类的。口语诗、意象诗、新古典、超现实、结构、解构乃至禅意，在这部诗集中都有迹可寻，但又非简单的复制或组合。这显然是一位有语言自觉、修为较深而又不失整合能力的诗人，在他的笔下，语言成多种成分的杂糅、融会、互动、共生，抒情性的、思辨性的、叙述性的、戏剧性的，独语、对话、隐喻、白描，多功能，多向度，和谐贯通，总体上又呈现出一种接近透明而又内凝的语境，显得明澈而静穆，有一种内在的自明之光。

这样一种语感，用于《名城与门》这样的题旨，尤生奇效。我想，这也许正是这部诗集之所以获得海内外各个层面的诗人、诗评家为之倾心的缘由吧？

前文说到，诗人陆健在《名城与门》中，实则为自己设置了一个"高难动作"——造访名人，叩问历史，检视一段中国文化的内在理路，以反观今日国人的心路变迁，对诗这种艺术形式而言，可谓承受不轻。既是诗，且是人物诗、思之诗，则必须造型要传神、思辨要精湛，非简单的议论、粗糙的描写和浮泛的抒情所能达到（这也正是在一些诗人手里将此种题材写败了胃口的原因所在），必须有综合性的语言能力，方能险中取胜。而陆健不仅取胜，且显得游刃有余，实在令人叹服。

试举证分述如下：

先说抒情。严格地讲，陆健所操持的抒情语势，已脱逸于传统诗学中所谓的抒情之说，属于一种冷抒情的现代范畴。这是经由内敛和沉淀了的一种思辨之情，冷凝而坚卓，有一种骨感的、峭拔的美，一刹那间将存在之眼洞穿朗照的思芒之美。例如《天豪石刻》中这样的诗句："石头里的灵魂发出呻吟／历史的面庞红润起来"。情不可谓不深，却不露声色，如渗漏的瓦斯，等待思想的引爆；似浸入石中的血丝，可见而不可企及。

作为思着的诗，情必须潜影而行，让位于叙述性语言做主要的载体。在以意象为根本的传统诗学观念中，叙述性语言似乎只能是意象元件的串联材料，难以以自身活色生香。这一观念，经由当代中国第三代诗人代表人物们的革命性实验，予以了彻底的改观。《名城与门》中的主要语式，即属于这种重铸后的叙述语式，且经由陆健的别有用心，有机地保留并糅合进一些与叙述和谐共生的意象语，显得更为老到与精妙，构成这部诗集中最为让人击节的艺术享受。尤其是在用于状写人物时，状貌、传神、通灵，皆寥寥数语而全得之，实在是当代诗歌中难得的绝唱。

如写山水诗人孔孚：

  孔孚每逢溪流都要洗脸
  之后眼睛里有鱼啼
  头发贮满鸟声

          ——《孔孚山水》

仅此三句，老诗人孔孚的人品、诗品、风采、神韵皆跃然纸上，生动如握。

再如写冰心老人：

  冰心，总是从容
  总是在中心的旁边居住着
  把一件事等待到白头

          ——《雅士冰心》

以从容的语势写从容的老人，清水白石之间，高山流水之音，冲淡、舒展，一句"总是在中心的旁边居住着"，真个便道尽了世纪老人一个世纪的从容，而如此简净的语词后面的余韵，又是那样的绵长而久远。

再如写作家王蒙："总觉他是放不下微笑的"，看似轻描淡写的一句，已尽传神之妙，让人觉着真是再没有比这句更妙的说法了。而"脚落在地上乃现实/抬起/即是小说了"（《王蒙的步态》），更让人忍俊不禁，会心叫绝！

一般来说，叙述性语言是一种较为平实的语言，主要功能大体限于言物状事及传达信息方面,入诗,则很难如意象那样,有丰富的蕴藉和隐喻功能。然而到了陆健笔下,这种"叙述"却反生一种奇效,乃至成了一手"绝活"——语实意不实,言近而神邈,遣词运句不着一字生涩,好似随口说出,而那说法的后面,却有一个不小的寄寓空间作深度弥散,所谓博至于约、寄深意宏旨于言外。

最能体现这一特色的,是写造访叶圣陶的几节诗:

> 门待了一会开了
> 这位老者使人放心
>
> 老者宁静,双鬓、头顶上
> 那么多季节,站着
>
> 他慢慢俯首
> 像风不仅吹动一棵树
> 而是吹动整片森林,仿佛
> 我身后站着整个人类
>
> 一队迷途的乡亲回到该走的道路
> ——《拜访叶圣陶老》

这种叙述,像不着色彩、无意构思的速写与白描,乃至不回避叙事的成分;没有多么深奥的语词,更无涉繁复玄奇的意象,但谁都能感受到,在这晓畅、平实的几句话后面,蕴藏浸漫着一时难以体悟穷尽的意味——有关文化、有关生命、有关历史的遗想与存在的困惑,以及等等。

如此举证之后，或许已经可以看出，陆健对叙述性语言的再造，显然是走了另一条路，这条路来源于对古典的创化而非仅止于当下语境的启悟。在现代主义的语境中，保持一份古典的明净与浪漫时代的幻象，是陆健得以特行独立的风骨所在。为此，诗人在他的叙述语言中，还依然保留了一些意象的成分，以与他独到的叙述风格相映成趣。

说到意象，陆健更有他自己的把握：不滥用，不落俗套，不趋流行，在精简中求奇崛，于不经意处见玄妙，加之与其叙述性语式的有机配置，十分亮眼而过目难忘，有时则起着画龙点睛、朗照全诗的功用。

如《弘一法师》结尾二句："单蕊的芳魂承受善意眉峰淡淡禅坐/披晚钟的碎片身躯不着一字"，可称得上当代诗歌意象中的绝笔！再如"虎足松弛在悬崖边如花灿灿"（《胡松华在光明树下》）；"马蹄犹如蝴蝶/倒向回忆的人满头花香"（《舞蹈的陈爱莲》）；"雪降落空白充斥在它们之中/梅花抱紧冻伤的幽蓝"（《门之三》）；"一只金斑花豹/起坐/观看自身丽晖泛滥的皮毛/光滑似水，随月色而走"（《门之八》）。——仅此几例，便可见陆健营造意象的功力之深：诡异、玄奇，如林中响箭，空谷足音，多成绝唱。

作为诗评人，我无权排斥那些以密集堆砌意象为能事的诗作品，但作为诗人，我却一直倾心于那些能合理使用意象，形成更多的文本外张力，而不致过于黏滞与生涩的诗作——陆健和他的《名城与门》，正是这一脉诗风的典范之作。

同时，我还特别注意到，诗人不仅在语言上注重对古典诗的创化，包括不避讳用文言虚词，即或是在为许多诗人们已弃之不顾的节奏和韵律上，也用心良苦地进行了有机的创化。整部《名城与门》，细读之下，均可感受到这种化传统为现代、化陈旧为鲜活的特别的韵味，包括字词的配置、语气的顿挫、语意的跨跳与断连,皆深含控制的心机。像"抚木成花/指云即为流霞/无扰之黄昏/在分行的句子里/屠杀一段实用主义//有一种海"(《王蒙的步态》),读来颇有三分古典散曲的韵致。

五

总括上述,可以这样认为:诗人陆健和他的《名城与门》,在灿如星河的当代诗坛中,至少有两点是值得我们重视的:其一,在以诗的形式书写历史与现实人物这一不可或缺的特殊领域里,做出了卓然独步的深入与建树;其二,在对古典诗质与现代诗质、传统新诗与现代新诗的融会贯通的艺术探求中,走出了一条可资研究与借鉴的新路子。

打通"古典"与"现代",整合"移植"与"本土",坚持个人写作与探索,又不失对现实与历史的关注,写出我们自己的现代感,创生出我们自己的现代审美诗质——这已是临近世纪之交时空中,一切有远见卓识的中国诗人所倾心共赴的道路。在这条路上,诗人陆健应算是早行一步者,且已显示出坚卓的脚力。

诚然,就其整体的创作成就而言,陆健尚未形成更大的影响,然而就其潜在质素而言,这是一位可期以厚望的诗人——勤奋、执着、睿智而沉稳,"那些孤单的峰峦的骨骼/是因为奔波/才没能死在兄弟们中间⋯⋯"(《门之六》)。

1996年5月

烛照一层特异的生存意蕴
——评孙谦诗集《风骨之书》

十年前,台湾《蓝星》诗刊举办首届"屈原诗奖",大陆青年诗人孙谦以一组《魏晋风骨》诗作入围获奖,引起两岸诗界的瞩目。我当时已开始涉足台湾现代诗的研究,知道两岸诗歌交流中存在许多误差,对一向不知名的孙谦在彼岸诗坛突获大奖,开始是抱有疑惑的,认为可能又是"撞大运"碰巧"撞"上了。及至后来仔细研读了其获奖作品,方诚服其实力所在,并得知他就在离西安不远的宝鸡市工作、生活,是我的近邻,便打听到具体地址,去信联系。有意思的是,后来孙谦尽管一直与我保持着极为疏淡却从未中断的书信联系,但始终没有见过面,心知这是位"特殊诗人",不但其诗连其人都扎根在另一个源头,并非故意的特立独行,而是其本源质素的与众不同。

按照大陆学者的某种传统说法,新诗至今形成的大体格局,仍是由四个"球根"孕育发展而成,即:浪漫主义、现实主义、现代主义和新古典主义。仅以大陆20世纪下半叶的新诗走向而言，前20多年，是革命浪漫主义和社会主义现实主义的主流，且"主流"得有些走形，并未得其真义；80年代以降至今，则是现代主义倡行的时代，从思潮到文本，都有了长足的进步，成就斐然。但于新古典，包括新乡土诗一路，却一直乏善可陈，远远不及台湾新诗在此方面的努力。而我一直认为，新古典诗歌应是汉语新诗发展，更可能有所作为的一个走向，尤其是它更易于接通汉语传统和古典诗质的脉息，以此或可消解西方意识形态、语言形式和表现策略对现代汉诗的过度"殖民"，以求将现代意识与现代审美情趣有机地予以本土内化。

基于这种认识，我才特别看重孙谦的存在，也理解了台湾诗界对他的青睐。至少在大陆的新古典诗路中，孙谦有其不凡的表现，只是有点生不逢时，只能边缘孤居独行，默然而沛。好在终于有了这样一个机会，由台湾蓝星诗社来出版他的第一部诗集《风骨之书》，也便使我有机会为这位未曾谋面的诗友说几句感佩之言。

《风骨之书》分两卷结集：卷一"魏晋风骨"，收诗20首，是地道的新古典风格，也是诗人的代表作；卷二"岁月风情"，收诗20余首，则是诗人另一脉风格的展现：浪漫、抒情与现实的交响。由此两翼展开，内在的"风骨"却是一致的："在貌似故意躲避时代意义的态度中，却以心灵摄取历史演变进程中内在的旋律，以一种高级的生命方式、言说方式显露深在的企望，进而完成时代参与者和见证者的角色。"（孙谦：《绝响之上的回声》）[①]

显然，孙谦不是单一的新古典诗人，强调其新古典一面，在

[①] 本文依据作者提供的书稿清样撰写。文中所引作者语，皆出自孙谦原《风骨之书》书稿后记《绝响之上的回声》一文，后台湾蓝星诗社2003年出版此诗集中，此文未随书刊出。

于他为此路薄弱的诗风做出的贡献，而具体从两卷作品来看，也还是卷一的新古典风格更具特色和分量些。这20首以现代诗人的视角重新解读魏晋人物的诗作，各自独立成篇而又有内在题旨的一致性，是真正意义上的组诗佳构。其《刘琨·重赠卢谌》一诗的开头一节，可视为诗人创作这组诗的精神寄托与心理趋势之所在：

> 夕阳像一块石头无声地沉坠江河
> 浮云上漂流的岁月
> 在视阈所及没有落脚之地
> 烈风重重地撞击我的胸膛
> 把深深的骨头里的热血和梦想摇撼

正是这种在现实中"没有落脚之地"的遗世之伤，使诗人在魏晋人物那里，找到了一种"灵的眺望、心的气象"的"契合点"，使"历史与现实、梦幻与生存的沟通成为可能"。诗人于现实之"空"中，溯寻古典之"实"，从魏晋风骨中淘出一瓮老酒，一脉醉中之醒、醒中之醉的诗性生命之光，来"烛照一层特异的生存意蕴"（《阮籍·大人先生传》），以宣泄古今同然的入世之痛、出世之郁和怀世之悯。当然，诗人经由这种对传统文化精义和古典精神的现代诠释，最终要叩问的是"在枯朽死亡和污浊面前/在阳光月光和星辰的旋转中/谁能持有清白/通体透明不存芥蒂"（《刘伶·酒徒颂》），进而抵达"与时间和命运的冲突、对立与抗争"和"对人道的担当"、"对世道的挑战"，以及"对天道的探询"之"内在的深度"等有关生命品质考量的严肃命题。

从语言上看，这组诗格调高古，气息凝重，时有冷峭奇崛的意象令人惊心扼腕。如《嵇康·广陵散》起首二句："做人，抑或做一棵竹子/你胸膛里的酒和血这样想",颇有"直言取道"而情怀烈烈之势。再如《陶渊明·归园田居》中的诗句:"他张开一直握着的手掌/原来自己的骨头就在掌握中/他一挥手把骨头抛出去/那骨头就变成了苍碧的原野/依着山的边缘移动/吐气若兰","掌握"一词用其本意,极为精到,而"骨头"与"原野"的意象转换,既意外又恰切,再加之"依着山的边缘移动"的分延,顿生"云揉山欲活"的灵动。我尤其喜欢此诗中"一炷琴香还没燃尽/秋天就漫上手背了"这样的语感,由叙述中自然顺畅地带出意象来,不显特意和滞重,而内涵又很深切。

整体而言,20首诗中,凡特别出色者,大都写得很顺畅,有紧有松,肌理清明,如《嵇康·广陵散》《阮咸·阮》《陶渊明·归园田居》《左思·咏史》等。多数篇章,则因用力过重,造成意象密集和气韵促迫而稍显滞涩了些。不过,或许诗人正是要借这种滞重感,来传达其骨重神寒的诗歌精神,也未必没有道理。

卷二"岁月风情",实为夫子自道,一部现代诗人的精神之书,且处处浸透着挽歌情调。其中《插花》一诗,可谓点睛之作:

> 在器具上,穿过季节的手
> 为日子安置亮丽的梦想
> 不是打造和捏塑
> 是在荒凉的心情中剪辑
> 在丛生的意念里接近
> 或走进,一种缺失的精神

可以看出,在此"岁月"中所"荒凉"与"缺失"的,恰好是"魏晋风骨"中的"热血和梦想"。跨越时空,两相对照,颂歌与挽歌,追古而悼今,一体两面,皆在于"一个时代可以是另一个时代的镜子"，鉴照而追索的是同一题旨："人性的觉醒和觉醒的人格力量。"

有意味的是，涉笔当下时代，诗人的那支笔反而没了返身魏晋之作的沉着与优雅，时而暴露出语言的芜杂与心态的游离，显得有骨力而无神采，好诗佳作不是很多。

这里的关键在于缺乏控制，想说的太多，又任由倾诉性的语言牵着走，便失去重心而致散乱。譬如《铸剑》一诗中写"铁块在火焰里逐渐苏醒/被这么久违的激情所浸漫/飞扬的醉意，于无言中软化/软得像一轮水中颤悠的朝日/软得像一团带血的赤婴/软得易于感动，易于受伤"，意象生动而传神，却因诗中其他部分过多理念性语词的说明与挤压，失去了整体感染力的强度。

孙谦写诗，其内驱力来自生命郁积的爆发和对生存真义的思考，根骨很正，只是尚缺乏语言层面的深度内化，未能将言说的迫抑转化为更为沉着的表现。

然而最终，一部《风骨之书》的亮点，不仅在于使新古典一路的诗风，有了一个可资参照的坐标，同时让我们领略到一脉久违了的诗歌精神：那种沉郁如老酒的入世之痛、出世之郁、遗世之伤和怀世之悯，那种如剑芒般尖锐的思者之骨、诗者之气、士者之峭拔的姿态。多年的边缘行走，使孙谦成为"在时代最暗处发光"的诗人，写作对这样的诗人而言，早已不再仅仅是诗意的亲近或诗艺的修为，而"只是一种保持生命本色的努力"，"一种改换生命的方式"，并由此"烛照一层特异的生存意蕴"。

在一个空前浮躁而功利的时代里，这种诗歌精神已属稀有之物，可以想见，持有它并坚持下去的人，必将写出更有分量的《风骨之书》，而成为"被恒久的光芒所照亮的人"。

2002年5月

有现实穿透力的诗性叙事
——读谭克修诗集《三重奏》

1

谭克修的《还乡日记》《海南六日游》《县城规划》三组诗，自问世两年多来，不断被转载、传播、评说、获奖、入选多种诗选，成为诗人名世的标志性作品，也渐渐成为新世纪以来并不多见的，形成广泛影响的重要作品之一。

显然，在连续的野草疯长、灌木成林、见林不见树的审美疲劳中，谭克修诗中的某种特殊品质，让人们为之眼亮而心动了。在这个失去边界也没了方向的平庸时代里，这种难得的眼亮与心动，似乎正生发出某种能让我们稳住脚步而聚焦视野的意味，算得上一个不大不小的"诗学事件"。

现在，谭克修又将这三组诗连同有关文章及访谈合为一集，以《三重奏》为书名出版，使诗歌界可以重新全面认识和评价其价值所在，值得祝贺！

2

当代汉语诗歌从传统的抒情调式、意象思维谱系中抽身出来，步入叙事、口语和日常言说以及网络狂欢的宽阔场域后，变得空前活跃与繁荣起来，颇有些"广阔天地，大有作为"的态势。

从想象世界的主观抒情到真实世界的客观陈述，从蹈虚凌空的生命知识化写作到直面存在的知识生命化写作，经由"第三代诗歌"和广义的"九十年代诗歌"的有力拓展，现代汉诗的表现域度，确实展现出了前所未有的丰富与广阔。只是，除少数优秀诗人在这一不乏社会学意义和文化史意义的进步的同时，还能葆有美学意义的进步之外，大多数普泛的诗人们，都仅止于那跨出的第一步，将手段翻转为目的，以革命或狂欢替代了实质性的探索。

就此，什么都可以写，怎么写都行，成了新的所谓"先锋意识"，诗人们于此义无反顾且空前狂热而极端，并以与这时代同样浮躁的心态和"大跃进"式的姿态，在通往新的疆域的大道上一路狂奔。与此同时，诗歌创造也被迅速地平面化、平均化、平民化以及平庸化，到处莺飞草长、浮华纷呈，而到底云烟变灭、大树寥寥，只有以量的极度膨胀来填补整体下滑的质的空乏。

这其中，作为最初生气勃勃的驱动力而又转化为能量衰减的反制力的"叙事"与"口语"，无须再论争，早已成为普适性的诗歌修辞方式乃至话语狂欢的首选，由此形成的新的诗学谱系，也早已发为显学且推为时尚。虽然开始的锐气因大面积的仿写与复制已被大大削弱，但偃旗息鼓好像还为时尚早。

同时应该看到，这一谱系的深入发展，并非必然就要陷入非诗化的泥沼或平庸的结局，只是过多的"二手货"及赝品，造成了鱼龙混杂的难堪局面。我们经由诗回到了存在的真实，却又唯真实为是而淡远了诗的本质，变口语的爽利为口沫的随意，变叙事的活脱为说事的便利，且大有愈演愈烈的趋势，一再遮蔽了其本来的重心与方向。尤其是，自新诗潮以降的现代汉诗之发展中，一直未得以很好清理与消解的运动情结和功利思想，更使得后浪推前浪总是演化为后浪埋前浪的心理机制，导致一代又一代年轻气盛唯我独尊的诗人们，总是只顾眼前当下，流上取一瓢，勾兑新的时尚，一再疏于对已有典律的发扬与整合，也就总难以将任何可能性转化为经典性，只是一味趋流赶潮而已。

于是，当此之时，便需要有新的人物站出来，在韩东之后，在于坚之后，在伊沙之后，为这已空前泛滥而日趋困乏的时尚写作，给出新的有效的证明——证明叙事与口语尚有英雄用武之地，并未耗尽其本来的诗性品质，且在具体的作品中，予以可信任的出色表现。

这样的新的人物，近年不乏涌现，但谭克修的成功，似乎更具代表性。

3

细读谭克修三组代表诗作之前，我首先仔细研读了其颇有影响的诗论文章《汉语诗人当前面对的五个问题》，明显感觉到，这是一位厚积薄发、有备而来的诗人。这个"有备"，不仅是作为一个成熟诗人在诗歌创作之经验与修养方面的积累，更在于其对所处时代之精神生活与社会生活的深入体验的贮备。

我们知道，在重新步入诗坛之前，谭克修曾有过一段短促而多彩的诗歌创作之初恋阶段。以大学生活为背景的这段主要来自阅读体验而生发的"试声"写作，虽然始终受制于"仿生"的困扰，未能确立其创作的本源方向与重心，但作品中所显露出的诗感和语感都颇见天赋，不算太差。

后来的诗人谭克修，并未沿着这条大多数诗人都沿以为习的老路子走下去，而是以"断裂"的方式，毅然作别"青春期诗恋症"的诱惑，一头扎入"一种对社会接触面尽可能广、能让自己有所历练的生活"当中，以他所从事的城市建筑设计工作辐射开去，广泛而深切地在现实人生中摸爬滚打，并成功地打造了一位年轻的实业家的良好基础。此时再返身诗坛，"多年来远距离对诗歌的思考与这些年的生活经历突然一起合谋，促使我在很短时间内完成了系列组诗：《还乡日记》《海南六日游》《县城规划》"。①

由间接而直接，由仿生而原生，由反射而自明，重返诗坛的谭克修显得沉稳而自信。从带有个人诗学纲领性质的《汉语诗人当前面对的五个问题》一文中可以看出，此时的诗人，以多年客态身份对诗坛诸般问题的勘察而发出的思考，有着怎样清醒而准确的把握。尤其对"日常经验写作"的反思，可谓振聋发聩。

诗人也由此确立了自己的创作理念："优秀的诗篇不会停留于对生活和事件进行简陋记录和概括、就事论事的即兴表演上，而应该具备开阔的视野和对现实强大的穿透力，是一种能通过自身亲历或大众熟悉的'小事件'反映出'大意识'的博杂的诗篇，能最终达到准确、真实地与社会面貌及时代进程相关联，具有某种'见证'意义的诗篇。"②

实际上，这段话也正是诗人对其三组代表诗作不无自诩意味

---

① 谭克修：《诗歌理想和现实生活的合谋——答〈诗歌月刊〉访谈》，全文见谭克修诗集《三重奏》，花城出版社 2006 年版。
② 谭克修：《汉语诗人当前面对的五个问题》，全文见谭克修诗集《三重奏》，花城出版社 2006 年版。

的定位之评,并将其命名为"《见证》系列组诗"。

4

仅就艺术品质而言,严格地讲,《还乡日记》《海南六日游》《县城规划》三组诗,并未臻完善,尚有一些欠缺之处。如结构上显得过于平顺,节奏滞闷,组诗中各分节的独立完整性不够,导致题旨的分延与收摄间缺少有机的联系,不少篇章有未尽意之嫌等。但毕竟瑕不掩瑜,其整体独具一格的诗性叙事方式、语言肌理与寓言性内含,已充分显示了诗人自信而老到的艺术修养。

具体说来,至少有两点值得重视,或许也可以为当下诗歌所借鉴。

其一,对现实世界的穿透能力和对时代征候的概括能力。

由抒情而写实,现代汉诗对现实生活世界的重新接纳已成为主潮,但或许是受到90年代以来个人化写作风尚的影响,这方面的作品大都局限于过于世俗琐屑的小打小闹,从而普遍成为物质狂欢、肉体狂欢和话语狂欢的浮面折射,或成为日常经验的简单提货单,难以深入存在的本质,并予以整合性的表现。

谭克修的三部组诗,首先选题就很典型:一写"乡村",二写"县城",三写"旅游",都是当代中国社会"转型"与"换心"的"敏感地带"与"关节点",处理好了,就有窥一斑而见全豹、牵一发而动全身的功用。这显然是诗人处心积虑的选择:看似书写现实,实为见证历史——民间的视角,知识分子的立场,以客态入世而展春秋笔法,在不动声色、了无褒贬的客观记录中,处处暗藏反讽意味和悲悯情怀。

由此,诗人的一己之"识见",遂上升为带有寓言性质的特别之"事件",且以流动不居的主题,将现实世界之宏观与微观切片交错放大或拉近，造成既具体又深邃的空间感，让"事件"中凸显的细节本身，来说明事件自身的意义，并将指认真实转化为见证存在，从而直抵现实的内在裂变与复杂蕴含。

如此，那华丽下的溃疡（《县城规划》），那转型期的"破伤风"（《还乡日记》）；那富于解构意味的反讽："行政中心广场被规划成扇形图案：打开的/扇面是斜坡草坪，表示政府倾心于民众/握着扇柄的政府大楼造型简洁有力/沿民主的等高线而下，主体建筑保持了/关系的均衡。再下面采用曲意逢迎的/古典园林。最后消失于重重的迷宫之中"；那充满辛酸哀伤的咏叹："他们的房子空空荡荡。这些/佚名的木柱、木方、木板/依然抱在一起，抱着/他们晚年的空虚和寂静/堂屋坐不稳一束远道而来的/风，在方格床单上，找寻/我去年的折痕。墙壁上空空荡荡/一座老式挂钟，踮着脚尖/在时间的角落里徘徊/看着木头的颜色暗暗加深"；以及华丽时代之"集体的梦境"中，那不经意间显露的灵魂的破绽（《海南六日游》），等等。

最终，纪实转变为抽象，现实转变为超现实，且不下判语，也不开处方，只是生动而微妙地呈现世道人心之紊乱的脉相和潜在的危机，而一个时代的本质症候，也就在这一咏三叹式的"病相报告"中，得以确切而深刻的"见证"——这"见证"既不"高屋建瓴"，也非小感小伤，甚至还有点彷徨与不知所措，却让人长久难以释怀而思之深远。

其二，对叙事的反思与重构和对诗性叙述与潜抒情的复合表现。

跨越世纪的先锋诗歌，重在转换话语，落于日常，借叙事、口语拓宽道路，一时天高地阔，但很快因无节制的挥霍，造成两种非诗性倾向：一是沉溺于日常经验的简单还原，不求深意；二是缺乏语言肌理，仅靠结构撑着，无可品味。

　　说到底，诗是具有一定造型意味的语言艺术，要多少有些言外之意才是，而非简单粗糙的分行文字。若将写诗比为建筑，那首先是所用的建筑材料决定着建筑的品质，其次才依赖建筑结构的支撑。一些传统建筑材料，如木头、石头、竹子、布、以及土，即或不进入建筑结构，我们也可以单独欣赏其微妙的纹理，而纯粹用钢筋水泥等现代材料码起来的"经济适用房"，再怎么欣赏也没多少看头。

　　对此，身为建筑设计师的诗人谭克修反思道："诗歌不会像小说一样依靠事件本身的实际进程就能完成自身"；"以为在写作中拄着一根时髦的叙事拐杖就能奔跑起来的人注定会摔得很惨"；而"叙述与抒情并非一种简单的对立关系"，"往往需要它们的合力"。①

　　落实于创作，谭克修有效地实现了对上述反思的校正。

　　由是，我们在其郑重推出的《见证》组诗中，终于领略到一种纯正而又独特、没有沾染时尚风气的叙事风格。在这种叙事中，所叙之"事"，包括事物、事件、事象等，既有足够的、经过精心剪辑的有意味"细节"供人玩味，使"事象"兼有"喻象"的功能，处处有"埋伏"，有"言外之意"，形成显文本下隐含潜文本的复调关系，进而上升为寓言性的叙事。同时，又赋予这些"细节"的叙述本身，以自明、自足、自有意味的语言肌理和诗性文采，而非为抵达某一预设题旨仅仅作为运载工具式的乏味过程。

　　由此，大概欣赏这三组诗的读者都会有一种意外的惊喜：原来真正到位的诗的叙事，其语感也可如传统抒情诗一样弹性良好

---

① 谭克修：《汉语诗人当前面对的五个问题》，全文见谭克修诗集《三重奏》，花城出版社2006年版。

而多姿多彩，且不乏隐喻功能和象征意味。

像《县城规划》的第一节，每一句都在"说事"，而每一句的"说"又都暗含"说"之外的说，亦即说法本身就意味深长，堪可流连玩味。细心的读者可能还会发现，整个看似客观冷峻的叙述语式下，其实还深藏着一种潜在的咏叹调式，乃至有意无意地保留了不太响亮张扬的尾韵，既与其文本后面主体精神的悲天悯人之情怀相协调，又赋予叙述以鲜活润展的气息，不致过于直接和干涩，我则称其为潜抒情。

这种融诗性叙述与潜抒情为一体的复合调式，可算谭克修的独到绝活，也是他"对传统文脉的尊重，对某种强烈情感的控制"及力求重构叙事的诗歌理想的精彩表现。

5

综合上述分析，再复读《还乡日记》《海南六日游》《县城规划》三组诗，可以说，诗人在《汉语诗人当前面对的五个问题》一文中，提及其所心仪的瑞典诗人托马斯·特朗斯特罗姆时，所称许的那段评价："简约、朴素的语言在缓慢行进中显出特有的敏锐，不动声色之中将身边的寻常事物推展到了深远的诗意之境"，在谭克修的这部代表诗作中，也得到了较为到位的体现。

而这种体现是如此骄人，以至似乎在证明：一位严谨的、具有历史野心和独到方法的诗人，正沉着而坚实地重新加入优秀诗人的队列，并号召我们，"以一种稳健、务实、隐忍的作风，去抵达可能会姗姗来迟的汉语诗歌的'明天'"。

2005 年 11 月

奇异的果实
——评麦可的诗

  对诗的言说，似乎越来越困难。尤其是青年诗界，太多摹写的、流质的东西，缺乏本原质素，常常成为诗歌风景线的一抹投影，可以观赏，却很难进入更深一步的文本分析。不由常想到：在这个复制性的年代里，"原创性"是多么难得而愈显可贵。

  由哈罗德·布鲁姆所提出的"影响的焦虑"一说，在今天仍在坚持诗歌写作的中国诗人身上，尤其是在新生的年轻诗人那里，显得愈发沉重而复杂。古典汉诗传统的影响并未远离我们，西方诗歌的影响，更是新诗生来便如影随形的东西，以及朦胧诗人们的巨大成就，第三代诗人们的全面突进，均对后来者形成了一种多重的挤压和迫抑。在现代汉诗的广阔疆域中，似乎已没有什么未开垦的处女地可供新手展示才能。一度因"运动情结"扭结在一起的诗歌大军，已渐次分化为"专业性写作"与"业余演练"两脉流向。而成名的新老诗人们，已经在海内外各种"论坛"上，开始进入对"历史"和"成就"以及"地位"的回顾、梳理与书写——尽管"过渡"并未完成，而"间歇"似已过早地降临。

于是，对"实验"的重涉和对"原创"的整合，便成为更新一代的诗人不可回避的挑战——要么成为本土/他者与历史/当下之经典的模仿，要么在对多重"影响的焦虑"的消解中，重建个我之独在的言说。——对于诗的时代而言，这既是终结，又是开端。

在思考着这些问题的1997年的春天里，我读到了由远在哈尔滨的马永波寄来的麦可的一批诗稿，上面赫然标出"麦可遗作·1971—1996"！又一位有才华的年轻诗人离我们而去，而我们几乎还未能来得急熟悉他的名字、认识他的作品，这让我又一次感到震惊——诗人的不断自杀和夭折，已成为这个年代里，比诗还让人无措的"事件"。我不知道未来的诗歌史，将如何"处理"这些"事件"，眼下可能做的，只是虔敬地沉入诗人留下的遗作，说出一点真实的感受。

要真正进入麦可的诗歌世界，不是一件容易的事，你必须拥有和诗人一样的知识谱系和符号背景，或许还必须具有麦可式的生命体验和语感体验，方可进入诗人短暂而不凡的创造中，所构建的这座"小巧又繁复的"诗之"花园"：

> 说出它的人对语言充满迷恋
> 对节制而精确的事物和状态，迷恋
> 叙述，使他抓住了瞬间，从瞬间返回到内心。
> 在枝条发芽时，他就指出了
> 季节的假象，和眼底里深藏的失望

这些引自诗人《夏天和一只瓶子》诗中的句子，在我看来，已可意象化地触摸到这位独特的诗人之独特的诗心所在：迷恋语言，迷恋叙述，抓住瞬间，返回内心，然后指出"季节的假象"，指出"被我们遗忘而突然出现的事物"（《奇异的果实》）。这样的诗歌品性，按我的粗浅分类，可归之于"微观诗人"。诗人将自己逼临于精神的悬崖，而后深潜于存在"根部"，以此揭示人类意识深处的本真存在。

在这一诗歌维度中，麦可可谓高手，一位天生"做细活"的高手："对光明和热情的想往/却促使我愈加趋近于黑暗的纵深"（《哀歌》），"而到处弥散的窒息者的气味/使我的视线一再折回内心的镜面"（《精灵之舞》），并最终"……看到了历史的失明"（《纸上的字》），"说出了真实的视力"（《约会：茨维塔耶娃》）。

于是在麦可身上，可以找到如下"角色"的复合：在窥视镜下工作的医生、印象派画家、具有知识考古意味的哲人、沉浸于阅读和审视文化的人、夜游症患者、语言迷宫里的探险者或者巫师……以及"一个卖花孩子，自己走进了花的根部"（《相约》）——这里的关键不在"角色"的"复合"，我是想说，在麦可的诗歌创作中，以复合性"技术"处理复合性"材料"，是其独特的诗性所在。

所谓"复合性技术"，是指麦可的诗歌语言，兼有绘画、音乐、雕塑以及散文等艺术特质的融入，同时在流质的画面与乐感下面，又有很硬的诗之思作内在的支撑。

由是，读麦可的诗，常感到诗人很诡异地在用画笔作解剖刀，剖开事物的肌理，又以解剖刀作画笔，画出这些肌理的意味。这有赖于诗人对意象性语言和叙述性语言的有机合成，在意象与叙述的相互作用映衬下，得以美幻又富有质感。如"那些闪亮的铜管乐器就要从露天/搬来，我们留下来清理现场，等待/新的秩序……"，以及"沉思一只鸟的死亡/沉思它斑斓的尸骸和冻土层的清香"(《十月》),复合性的语感加上老到的用词,找到意象与叙述间最微妙的契合,有很强的阅读冲击力,又深藏言犹未尽的蕴藉。而那种控制到位的节奏,更如缓缓流淌的冰河,泛着阳光针芒般的思考,和时间之岸诡秘的投影。

尤其值得批评家研究的,是麦可诗作所处理的"材料"的"复合性"。

细读麦可诗作,可以基本认定:这是一位以知识和智慧为写作要义的诗人,所有的情感、意绪与生存经验,均被诗人置于知识的背景下,予以语言智力的精微考察。换言之,麦可的诗歌写作,更多的时候,是通过"心智"(阅读与思考)的间接经验,而非通过"躯体"(情感与行为)的直接经验作驱动的,是一种较为典型的"知识分子写作"或"书斋写作",一种诗性的思或思之诗。在这样的写作中,我们已很难再找到现实的对应点,一切均被纳入文化镜像,乃至成为"典故",闪烁其间的,是叙述者缓缓移动的巡视的目光、阅读的目光、审美与哲思的目光、解剖与考据的目光——在这目光里,历史语境与现实语境、虚幻与真实、镜与像杂糅互动,形成有多重含义的隐喻谱系,引领我们深入到存在的昏暗之处、间隙之处,倾听诗人极为精细的体察和出人意料的言说。而仅从题材上看,诗人也很少注目现实的物事,而像一位"暗房工作者",专注于与"材料"的对话——这些材料包括各种文化遗产、精神遗迹、远去的大师们的身影、艺术家的灵魂以及"不在此时的鸟,和那些无人看顾的遗址"(《纸上的字》)。

必须补充说明的是,以上的指认,并不含有价值判断的指涉,只是想标示出麦可创作的特质所在,并由此认定,在很难再看到有什么新的拓殖的当下中国诗坛,麦可出乎寻常地展示了一种艺术与精神的原创性态势。他的诗,是写给更优秀的诗人和批评家读的作品,当然,也可以说,是完全写给诗人自己的作品,经得起苛刻的审视和久远的打磨：

> 应该承认，能看见另一重生命景象的
> 是满足无言的人，像夜晚晃动的窗子上
> 闪烁的反光。当我置身现实的冬天
> 我终于走到了灵魂显形的镜子前
>
> ——《纸上的字》

　　研读一位尚属陌生而又已离世而去了的诗人的遗作，对于仍在爱诗写诗同时从事诗歌评论的笔者而言，实在是双重的痛苦。——接触一个天才的灵魂而随即分手永别，使这个春天多了一份悲怀。在这些奇异的语言的果实面前，谁能不为种植了这些果实的那双手的突然断垂而哀伤和遗憾？

　　关键的遗憾是，我们从这短短不足两年的创作成果中，触摸到的尚只是一个独自深入的态势而非抵达。同时，在不乏原创性的诗质背面，我们依然可以发现某些"投影"的反光。

　　我是说，麦可所营造并围于其中的话语场，似乎太少本土的气息，乃至使我相信，这些诗翻译成英语，可能比汉语本身还要更精美。尽管，我为我说出这样的话深感负疚，但作为一个诚实的诗评人，我不能不指出这种"他者话语"所投射的阴影，是如何长久地困扰着现代汉诗的进程，以致天才的麦可亦未能幸免。

　　双重的痛苦是诗人已不能再作更多的展开，而有待新的后继者更新的深入——在70年代出生的诗人麦可这里，我看到了一种新的整合意识在世纪之交的闪光，并由此让我们自信：这不是终结，而是更卓越的开端。

1997 年 4 月

火焰剥夺一切也剥夺自己
——读高崎的诗

1

手中有三部高崎的诗集,按照结集出版的先后,分别是《复眼》(香港长城文化出版公司 1991 年版)、《顶点》(人民日报出版社 2000 年版)、《征服》(作家出版社 2002 年版)。三部诗集,我断续翻阅了近一年时间,这种漫长与拖延,在我的诗歌阅读中是少有的。现在回味这一过程,慢慢可以理出一点头绪了。

其一,认识这位"其身份中混杂着丘陵和海岛两种迥异的地理基因"(庞培语)的东部诗人后,一直对其高古的面相、孤绝的气质及寂寞自守的写作状态,抱有深深的敬意而不敢轻率对待他的作品;

其二,尽管从直觉上发现高崎的诗比较古怪,不是我乐于追踪(就诗潮而言)和善于把握(就诗质而言)的一类创作,但有诸如西川、臧棣、庞培、树才等名诗人及沈泽宜等名诗评家的赞赏在前，遂使我的阅读有了加倍的小心而滞缓；

其三，关键在于，即或如此虔敬与认真，实际的阅读依然充满困难或者说是不适，并最终发现，对高崎诗歌的解读，我是难以胜任的。他属于我不熟悉的异数，便只能谈一点感觉和这感觉所引发的思考。

2

读高崎的诗，总体的直接感受是：气质高贵，意境高远，语感高蹈。

假如认同诗是人格的文本化体现这一理念，高崎的诗中所体现的主体人格，则大体是趋于浪漫情怀、理想色彩和终极价值追寻的一种类型。"一边是狼嗥，一边是月夜"（高崎语），前者是现实担当的喻指，后者是理想求索的代码，一种现代知识分子之诗性与神性生命意识的典型代表。不屑于作现实生活的感应器和公共与时尚话语的类的平均数，连同写作方式也选择了远离尘嚣的孤居独处而洁身自好，处处可见这位诗人所恪守的超凡脱俗之人格取向。细细品读一下诗人那首气宇非凡的《日出》便可体味到，其内在的精神高度和热忱，是非一般诗人可以企及的。

气质是意境的底本，所谓人至何境，诗至何境。

"在无边宗教的天空下/孤立/我就是开始/我就是任何方位的边缘"（《自觉》）。神遊八荒，怀柔万物，悲天悯人，亦殇亦湜，浪漫，现实，自然，俗世，心象，物象，指涉，印证……皆潮水般奔涌于笔下，又云团般弥散于纸上，汪洋恣肆，无可规范，如夜观星空，目醉神迷而不知身在何处。读高崎，知诗人的想象力有多超常。

经由这种想象力的拓展，高崎作品中的诗歌意境，显得广阔深邃乃至玄诡莫辨,既脱俗,又脱熟,充满新奇感。诗人在《躁动》一诗中有这样的诗句:"无缘无故,我不会沿历史的虹梯而下/我如云朵朝八十个方向突然分裂/陌生是崭新的另一种本色",似可作其意境高远之追求的恰切注脚。

3

然而最终困扰我的,是对高崎诗歌写作的语感的把握。

首先,我惊异于诗人在已属午后斜阳之旅的诗歌创作中,仍然充满着近于青春期写作式的激情,以致于大部分的作品,都有用力过猛而缺乏控制的嫌疑:佳句连连,整体散裂;肌理丰富,意旨含混;在倾泻式的语势推动下,常有令人惊艳叫绝的警句妙意亮眼动心,但整体读下来,又常有无从全面把握的迷惑;尤其是其高密度的意象纠结,难免平生许多生涩与滞重。

显然,这是一位刻意追求诗的写作难度和原创性的诗人。正如高崎自己所言:"……对文本操作从来具有'品牌意识'。我不想以粗糙的赝品诓世,因为中国于真正意义上的艺术文本无多,我只想以艺术的极致,铸就自己献身于汉语文本的一个结体。"(《复眼》前言)

对创造"抒情奇迹"的渴望,使诗人在具体的写作中,几乎是步步求险,句句在意,而偏离了如丹纳所说的对"效果的集中性"的掌控,造成整体小于局部之和的缺陷,且每首诗的独立性减弱,成了另一首诗的分延或改写。尤其是,因用力过度,常生发出一些意到语不到的夹生,造成阅读障碍。如"他的图腾和植物,落入陡峭的胃里";"事关全体鲜花和萼的月光的汹涌";"静物的外套没有噪音的一切";"在这一条平铺直白的语言难以叙事的不容易激动的与时有惭愧的线条之上"等等。

当然，有评者将此归为"超现实主义"写作的风格使然，但其实任何中断有效阅读与诠释的风格，都不能算是有效的风格。

4

由此，出现了一个有趣的现象，即高崎的许多诗作，是可以无序阅读的，乃至可以倒读以及重新排列组合。试举例八行的《箴言》：

> 火焰剥夺一切，也必然剥夺自己
> 将一切投入火中，并非终点都是渣滓
> 部分是金，是箴言，是鸟王
> 火焰的阶梯
> 盲人所要冀求的道路
> 温暖是一个适度：近之疯狂，远之淡泊
> 明洁的精神将肉体的物质点燃
> 所有的脚步朝下，唯火向上

试将原诗改结尾一行为起首行，逆序倒读，照样成立，没什么结构上的不妥，意旨也大体未变。甚至还可以随意另行组织，譬如：

> 温度是一个适度：近之疯狂，远之淡泊
> 明洁的精神将肉体的物质点燃
> 盲人所要冀求的道路
> 火焰的阶梯
> 部分是金，是箴言，是鸟王

所有的脚步朝下，唯火向上
火焰剥夺一切，也必然剥夺自己
将一切投入火中，并非终点都是渣滓

这种现象，一方面说明高崎诗歌局部语言的品质不凡，单个意象一旦到位，便有自明自立的属性，可脱离结构而生发诗美效应；另一方面，也明显印证了诗人在对一首诗的独立性即完整结构把握的不足，使局部与整体处于过于松散的游离状态。

前述所谓一首诗像是另一首诗的分延，以及云团状诗意的指认等等，其内在原因，正在于此。

5

其实，以高崎的艺术修养，只需放松心态，不必一味求奇求险，剑走偏锋，唯高蹈、极致是问，给语感的"天马"稍稍紧紧缰绳，其丰富的想象力和对意象的创造性经营，自会生发合理奇效的。此时，我们不但能欣赏到一些令人击节的佳句妙意，如"山岗冷静，含有一个敏感的黄昏"（《没有风暴的日子》）；"许多人在命运的伤口里便秘"（《命运与老人——赠Y·B》）；"打开岁月的窗子一泻千里/落下又浮升的是/灿烂又鼠疫般的欲望"（《理解》）等，也能领略到既富肌理之美、又得篇构之佳的完整感受，如《日出》《清楚》《天涯海角》《理解》《分裂》《圣地》《果实》等作品。

同时我还发现，高崎的语感并非只长于高蹈的抒情与繁复的意象，于叙述性语言的创化也颇具功力。如《日蚀》一诗，虽然整体语境还是沿袭其惯有的超现实风格，但适度糅进了叙述性的成分，一下显得顺畅而清爽起来。诗中"无聊的琴音从无聊的中指滑落/像脱毛的鸡在赤裸裸的黄昏奔跳"两句，虚实相宜，自然生谐趣，是颇为到位的意象化叙述的妙句。可惜诗人似乎并不看重此种写法，只是偶尔为之而已。

这便分延出另一个话题，即高贵的气质与高远的意境，是否就一定需要凭借高蹈的语感来表现？同时，单位面积（一首诗或一行诗中）的密集意象所形成的过分的张力，是否反而会削弱审美张力的效果？是以在对高崎长久的阅读中，我常常会不由自主地停下来，如庞培所说的那样："……找到合适的房间"（庞培：《顶点·序言》），当然是心理的房间，来调整阅读的状态。并常常遗憾诗人过分挥霍了他难得的语言才华，尤其对我这样一直患有"恐高症"的读者或诗评人而言。

到了，我想到了高崎《东山魁夷之画〈湖〉》一诗中的几句诗，似可回赠于诗人作创作心理调整的参照——高人悟道，衰年变法，或可另造佳境而复生奇迹？

> 水面没有一丝含糊其辞的柳影。
> 没有睡莲，及其羞红的时分。
> 没有小姑娘的忧伤。
> 没有云的秘密。
> 整个湖岸，如北海道的一次拉网
> 如雪花在响亮中的一个层次；
> 插入安详，插入停泊的
> 某种犹豫，或理念。

2005 年 1 月

有备而来:注意这只"狼"
——读南方狼诗集《逐鹿集》

1

读南方狼,读而不舍。在一个高淘汰率且易于疲劳的文学时代里,这,无疑是个异数。思之:起于惊诧,惑于期待。

惊诧者,感其有备而来。

当今中国诗坛,受浮躁功利之时尚文化语境所惑,渐与其"接轨",生出些莫名的热闹与繁荣来。纷纭聚会中,多过客,多玩家,多趋流赶潮之辈。或乘兴而来,或败兴而去,或得了些甜头留了下来,成就一些不大不小的光景——但毕竟是被动的,有些光彩,也是折射而生的光,并不来源于自身。

读南方狼,由文本推及人本,感觉是真正以诗为宗庙、为归所、为生命托付的香客与圣徒,怀揣"青铜"(南方狼诗中的核心意象),心存高远,种月为玉而孜孜以求。

落于创作,舍"先锋",守"常态",于整合中求个在,看似有"少年老成"之嫌,其实意在上下求索之修远。其纯正、其诚恳、其沉着中的勤勉与勤勉中的优雅,无论为诗、为诗人,都显露出不同一般的修养与素质。若再将这样的修养与素质,置于"八零后"、网络时代、后现代喧哗等语境中稍作比较,便解何以惊诧且更生感念了:

> 青铜在暮色里苍老,我藏匿
> 袅袅白雾,神州万里飞雪
> 无数次弥漫,掩埋与重现
> 谁掌护一盏枯灯独坐焦土
> 查阅这巨大的伤势
>
> ——《鸿慈永枯》

期待者,感其才气不凡。

由寂寞而"显学",新世纪以来的诗歌热,颇有些乱花迷眼的阵势。但细察之下,多开了些谎花、野花,没有自家精神、自家香型的"大棚花"。遂"先锋"变味为"冲锋","叙事"降格为"说事","口语"泛滥为"口沫",速生速灭,乃至即生即灭,可谓野草疯长而大树寥寥。

究其因:多仿生,多摹写,多凭心气、意气、灵气而为诗、为诗人,终归少了份不可或缺的才气。——这里的"才气",既指天赋所予,又含修为所得,是才情与心香的化合为一。

读南方狼,细读深读,知其为诗有道,既来自内在诗性生命的冲动和情感需求,又有充分的文学修养和文字功底作涵养,所谓有来路有去路,有根有底,方得自家精神与独特品质。

见于文本,其诗思横生逸出,不拘一格。尤其那一份语感,因了学养的驳杂和功底的扎实，颇有复合意味，耐人品赏：抒情，叙事，新古典，超现实，无论何种题材，写好写坏，活跃在诗行中的繁富、奇崛、古雅而不失母语根性也不失现代意趣的语言肌理，总是让人留恋不已。这种有因承也有创化、见心香也见才情的路子，比起太多一根筋式的所谓"先锋"，所谓"探索"，所谓"现代"、"后现代"等"流"上舀一瓢随意勾兑以蒙世的诸多走向，实在值得更长远的期待——

> 在雪球中心钻木取火
> 暖热一条细小的冰河
> 血液开始澎湃．从未来的殷红后面
> 将奔涌梅花与孔雀鱼的斑斓
> 石壁，一地光明的碎片

——《茧》

2

读南方狼，读而不舍，其实还源于一个最初的诱因：在如此年轻的诗性生命中，我竟惊喜地读到一缕在当代诗人与文学家中难得一见的传统文人脉息，从而刮目相看。

逾40年的阅读经验，加上与当代先锋诗歌同行20余年的亲身体验，使我渐渐悟到，于诗与文学，我们都太多功利的驱使、时势的拘押和体制与时尚的拘役，将原本优雅自在的诗意生存，变相为携带生业或美其名曰"事业"的刻意追逐，遂生出许多芜杂与病变来。

诗是诗人写的，诗人自身的生命形态决定其作品的品质优劣，或可凭一时之勇、之敏感驰名于一时代，但在时间的淘洗下，终只是过眼烟云而已。诚然，在今天这样一个唯与时（时代、时尚、时势之时）俱进是问的时空下，谈文人传统，谈优雅精神，颇多不合时宜乃至迂，然而现实与历史已一再证明，少了这份传统，缺了这点优雅，至少就诗而言，几乎就是断了其发生与发展的根本，只剩表面的热闹而已。

由此我注意到，南方狼将自己的诗人形象定位为"行吟者"，颇见其心意所在。①

"行吟"不是"追逐"。"行吟者"以"吟"为乐，以"行"为归所，随缘就遇，自然生发，或热狂，或冷凝，或名世，或自得，皆不失真情实感和真见地、真风采，持之长久，总有一点真正可以传世的东西留下来。

当然，定位不等于定型，何况年轻的诗人风华正茂，且难免受时势的诱惑，但出发时给自己这样一个提醒，也已奠定了长途跋涉的心力。何况，从作品中也可隐隐看出，这是一位从源头走来的青年诗人，加之家学的影响，生活的历练，那一份渗入血液的优雅精神与文人传统，大体是不会因时而失的。

如此一路走来，1982年出生的南方狼，已将生命的初稿展开为一片丰茂的广原。其诗思所及，遍涉历史情愫、现实观照、古典意绪、文化乡愁、人生感悟、民族意识、乡情乡音、行旅行吟，可谓视野广阔，野心勃勃。

其诗歌形式，则小诗、组诗、短诗、长诗以及仿洛夫创生的隐题诗，无一不认真尝试而深入探求，且每每出手不凡，多有收获。

其诗歌技艺，则尽显酣畅，时见野逸，现代语感中潜藏古典韵致，超现实主义风格里杂糅庄禅意味。尤其在意象的经营上颇

---

① 《南方狼访谈录》，南方狼诗集《狼的爪痕》"附录"，学苑音像出版社2004年版。

见才情，或清通，或繁密，或灵动，或诡异，或精警，或朦胧，或因用力过甚而失于黏滞，却也时有独到之处而令人击节。

譬如写"星空"，"上面瓦蓝的大典/密布牙痕/我爬上星空清点蠹虫"（《在红岩村仰望星空》）；"而静止于我头顶的/依然是一小堆一小堆/细碎的钥匙"（《在秦皇岛的北郊仰望星空》），尽显妙思奇想，道前人、他人所未道。另外，特别长于以历史情愫与古典意绪作参照，追索生命的来历与存在的悖谬，并已形成辨识其风格的特色所在，也是"少年老成"的南方狼比之同辈诗家的过人之处——

> 如果是在马鞍上
> 我会醒着
> 将眼前这尺油画具体到
> 一角霓裳，一篮橙香
> 一串金刚铃
> 或是一篷梦里的蓝辉
> 千百年前的事儿忽然近了
> 那时作坊盛行
> 人畜的脚印比车辙纷繁
> 而风中游丝单纯晶莹
> 步子放出去了就是他乡的月
> 收回此刻，谁把公路网收紧
> 滤干阳光雨露
> 囚禁天涯蝶舞
> ——《驾车驰过菜花烂漫之地》

3

读南方狼,读之既久,通览纵观后再综合比较,也便渐渐发现其写作中的问题:太依赖于才气与激情,缺乏经验的磨洗和必要的节制,常以语感的酣畅(有时已降为光滑)掩盖了整体诗感的青涩与缺损。加上出手太快,写得太多,重肌理而乏构思,以致总体水准上佳却一直缺乏精品力作的立身入史。

令人可喜的是,从新近的一些作品中可以看到,在保持赤子情怀、行吟风采的同时,开始多了些内敛、素直、沉厚的品质。

其中一组《南方短歌》(包括前引《茧》一诗),皆五行小制,读来珠圆玉润,秀色袭人,极尽精练清俊之能事。另一组写《按摩小姐》《电梯小姐》《迎宾小姐》《陪聊小姐》《KTV 小姐》《售楼小姐》的短诗,以春秋笔法写人叙事,妙呈世态,曲尽心象。哀婉凄迷的意绪氛围背后,暗藏含泪带血的青锋,直刺时代背光的私处与华丽中的溃疡。这组诗作不但取材独特,含义深刻,而且写实不坐实,通以意象思维勾画人事,诗味浓郁而寄寓深远,实为近年同类作品中最为突出而优秀的佳作。

看来年轻的南方狼真是潜力可待,值得当代诗坛寄予厚望,而切切注意,这只有备而来的、南方的"小狼",还能为我们展示多少"触目惊心的爪痕"(南方狼语)——

  当青丝耗得发白,谁将沐浴
  前方更为眩目的光明

——《隧道》

2006 年 4 月

追索"秋天的厚度"
——读海啸长诗三部曲

新世纪以来的中国诗坛，诗人海啸的名字，越来越成为一个醒目的标记。

这位集诗歌创作、诗歌编辑、诗歌活动为一身的诗人，在近十余年间，除先后出版诗集《爱的漂泊》《最后的飞行》《心存感动》，及编著多部出版外，又于2003年创办《新诗代》诗刊，并提出"感动写作"诗学理念，在诗歌界引起反响，其凝重而坚卓的步履，艰难求索、虔敬笃诚的诗歌精神，每每令诗界感佩！

与此同时，自新世纪第一个夏日，到2005年的初冬，诗人更以跨越五年的心力与激情，创作了题为《祈祷词》《击壤歌》《追魂记》的长诗三部曲，从而，既成为海啸个人诗歌创作历程中的一座纪念碑，也是新世纪以来当代中国诗歌进程中，一个令人瞩目的收获。

海啸的这三部长诗，秉承其"强调价值、尊严、情感等基本元素在诗歌中的重构，提倡人性之光和汉语之美，反对肮脏、虚伪、暴露和歧途，以感恩、悲悯的情怀，直面现实，胸怀天下，以重构精神元素和诗歌文本"的"感动写作"之诗歌观念，[①] 以宏大的结构，超常的想象力，繁复奇崛的意象，深沉的情感与高远的意蕴，将带有潜自传性质的"精神生命史"与广被博及的"文化史诗"意识冶为一炉，创生出一片宏阔、驳杂、奇幻、迷离而动人心魄、发人深思的诗性生命奇景，令人叹为观止！

进入新世纪的当代汉语诗歌，在众声喧哗与网络狂欢的推拥下，越来越分化为碎片似的浮泛繁华之时，海啸通过他的这三部长诗的创作，试图重新确认"诗歌的重心"，以求穿越时代的迷障而深入未来，显示了一位严肃诗人的良知与风范，实在值得关注。

就内容而言，这是一次深入存在、深入"生命的暗夜"（王家新语）的苦心寻觅：人与自然、人与历史、人与社会变革、人与现代文明、人与时尚文化等命题，在当代中国语境下的裂变和异化等，在三部长诗中都有不同层度的探究。

这更是一次深入现代人精神荒寒地带的深情歌哭：在物质狂欢、肉体狂欢和话语狂欢的背面，挽悼并呼唤"对生命、自然的尊敬和感恩"，"对世间万物的悲悯情怀"，"对爱情、亲情、友情的珍爱"，"对灵魂的植入与拷问"和"对母性的无限热爱"（海啸语），成为三部长诗中最为闪光而让人难以释怀的精神质地。

由此，诗人以"西风入你胸怀，便/低下头去"的强者、清醒者的意识与目光，"击"时代裂变之"壤"，"追"现实迷茫之

[①] 详见海啸《感动写作：21世纪中国诗歌的良知》，原载《新时代》"感动写作专号"，学苑音像出版社2005年版，以下引文同此。

"魂"，寻寻觅觅，且歌且哭，如香客的祈祷而情深意切。三部曲各自题材取向和题旨的重心虽然不同，面貌也各具特色，但那种来自诗人独自深入的生存体验、生命体验所生发的人文情怀，却是贯穿始终的，成为其共有的精神底背与气息，并形成有机的意义链接，而不致散漫或沉闷。

从语言形式来看，三部长诗虽都存在着因过多弥散性分延，而致枝蔓繁萦、整体脉络不是十分清晰的问题，但其充溢于诗行中的那股子悲悯情怀，和为天地人心立命的真纯之气，已足以鼓荡起诗意盎然的冲击力。尤其是由超现实语感所营造的语言奇境及突兀密集的意象肌理，令人处处留恋，时时顾盼，动情动思，回肠荡气——

这里有"向你致敬的繁星　波浪般/流露哀辞。乳香的酒杯/及火把，铺满大地"的宏阔，也有"莲藕向心处，蜻蜓踮着/足尖，踩疼背景"的纤细；这里有"我身后奔跑的脚印长成一棵棵树/开满洁白的桃花"的幻美，也有"梦想与梦想阻隔/城市的玻璃在一场雨里浮动"的深切。开放而富有质感的抒情调式，随意绪自由伸展的节奏律动；蒙太奇式的意象切换，原生态化的情感铺衍；酣畅与生涩并行不悖，想象与现实互动有致——三部长诗，有如三片未经开垦的莽原，杂花生树，郁风流韵，充满富氧的空气和异质浑成的遐想空间。

总之，诗人海啸经由这三部长诗的创作，试图要为"所有背负苦难""顶戴香草的人们"，重新找回诗性生命意识的精神原乡，找回以"保护人的本真心灵，拯救人的自然情感"（卢梭语）为宗旨的诗歌良知和人文理想，虽尚未臻完善，未至化境，但其苦心孤诣之所在，已无疑为当下过于破碎、隔膜，自以为是的诗歌话语境况，及肤浅、平庸、只活在当下与时尚中的诗歌风潮，竖起了一座难能可贵的精神高地。

显然，这是一位深怀历史使命感的诗人。在野草疯长的时代，正是这样的诗人和他们的同行者，常以"使命的肋骨"支撑博大而深沉的呼吸，让血液在存在的虚假与浮泛中，保持必要的浓度，并以大树般的成长追求，为我们执意索回"秋天的厚度"，使真正以诗为生命归所的人们，对现代汉诗的发展，抱以新的自信与希望。

2006 年 5 月

纯驳互见　清韵悠远
——评彭国梁诗集《盼水的心情》

最早读到彭国梁的诗，是 1992 年的春天。在旱渴的北方古城，收到诗友江堤寄来的一册《新乡土诗研究资料》第一集，卷首便是国梁的组诗《月光下的诱惑》，其中《水声》《茶青色的池塘》两首，令我感到意外的惊喜，如啜清露，如品珍茗。

可以说，正是从这一组诗中，使我加重了对"新乡土诗"存在价值的认识。正如我在后来所撰写的《回望与超越——评"新乡土诗十年"》一文中，谈及这组诗时所说的："在这些作品中，完全东方化的审美韵味和本土化的现代意识，得到了很好的创化，无论是整体的构思、意象的经营以及节奏感的把握，都十分讲究，经得起高品位的阅读与欣赏。"并由此指认："作为'新乡土诗'主要发起人之一的彭国梁，是一位艺术修养比较深厚的诗人。语感老到，意象新奇，融古典的韵致与强烈的现代感于一体，是其突出的风格特征。"①

如今六年过去了，终于又读到这部新结集的《盼水的心情》。也许是彭国梁出于对我上述指认的信赖，寄来清样的同时，要我为之写点评语，如此重托，反而使阅读变得拘束起来了。其实对诗的认识，亦类同于对人的认识，妙在邂逅，妙在不期而遇，若过于明确了目的，反有碍于亲和无忌中的灵光一现。然而，当我断断续续地进入国梁的诗中，随诗人一起时时跳脱燥热、喧嚣的城市生活和风乱、云诡的季节困扰，去"俯瞰田野"，去"走一回湘西"，去品味"月光打湿了草帽"的情景时，终于渐渐沉静了下来，感到有一扇爽净的木门随诗人的呢喃而打开，走进去，是一片久违了的、清新鲜活的"精神原乡"，令人迷醉：

> 没有分针与秒针的表
> 被洗衣的少女
> 当作耳环
> 两根异样的针钻进耳垂
> 一根欣喜一根迷茫
> 在太阳和月亮的山岗
> ——《在太阳和月亮的山岗》

从时间的背面，进入另一种时间，彭国梁的诗之根，扎在一块我们曾经亲近熟悉而后逐渐背弃了的土地上。

现代人的困惑，其基本的根由，在于时空的困惑，因成熟的出走而渐次失去本真自我的困惑。我们知道，中国是一个农业大

---

① 载《新乡土诗派作品选》（江堤、彭国梁、陈惠芳主编），湖南文艺出版社 1998 年版。

国,往上数三代,几乎所有的中国人,都曾经是泥土和乡野的孩子,以此构成世代相传的文化根系和精神底背。那"根系"是贫弱而又深切的,那"底背"是亲和而又迷茫的。是所谓"现代化"的开启,深刻地改变了这一"根系"和"底背"的存在,成千上万的青年人,通过包括"成为知识分子"的各种通道,一批又一批,从农村走进城市,由乡下人转换为城里人——整个现代化的进程,无非便是这样一个青春族群身份转化的过程。

身份的转换必然带来的是"心"的转换,是以有人称这个时代是"换心的时代"。然而转换后的境遇并未能与出走时的梦想"心心相印",乃至更多的其实是"事与愿违",并从此陷入"进退两难"而身心分离的"现代时空",焦虑和尴尬,遂成为这个族群也基本上便是这个过渡时代之如影随形的情结,成为与其原初根系和底背相悖相映衬的新的文化根系和精神底背。

我们获得了什么?我们丢下了什么?我们从哪里来?我们向哪里去?我们是谁?同一个现代性的命题,短促而尖锐地降临在中国的大地上。

作为他们中的一员,彭国梁的诗正是以此为出发点,在"现代"与"传统"之间,在"城市"与"乡村"之间,在"身份"与"本真"之间,在"生存"与"理想"之间,"为两个无法组合的词/设计出路。"(《有毒的蘑菇》)

实则整个当代中国诗歌的精神路向,一直存在着"都市风味"与"乡村意绪"两脉走势,契合着我们时代的两种基本生存样态。"新乡土诗"派打出"两栖人"的旗帜,无疑企图在这之间寻求第三种走向,以触及和揭示处于过渡时空中的群落,那一息更为敏感、更具典型意味的脉搏的跳动。

作为"新乡土诗"的代表人物,彭国梁的诗之思,始终围绕这一基点铺展开来，形成了他独在的风貌：身移城市，心在乡野，以乡野的心质疑城市的荒诞，又以城市之身二度体味乡野的暗涵，在这种交错与杂糅中，呈现一种眷恋，一种无奈，并在这无奈的眷恋中，追索着美学与美德不可分割的诗性想象：

> 城市的鸟装模作样
> 在主人做好的窝里吃吃喝喝
> 父亲是一个不会种田的农夫
> 把我栽培成一棵在城市的喧嚣中
> 跌跌撞撞的水稻
> 我只得使出浑身解数
> 抵抗干枯

——《俯瞰田野》

抓住"两栖人"尴尬处境与生存焦虑的时代焦点，切入进去，拓殖一片新的诗性想象空间，是"新乡土诗"诗人们在当代中国诗歌格局中，独领风骚的创作思路。在这条路上，多年来，彭国梁的步子一直走得很纯正，有很好的方向感，在真诚认定的方向中，不断拓展新的内容、新的题材、新的感觉和新的语言。

比起《月光下的诱惑》时期，国梁这部新结集的《盼水的心情》，显然有了不少新的变化和追求，尤其是在对题材和内容的处理上，不再拘泥于站在一端看另一端的二元视点，而呈现一种交错杂糅、纯驳互见的景象。由此生发出语感的变化与手法的变化，使之在保留过去持之一贯的清峻硬朗之外，又多了些炫奇、诡异乃至反讽的意味，亦即在古典的纯净之外，更多了些现代意识与现代审美情趣。

纵观大陆或海外断续出现的新、旧"乡土诗",似乎一直难以摆脱一个怪圈,即一提"乡土",就与传统现实主义诗歌的理路画等号,坐实于表现乡风乡情的窄狭题旨之上,惯于"土法上马",沾不得现代意识与现代审美,以保其"纯",实则是画地为牢的做法。以江堤、彭国梁、陈惠芳为代表人物的"湖南新乡土诗"派,从一开始,就注意到了这个问题,锐意走出一条新的路子。经由国梁的这部《盼水的心情》更可看出,不仅在题旨上,而且在表现手法上,都与以往的"乡土诗"有着质的区别和变化。

《盼水的心情》分四辑,从艺术品质看,大体可分为两类:一类沿袭诗人《月光下的诱惑》时期的风格,题旨单纯,手法单一,追求平实中见清新的韵致,兼具现实主义和新古典的意味,有骨感之美。就我个人的审美情趣而言,其实我倒是更喜欢彭国梁的这一类诗,至少那份很纯又很老到的语感,让人更觉有亲和性。像这样的句子:"一把从铁匠铺出来/就再也没有回去过的锄头",中正硬朗,看似落得很实,其实言近意邈。再譬如一句"没有牌照的村庄",只是说出事实,却不无深意。

这类诗中,有不少咏物和写人的作品,纯以白描速写的手法,清简勾勒,不着渲染,却极为精准传神,颇得汉语诗质的神韵。如一首写《瓦》的小诗,三节16行,极尽言简意赅之妙,语词的排列和节奏的调度,更是于不露声色中见匠心独运。起首一句"悬在半空/春/夏/秋/冬/听满屋子的动静"便道人之所未道,将平凡物事中不为人注意的内在蕴藉,破空道出,令读者为之一振。接下来写"一只猫从身上悄悄走过/树叶子说/有风",看似轻描淡写,却有诡异的意味让人一时回不过味来。第二节两行:"阳光到此瘫痪/雨水绕道列队而行",三个动词用到妙处,活现其精神。南方瓦屋顶那一片活脱鲜明的印象,尽被水彩画般地描摹出来,又如一节小夜曲般地萦绕回荡，没有深刻的观察和童心式的情愫，难至此佳构。第三节以短促的节奏、大幅度的跨越，寥寥数语，写尽"瓦"的身世与沧桑："青泥/火。窑/无所谓苦与乐/碎了。一个小孩拾起来/在清清的河面上/打水漂"。品味这样的诗，你得惊叹诗人对汉语质地理解的精微和运用的得当。都是普通的词、普通的意象，一经这样的营构，皆活色生香起来，可谓爽口而味厚，是咏物诗中的佳作。

另一首《蒲团上的鸟》，也属此例，结尾一节："蒲团由稻草编成/稻草内部/藏着少女的乳香/一只鸟站在蒲团上/相信故乡"。乡情写到这份上，才是真正到位的乡情，清纯幽远，余韵绵长，不矫不饰，尽得其味。

另有写人的几首，其中《母亲》一诗颇为精警，纯以白描打底，稍加点染，其形、其神、其景、其情，皆朴素无华、通达无碍地表现出来，其中对叙述性语言的诗性创化，颇见功力。如开头一节"母亲起床开门/首先进来的是空气与鸟鸣/空气与鸟/在父亲的遗像前/描述清晨。"中间一节"母亲把黄昏送走/端着灯/照墙上的影子/照影子的寒冷"，只是言物状事，速写般的清简，而语词的背后，却有清冽的气息流动，传递浸人的暗涵。结尾一节，更是于清明中求真味的典型笔法，固守乡土、如泥水一样朴实无华的母亲身世，在同样朴实无华的诗句中，得以深沉的"记录"。——是的，只是记录，但这记录的笔管里，灌注的却是赤子凝重深切的缅怀之情，慨叹之音：

  母亲梳头发
  握一把苍老在手上
  母亲扫地

扫来扫去都是陈旧的
灰尘

　　另一类，也是这部诗集的绝大部分作品，则更多地采用了城乡打通、散点收摄、角色互换、杂糅错动的超现实手法，使之平添了几分现代意趣。虽然语感还守着国梁特有的清韵，但意象的营造，已不再简约，显得繁复驳杂起来。在这一部分作品中，其人、物、景、事以及词语本身，都失去了明确的身份指代，于一种交感的意绪中动错换位，迷离游走，行则行，止则止，不刻意统摄归纳，成为一道道流动不居的风景线——

　　写稻草人"一只脚站在田里/美名曰深入泥土/脚背上/泥鳅从望远镜中/观察城市"；写水草"被乡愁的刀刃割破/疼痛掉下来/点点滴滴/粘在一汪不知深浅的/情绪上"；写阳台上的花草"不是腰痛就是背痛/我抚摸着爬壁藤的大腿/一筹莫展"；写"瘪瘪的谷粒身在茅草中间/寻找湿润的动词"；写童年的一次壮举"一个异想天开的孩子/小手伸进田野的动情区/撩起了禾苗的渴望"；写"一棵新鲜的白菜/站在床角的晨风里/像个姑娘"；写"走一回湘西/扔一条牛仔裤在某棵树下/某棵树的根/便因了牛仔裤的腐烂/心事重重"——这是些多么清新感人的意象！诗人对这种意象的经营，在这部诗集里，简直到了随心所欲、处处可见的地步，再加那些别致的诗题，粗心的读者甚至可能有读"童话诗"的误会。而这或许正是诗人所欲求的意境：在这种人、物交错，景、情交错和时、空交错的通感语境中，"现代人"、"两栖人"的困惑与无奈的题旨，确然得到了更为深刻的凸显。

　　这一特质，在诸如《对前途只有预感》《油菜花开遍安乡》《金牛角皮鞋在城市流行》《走一回湘西》《长满羽毛的羊》等代表诗作中，表现得尤为突出。而在《电动狗背上的茅屋》一诗中，诗人更将荒诞的意味附着在一个可能真实的现实细节中：在城市出生的"岁半的儿子"，玩一个背上有茅屋的电动狗，结果是儿子只盯着"电动狗一跳一跳/笑容可掬"而"听不见茅屋内的哮喘/听不见酱油一样的滴哒"，最终是"茅屋被掀翻在地"，"儿子拍着手/一二一地走过去/猛踢电动狗的屁股/电动狗拉屎了/茅屋的碎片中滚动/两节五号电池"。一则童话式的现代寓言，经诗人的点化，其言外之意，颇让人为之玩味再三。

同是写对城市的厌倦和对乡野及自然的眷恋，在彭国梁的笔下，已不再是一对一的浮泛比较，或浅情近理的"忆苦思甜"，而幻化为清新鲜活的通感意绪。《对前途只有预感》一诗便是其典型之作：作为都市人代码的"我"，乘车去乡下换换活法，一出发就感觉自己像一颗"被城市吐出来的"，"隐隐作痛的牙齿"，而"预感"乡野小镇上，"也许会有适合我的牙床"。这种感觉到了乡野的路上，格外活跃起来，对着"不穿紧身裤的草垛"、"不挂项链的花生"、"不收门票"且"胸前佩着野花"的"禾苗"，找回童心、复归本真的"我"，终于可以舒心惬意地"坐在一块青石板上/从皮鞋里倒出/城市的噪音"。而更让"我"神往的是，"小镇上没有我的妻子/也没有缠住不放的女人/只有一口井/里面住着/我从未见过的清流/与柔情"；这里的"妻子"与"女人"，自是城市戒律与城市欲望的代码，而以"一口井"的清流与柔情作生存理想的指代，真是精妙！

下来的一节，因心境改变而改变了的视野中，一切平凡的物事都变得如童话般鲜嫩娇美："汽车在中途打了个喷嚏/下去一筐玉米/又上来两筐乳鸭/没涂口红/前方就在前方/窗外刚吃过早餐的太阳/格外温馨"。读这样的诗句，真有沁人心脾的美感，至少在我个人的阅读经验中，还没有见过别的诗笔，能将为旅人心境幻化了的乡野情味，写至如此亲切可爱的境地。诗的结尾，语言落得很实，立意却特地奇崛：向有"胡子诗人"之称的美髯公彭国梁，这次终于让他的胡子也诗意了一把，且"诗意"得恰到妙处：

> 我有一种预感
> 在小镇我会理发
> 我会让营养不良的胡须
> 与某一条田埂
> 成亲

可以看出，进入《盼水的心情》创作期的彭国梁，在保持先前不计功利、本真投入的诗之性情前提下，无论是对题旨的开掘，还是对意象的拓殖，都下了一番心力，取得不小的功效。只是细读之下会发现，有不少作品有夹生之嫌。究其因：其一，局部意象的奇玄常冲消整体的和谐通达，显得突兀和游离；其二，一些速写式、印象式的急就章，缺乏题旨的收摄，给人以不完整或未完成的感觉；其三，部分意象生僻冷涩，变成一些无所归附的空洞能指，造成整首诗的艺术效果不集中；其四，朦胧与清明的并置，导致语境含混，风格不尽统一；其五，一些探索之作，缺乏必要的控制，减弱了阅读的亲和性。

当然，这些都是诗人在超越旧我时，必然要出现的问题。如此大面积的耕作，丰盈的收获中有少许青涩，该是情理之中的事。作为诗友，我期待着另一个秋天里，品尝他更为纯熟的诗之硕果。

1998 年 7 月

气血充沛　风神散朗
——评刘向东诗集《母亲的灯》

作为和现代主义新诗潮一起走过来的诗评人，在世纪末最后一个北方的夏日里，与完全不属于这一新诗潮以及后新诗潮的青年诗人刘向东"遭遇"，研读他如此厚重的诗集《母亲的灯》（作家出版社1998年版），有一种莫名的尴尬和不确切的感动。

已经很久了，我们疏忘着那在"另一种视角"中展开的诗与思，只管赶自己的路，赶那条标示着"现代主义"的路，淡远了"离乡背井"的怅惘，也不再做"回家"的打算。我们已渐渐习惯了将出走时的"老家"，置换为旅游或"还乡"的对象，以"现代"之眼光做客态的"垂顾"，不再问询"老家"的心在怎样想；我们也渐渐习惯了享受精米细面以及"汉堡包"、"肯德基"之后，将"光顾""杂粮食府"作为一种时尚来讲求，而不再虑及这"时尚"是否糟践了"杂粮"的本味……一个"光脊梁穿西服"的时代，诗人曾经成为这时代的宠儿，且又最终，成了这时代的弃儿

——依然"在路上",不想"回家",但"家"的意味,显然在薄暮中有了新的诱惑、新的提示。

此时"遭遇"《母亲的灯》,有一种特殊的感动以及尴尬。

不可否认,新诗潮的"赶路人",大多都是有着坚卓而远大的抱负的,由此开辟了一个全新的诗歌艺术世界。但潮流的推拥下,也夹杂了不少投影仿生的赘物,滋生了许多无根的妄念;在虚拟的镜像中自我抚摩,在生涩的观念里自我缠绕;在残余的精神乌托邦中私语,在虚妄的"国际接轨"幻影里争斗,以及华贵而苍白的语言奢侈……而现实依然是现实,现实不仅有潮流、有风云、有时尚,也有堤岸,堤岸上的防护林,林子后面的麦浪、村庄和远方的山,以及不变的乡音、乡情、乡土的气息和"母亲的灯";都市之外的故乡,潮流之外的原野,石头的语言,土地的呼吸,世道人心的真切脉动——这是供奉《母亲的灯》的地方,是诗人刘向东扎根生长的地方,来到这方诗的土地,突然省悟:"读了很多麦子诗/让人感动的/依然是麦子"(《麦子》)。

读刘向东的诗,确有读一片成熟的麦田的感觉,散发着质朴的美感和实实在在的生命气息。诗人以"入世近俗的平民态度",发挥其"对具体事象的朴素叙述能力",经由"一系列准确、本真的细节提炼","注重完整的境界,内凝的骨力,淳朴的情韵,浑重的气格",使其诗作"焕发着一脉沉稳自在温暖的人情味",且处处"显出一份抱朴守真的健康生机"。①

在极言现代、唯言现代的当代诗歌盛宴中,刘向东的诗有如"绿色食品",让人蓦然回首,眼为之一亮!

这是一脉久违了的诗歌传统,由于总是被一批又一批伪现实

---

① 陈超:《独自歌唱》,《母亲的灯》,作家出版社1998年版,第252页。

主义诗人一再败坏了其应有的风骨，是以为唯先锋和实验是问的新诗潮诗人们弃之不顾，认定其不再会生发什么新的东西。刘向东却固执地守在这脉传统中，继承其纯正的基因，剔除其非诗性因素，独自深入地予以拓殖与再造。

说是"独自"，其实挤在这一习称为"乡土诗"路向上的诗人并不少，但大多都成了盲目的追随和无根的仿生。至于追随的是什么，何为"乡土诗"的本根，少有深思熟虑者，只图了进入这一路向的浅近、快捷、易生效应，所谓"轻车熟路"，遂于信马由缰中很快走失了自己。

刘向东的"独自"，在于其心性的独立，倾心"乡土诗"的创作路向，是源自本真生命的选择，而非功利性地挑拣哪条路好走能走出名堂来。一方面，面对时代风潮，"诗人不是感应风云的飞鸟，也没有置身在文化冲突的锋面上"，[①] 抱元守雌，潜沉于与本真生命脉息相契合的乡土情怀中，以独在的感受发出直面现实的朴素言说。另一方面，就"乡土"而言，向东既未陷入居高临下、回访采风式的客态角色，视"乡土"为一片填补现代化缺陷的风景，也未沉溺于抱乡守土的怀旧意绪，置现代意识与现代审美于不顾。化"风景"为心境，创作主体本身就是那片故乡热土的人格意志，与乡土同呼吸、共命运，直至成为乡土真实的精神器官和真切的诗性神经。

落实于创作，就不是简单的"旧瓶装新酒"，而必然是对这一"传统工艺"从里到外的个性化改造，使之生发出新的光彩和力量。正如陈超所指认的："'故乡'在他的笔下，不是被剥夺了的精神飨宴，不是终极关怀的'家园'，而是一种活生生的'当下'、

---

① 张学梦：《沉浸与超拔》，《母亲的灯》，作家出版社1998年版，第294页。

'手边'。他并没有失去它。这更切实的本原物象，与其说是刘向东找到的'客观对应物'，不如说是他直接面对的、有质量、有温度的现实。"并由此指称刘向东为"现代乡土诗人"。①

立场决定着风格，心境改变着语境，化身为乡土的人格意志，刘向东的诗歌语言，就必然呈现为土地般的坦诚、山风般的爽净、岩石般的坚实，及如山枣、麦粒一样的质朴而饱满，尽弃矫饰，不着洋相，一派北方汉子赤诚相见、直言快语的淳朴大气。

正是这种大气、这种淳朴，使刘向东一些诗质较稀薄的作品也平生几分快感，不显得那么干枯。而在那些成功的作品中，这份大气则使其语感变得具有特别的冲击力，看去清明无奇，读来却有后味，似乎直白了些，细嚼又不同一般；清清爽爽地完成了阅读，多的是亲和，少的是障碍，然后是撞心口子的热和动肝肠的感念——

"写老牛和秸子？你们普普通通/是生命，是生活，你们本身/就是诗篇吗？怎么看也不是风景"（《亲人·老牛和秸子》），自问自解中，是诗人不变的立场：乡土不是风景，而是朴素生命的生存现实，是长大出走后，呵护我们真情与照亮我们良心的那盏母亲手中的灯。"那些零乱的脚印/其实有共同的方向/东奔西走或南来北往/总是去追赶阳光……//现实真实/昼夜有星辰/未来可信/遍地是渴望"（《另一种视角》），直言直语中，是诗人恪守的语感：不刻意经营意象、扭曲语言，清水白石，快人快语，追求的是清白下的真情，快直中的实感，以此抵达生命体验的原生态，不掺假，不走调，气血充沛，风神散朗，坚实而鲜活。

这样的语感，这样的立场，其实在诗人题为《仿佛你压根儿

---

① 陈超：《独自歌唱》，《母亲的灯》，作家出版社1998年版，第253页。

就不是庄稼》一诗中，已由诗人自己做了最为恰切的诗性诠释：

　　轻轻一捻高粱粒儿呵
　　就是红红儿的高粱酒
　　不是祖传的粗瓷大碗
　　怎配你的血性和灵性

这"粗瓷大碗"，正是刘向东的诗歌语感；这"血性和灵性"，正是刘向东的诗歌精神。有了这样的语感和精神，方能写下这样的诗句：

　　风雨中拉住你的手呵
　　趾头就生出坚实的根
　　看你一眼，我沉思一生
　　想了爹想娘，又想祖宗

读这样的诗句，任你是洋诗人、土诗人，是先锋、是传统，恐怕都会被深深打动而忘乎什么诗歌路向或诗歌潮流的计较。

刘向东的诗歌精神，源自对本土文化的认同；刘向东的诗歌语言，源自对母语特性的追求。暂不论这种认同的深浅与这种追求的高低，至少，他做到了二者之间的和谐共生，很少扭曲或顾此失彼。而这种和谐，看起来是诗美品质中最基本的要求，却在当代诗歌中一直是未得以很好解决的问题，即使在许多成名诗人那里，也常有缺失。

再者，刘向东惯用的语式，大都属直抒性的，非有独具的人格力量与生命感悟灌注其中，难以再生发出新的诗美光彩。而刘向东的"血性和灵性",使之直而不白、抒有蕴藉,从而基本避免了这种语式容易产生的诗质稀薄的缺陷,只是在个别急于归于一个过于明确的题旨的诗中,暴露出其语感的局限和不稳定。

同时我还注意到,在诗人诸如《山谷中的向日葵》一类作品中,显露出别具风骨的特色:客观、冷凝、控制有度,不单单依赖情感的驱动,只作沉稳旷达的呈现,留更多的意蕴与审美空间于诗行之外——还是刘向东式的语感基质,但其肌理显得更清峻疏朗,更有弹性也更含蓄。遗憾的是,诗人似乎并不看重这种格调,或者这种格调一时还不被其热烈奔放的心性所认同,使之只是偶尔露峥嵘,未形成大的格局。

不过,一部《母亲的灯》,已使年轻的刘向东,至少在中国"乡土诗"的版图上,占有不可忽略的地位。同时,从他的作品中,我们也强烈地感受到,这是一位心胸宽展、艺术自觉性较高的诗人,且有着不同寻常的创造活力。可以想见,在跨世纪的中国诗歌进程中,尤其在相对薄弱的"乡土诗"之新的发展中,必将有更大的作为留待历史的认取。

1999 年 7 月

水晶的歌吟
——读高璨的儿童诗

有一种说法：青春情怀总是诗。

其实这里说的"诗"，只是指诗的意绪和诗的精神气象，在青春年华里容易滋生与发扬，而要论诗的感觉即"诗心"、"诗眼"，则还得说童真"视界"（世界）总是诗。

德国诗人、哲学家诺瓦里斯直接将"童话"推为"诗的法则"，认为"童话可以说是诗的准则，所有的诗意都必须是童话式的"。美国大诗人桑德堡则在《关于诗的十条定义》中，很诗意地说："诗，是在陆地生活，想要飞上天去的海洋动物的日记"，无疑已是一则很生动的童话，也是一首很美妙的小诗了。①

童心，童话，童真世界，是孕育诗及一切人类艺术的本源。

---

① ［美］卡尔·桑德堡：《关于诗的十条定义》，转引自《西方诗论精华》（沈奇编选），花城出版社1991年版，第6页。

或者说，我们每一个人的生命的初稿，无一不是充满诗性感知的诗意世界。然而遗憾的是，无论是在古典中国，还是在现代中国，无论是在古典诗词的长河里，还是在新诗的山系中，用汉语写作的儿童诗（以及儿童文学和儿童艺术）一直较为薄弱和贫乏，乃致长期无人问津。中国儿童，稍一懂事，就迅速被成人的知识世界和审美世界所吞没，成为一个个"小大人"，失去该有的那一段诗意年华、童真人生，造成整体民族心性的过于世故及老化，这已成为大家公认的事实。

在汉语世界的诗与艺术园地里，我们一直在呼唤文学大师、艺术大师，其实，没有小草繁茂的绿地，哪来大树生长的条件？

于是，在这个冬天，在又一个诗的淡季里，当我偶尔读到年仅十岁的小女孩高璨的儿童诗集《夏天躲在哪儿》，和她的一些新作诗稿时，有如预先领略了春天的气息，回到了诗的原乡，在一种特别的感动中，认领久违的童真的诗意、水晶的歌吟。

童心为诗，其优势，在本真，在纯净，在想象力；其弱点，在缺乏经验，易模仿、少自我。故儿童诗创作，最忌"熟"、"俗"二字："熟"由模仿而生，与他人混同，说大家都说"熟"了的话，见不出自家的真面目、真心性；"俗"由矫情而生，急于成"熟"，自觉或不自觉地靠拢成人世界，成为成人话语或时尚话语及主流话语的投影，失去朴素纯净之美。

应该说，这是判别儿童诗以及一切儿童文学创作之好坏的基准。

以此来看高璨的诗，尽管部分诗作，如《假如我是声音》《我常幻想》《只要》《时间》等诗，也有为升华主题、拔高思想性而出现"失真"或"早熟"的弊病，以及刻意追求"远大境界"的隐患，抑制了情感与想象力的本真呈现，但总体而言，还是很好地保持了儿童诗的美学特征，显示出璞玉浑金的不凡品质。小诗人天生好素质，有敏慧的语感和超常的想象力，对现代诗的理解也比较到位，方向明确，脚步坚实，加之高璨的热情与勤奋，得以较快形成自己的格局与风采，作品一经发表或印行，便获得广泛好评，可以说是当代儿童诗创作的一个令人惊喜的重要收获。

读高璨的诗，尤其是那些天成自然不着刻意的作品，常有小风送爽、新月照人、清露明眼的美好感受。儿童的目光，如银的纯净；儿童的想象，如水的幻化。单纯鲜明的形象，纯朴清丽的语言，在字面上不超出儿童的理解力，内里又不乏丰富联想和深厚蕴藉，所谓"小景之中，形神自足"（冯友兰先生语），秀嫩天真而诗意盈盈。

小诗人甚至能合理而出色地运用"通感"诗法，在自然化的人格、人格化的自然的交互意境中，充分调动儿童特有的视觉、听觉与触觉的天然浑化，妙意通灵而生动感人。

像"风旅行过哪里/我不知道/风从不留下照片"（《风到过哪里》）这样的妙句，即或放在成人诗人那里，也是难得的佳构。

《水粉画》一诗，代自然立言，平实中见贴切，结尾一句，"我想见见自然先生/学学他的绘画"，足显童心之爽真。

《小云朵的选择》中，在"大地一片焦渴"而"几片云飘来/张望了一阵"，"一群云登上高楼/给家家户户的玻璃窗/留下了一张张照片/也飞走了"的特意安排中，让"一朵掉队的小云追上来"，"变成一阵雨"，为大地解渴，当"太阳为小云朵披上彩带/她却害羞不见了"，充分表现出童心的善良美好与羞涩情态，毫无造作而真切感人。

《夏天的风雨》一诗，写"狂风和雨/来得快/走得急/却在短短的狂欢中/做了一次清洁工/洗净了门窗/洗亮了天空/没留下一句告别话/回家了",立意和用语都很准确熨帖。尤其结尾一句"回家了",看似简单,其实难得,用在这里,比什么样的奇思妙想都更能打动人。

童诗要写好,先得自然,后讲贴切,然后才说得上加华敷彩。高璨的诗,在这方面颇具天赋与悟性。像《湖》一诗中,让"小湖""变成一台电视机/好多东西全摄进/现场直播",就是一个既自然又贴切,且在自然贴切中又不乏情趣的典型意象。

另外,一般儿童诗,写着写着就容易犯急于"说理"的毛病,总想给世界有个自己的"解释",所谓"主题",所谓"思想性"。其实这些东西都是诗中的"硬物",在儿童的"消化系统中",很难化解为有形有色的意象,弄不好反伤天真意趣。

高璨写诗,时而也难免受整体陈旧落后的教育(包括诗歌教育)环境的影响,每每想通过诗行来表述自己的"理想",给自己的儿童诗补点"钙",有些"骨感美"。好在在这种追求中,小诗人总还能保持住情与理、诗与思之间的平衡点,不致伤及基本的诗意,尤其难得的是,她对"思想性"的触及,常常是以提问题的方式而不是给出答案的方式来表现,使之仍处于感性的鲜活与朴素之中,值得肯定和发扬。

如《错了》一诗,立意很深,触及的是生命与存在的"错位"这样的大命题,小诗人却用"鸟笼装错了鸟宝宝"、"铁笼关错了兽宝宝"、"鱼缸进错了鱼宝宝"三个意象作了很形象的概括后,再以两行纯粹儿童心态和儿童语态的问话结尾:"领错了这么多宝宝/那该怎么办",只在指认、在暗示而不表明什么,这是诗的方式,真正儿童诗的方式。

而从近期在《星星》诗刊(2005年12期)发表的《镜子和狗》一诗中,我更为小诗人颇为老练(真的只能用"老练")的诗性叙事才能所惊叹——

  导盲犬
  在盲老人去世后便被抛弃
  街头独自流浪
  有一天奄奄一息
  看见一面镜子
  里面有只
  跟自己一样的狗
  流浪

  导盲犬上前舔了舔
  感觉那只狗也在舔自己
  两只狗轻摇尾巴
  一起躺下
  导盲犬挨着镜子里的狗
  感觉另一个心脏跳动
  另一种体温存在
  直到不知不觉

  镜子很温暖
  第一次有人对她这么亲密
  导盲犬和镜子
  睡在这个城市的一个角落

  严密独到的构思，富有细节的戏剧性追求，和深切的寓言性意味，及其透过儿童心灵所折射出来的极为微妙与深刻的悲悯情怀，都是同年代诗人和同类作品中难得的精品佳作。

同时期的其他一些近作，如《春融化在绿色的石头上》《一朵野菊花又开了》等，也处处显示出剥离他者话语影响而渐趋独立原创的非凡境界，让我们看到：一个更成熟、更富有独创性的少年诗人已然向我们走来……

天赋异禀，厚望可期。1995 年出生的小诗人高璨，在人生的初稿上，正书写着她不凡的创造与追求。但愿这创造与追求能伴随她一生，既滋养小诗人自己的美好前程，也能为这日益物化的世界，增添一份诗的美意与慰藉。——当然，更期望这棵诗的小苗最终能长成大树，为诗的中国播撒更丰美的绿荫。

2006 年 1 月

从欣赏的角度
——子川其人其诗其书散论

1

认识子川也晚，晚到我们都退了休，将早年所谓的什么之追求，转而为日常生活的"戏码"，随遇而安着。

知道子川也早，诗歌界，小说界，文学编辑界，以及当代文人书法，细雨微风，暗香梅花消息，不胫而走着。

如此一早一晚，水远山长地隔了个偌大时空，以至一握如故后，激动之余时，动起想评说为论的念头，却发现已经有那么多的同道老友们，说了那么多或激扬或指点的话，成文成章成公论，轮到我这位迟到的知己，真要动思发言，倒不知说什么好了。

遂想起前些年构思过的一个命题：有效的欣赏与无效的批评。

现代人喜好"批评"，尤其西学东渐后，以致"过度阐释"。倒是古人清通，特别是汉语古人，文本人本，多抱以"欣赏"的态度，落于文字，看似不着学理，却常常入木三分，惊艳而后开悟，款曲暗通外，还有妙语华章可逗留。

何况，我与子川，都是霜天万类皆"退了休"的人，还"批评"个啥？秋风失远意，故道少人行，且相互欣赏是了！

从欣赏的角度说来，品评子川其人其诗其书法，概而言之，自然而然地想到四个有"古早味"的词：朗逸，松秀，端静，让度——朗逸之诗风，松秀之书风，端静之语境，让度之心境——相生相济，微风细雨，暗香梅花消息。

2

先说诗人子川之"诗风朗逸"。

百年新诗，革故鼎新，在在"与时俱进"中，诗人皆成"弄潮儿"，争作"潮头立"，难得见出而入之入而出之者。所谓"隐逸"抑或"朗逸"之指认，于诗人还是于诗歌作品，都近于"珍稀"。

当代著名诗歌评论家唐晓渡，则直指子川为"隐逸"诗人："我无意为子川诗贴上'隐逸派'的标签，但假如必须用一个词概括其诗学路径，我将毫不犹豫地选择'隐逸'。"进而指认："子川的隐逸非关山林，非关闹市，他就隐逸于诗的'不在之在'，隐逸于由此获得的瞬息虚静之中。这虚静半是来自个人的修为，半是来自诗神的眷顾；它当然不能截断时间之流，却足以造就一块时间的飞地。"由此，晓渡还特别辨识道："隐逸不是逃避，而是生命/语言在时间内部的重启。正是这重启之力使诗如同花朵开放那样打开自己，使倏忽来去的涓滴灵思，汇成生生不息的静水深流。"[1]

---

[1] 唐晓渡：《静水深流或隐逸的诗学——读子川诗集〈虚拟的往事〉》，原载《作家》2013年第10期。

逸出时潮之外，隐于时间内部；花朵般自得而美，水流般自在而善——云深不知处，诗心比月齐——如此生成的子川诗作，"混合着些微苦涩的清明与冲淡平和"（唐晓渡语），淡而有深思，秀而有远致，渊雅微茫中透出些清朗见的，如一湖秋水，波澜不惊而深切有余，隐隐呈现一种复合性的美感光晕。

其实，读子川的诗，读多读久了，自会发现，仅就技艺而言，诗人提供的"路数"并不复杂，无非夹叙（叙述）夹意（意象），再加上一点点"内在的戏剧性"（唐晓渡语），再就是惯于为熟悉的词语，补充点陌生而细腻的日常纹理。这种诗的"活法"，守常而求变的"活法"，看似平易，得之却也并非简单，正如诗人夫子自道："我所知道自己的一切都是虚构的"，所以"简单的活着多么不易"（《虚构的往事》）。

是以读诗人子川，读多读久了，难免会多多少少生出些倦意乃至困顿来，却又始终舍弃不得，如寻常日子中的诗意，清浅有致，堪可静静"回放"。

此中微妙，在于子川诗中，"逸气"弥散之外，每有清朗破空而出，一时亮眼提神。如那句"蚕豆花的黑眼睛忽闪忽闪"（《小火轮》）。尤其那首即兴得之且借题发挥的《向日葵》，让知己者一时惊见，诗人原来还有偶尔露峥嵘的另一面，只是惯常"热衷于寻找/这个时代不需要的东西"（《糟糕的生活》）而已，同时早早认领了"天命"，退而求其次，提醒自己"不要试图在所有声部/都发出声音"（《天命》）。

故，若在当代汉语新诗界，别立一派"朗逸"诗学，应该说，子川的成就，当属此一界面之佼佼者。有意味的是，这位佼佼者还同时写"旧体诗"。

试读近作七绝《元旦将至诗奉诸友问安兼拜新年》（2016年

12月31日稿）一首："黑白输赢有误差，谁将岁月剪灯花。我行我素新盟旧，若即若离诗煮茶。"平实道来，料峭其中，中规中矩而不失个在风骨，堪可一赞。诚然，整体去看子川的旧制之作，显然尚格局未成而乏"标出效应"，或仅近中和品第，但看其状态，似乎并非"余事"，隐隐有"老派"遗风，这在当代同道中，似乎还不多见。其中的心理机制，后文再加以深究，这里只是想补充印证其"朗逸"诗风的美学取向，原本是有根性所在的。

实则，在极言现代而唯现代是问的当代诗坛，如子川这样的成名诗人，敢于且乐于出示旧体诗作，已属"高冷"，没有一种内在的自信，怕也不会如此认了真。而反思百年新诗之诗写与诗学，虽以现代为本，或也需补以古典为魂，一边移洋开新，一边汲古润今，以此融会贯通，重构传统，或可真正达至唐晓渡期许于子川的那样境界：让生命和语言，越过时代潮流，于时间内部"重启"而再生，成"生生不息的静水深流"。

3

再说作为诗人书法家子川之"书风松秀"。

"诗人书法"一说，是近年渐次热闹起来的"新事物"。我一向对当代诗歌界"运动情结"作怪，每每鼓噪些虚张声势的"新动静"十分反感，唯对诗人书法这事，由衷称许：诗书偕行，传承文脉，原本就是汉字文化圈之独有风范，若能重新发扬光大，相济而再生，互助而共进，一则或可重建现代书法之象征谱系，以免总在传统谱系中打转；二则借诗书偕行之利，更可扩大现代书法和现代汉诗的影响力，可真是功莫大焉，学理上是可圈可点的！

由此，实话实说，在我而言，作为早已寂寞自甘惯了的"读诗专业户",一时心热,动了心思要结识子川,正是出于对其书法艺术的"惊艳"——也或许孤陋寡闻少见多怪,毕竟这"新事物"才新起来,但仅以一己之所见,当代诗人中出手书法而真正可以书法论之、令人刮目相看者,确实屈指可数——此中,子川不算顶尖,却无疑在"可数"之列。

只是,我在这里以"松秀"指认子川书法,难免要冒点"风险"。

"松秀"一说,见清人杨景曾所著《二十四书品》,其中专列"松秀"一品,并以"二王"为"松秀"之典范。不过,荫堂先生此著中,所谓"书品",尤其如"松秀"、"停匀"、"浑涵"等品,主要是以书法风格与构成划分,单纯讲审美构成类型的,无涉品第书家等级。譬如"品"及"二王",除誉为"松秀"典范外,也引为"古雅"、"潇洒"二品之代表。

我初见子川书作,直觉中便跳出"松秀"这个词来:间架是立,韶秀始基(黄钺《二十四画品·韶秀》句);托体高,着笔平;张弛有度,秀练无懈,韵恰意净,恬雅顺茂;矜气中不失朴气,朴气中见得矜气;清适、朴率,熨帖中自有风骨,而得出幽入朗之美——其总体印象,又可借《二十四书品》中"浑涵"一品中"茁茁微芒,拈花一笑"之说概言之。

这些杂糅古今的套话,无疑是"惊艳"之初的理念判断,习惯性地要为印象找个说法,包括套得"松秀"作评,也是说其骨脉神采亦即风格取向的趋近,而非品级位格之判断。

话说回来,待得熟悉子川后,寻常间读其书作,便只是觉得顺眼,再就是有书卷气可亲。这多年我于诗与诗学之外,跨界游走当代书画界,从学院到民间,以及"野狐禅"等等,各种路数的画风书风之文本人本,也算见过些,并以"票友"心态,随遇补理论，乘兴乱批评，到头来还是回归直觉经验，唯觉这笔墨之"顺眼"与气息之"可亲"，最是难能可贵。

之外，子川书作还有一好，即笔墨气息的"底里"，有"真人情味"（套用顾随先生语）。加之子川在"右手"写现代诗的同时，腾出"左手"写古典诗词，复以我手写我字，我字写我诗，笔随手，手随心，心随自家诗词之脉息，自在律动于手腕与笔端，落于墨间纸上，自是气韵生动而情味有加的了。这一点，正是诗人书家不同他者之长处所在。

当然也有小遗憾：至今为止见到的子川书作，虽样式多多，但所书内容却仅限于旧体诗词，或格言警句，读多读久了，难免生出些似曾相识的倦乏。想来若能双管齐下，既以传统之书书自制旧体诗词，又以书之传统书自家现代诗作，或可就此激发笔墨新性灵，而别开鲜活生面，何乐不为？

看来，在现代之"朗逸"及古典之"松秀"后面，子川骨子里，还怯怯潜隐着一份"正襟危坐"之心理机制？

4

回头说子川的"语境"和"心境"。

前几年写过一段诗话：诗要自然，如万物之生长，不可规划，如生命之生成，不可模仿——自发，自在，自为，自由，自我定义，自行其是，自己做自己的主人，自己做自己的情人——然后，诗得其所。汉语古典"美学"讲"文以气为主"（包括诗），"一笔细含大千"（书画笔墨）。这里的"气"和"大千"，以及传统笔墨中的所谓"神采"，正是这种人书合一、道艺一体之人文精神与气息的文本化体现。

故，就"发生"而言，一切艺术创造之本质，首要一点，在于自由的呼吸。无论是迫于权势（主流话语的宰制）、钱势（商业文化的困扰）还是纷乱的时势（变革思潮的裹挟），一旦失去主体的本真自我，呼吸不自由了，所谓文本的"产出"便会变质——或变成他者话语的投影与复制，或流于丧失根性的空心喧哗。是以为诗为文为艺术者，皆不在于怎么写、写什么，而在于写什么、怎么写之中，是否有自我的真心性；有此真心性，写作就脱身于功利，化为常态，化为从容，无论走在怎样的路向上，向上或向下，传统或现代，都可以走出一种风度、一种境界。

"有麝自然香，何必当风立"（杜文澜·《古谚谣》卷五十）。正是在这一点上，诗人子川、书法家子川、诗人书法家子川，在在显露一种端静之语境与让度之心境的朗逸松秀，令人亲近而顺眼。

只是，如此空前浮躁语境中，何以能"端静"？如此争先恐后时潮里，又如何去"让度"？

归根曰静，根在情性。由文本而人本，深入细读下去，解得子川心理机制中，守着一个"认"字：认时代，自认做不了代言人也做不了弄潮儿，遂认自己做自己的情人；认身世，自认旧门第逢新时代，且非天才也非鬼才，"如履薄冰"中，"正襟危坐"里，遂放下身段，低，低到尘埃里去，再从尘埃中开出花来——"这些年，身上落满了灰尘/也可以这样表述/灰尘是些堆积起来的生命"（《重新开始》）。

是以诗人朵渔指认子川的写作是一种典型的"为人生的写作"。"他是入世的，踩踏过生活的泥水，经历颇有些传奇。关键是，他的写作是俯身向下的，不怕低到泥里去。"[①]

[①] 朵渔：《何谓"为人生写作"——子川诗作随想》，原载《扬子江评论》2015年第1期。

是以又想到顾随先生一句话:"有天才只写出华丽的诗来是不难的,而走平凡之路写温柔敦厚的诗是难乎其难了,往往不能免俗。"①

反观这年月,年长些的有根、有谱,没自己,其实那根也是"大时代"的根,那谱,也是"与时俱进"的谱,所以也不可能有自己;年轻些的,倒是处处时时有自己,但那个看似个性张扬的所谓"myself"(我自己),却咋看咋都像是从另一个"myself"克隆过来的,或者说,是从各种电媒所传导的时尚及时潮"流水线"上"下载"而后"复制"而生的。

子川写诗写字,都不是天才之作,却也写得"温柔敦厚",且不俗,"难乎其难"中,端赖做人能"让",做事能"静"。让而度己度人度苦厄,度出一番诗意人生;静而生云生烟生灵魅,生出一脉静水深流——"知无止境春宜早,性本自然水上荷"(子川旧体《乙未冬访韩国文学与知性出版社作嵌字诗纪行》句),如此"认"了,尘埃落定,终成就一位既活在世间之中又活在世间之外、既活跃现代肉身又不失古意灵魂的诗人及诗人书法家。

"朗逸","松秀","端静","让度"——在现代汉语式的"编程"中,找到并写下这四个词,已属稀罕之事,难得的是子川还将其付诸于诗文行旅和人世的风景——浮华过眼,有此一欣赏,实在堪可佐茶以洗心的了。

2017 年春

---

① 顾随:《中国经典原境界》,北京大学出版社 2016 年版第 12 页。